SUSANNE MATHIES

MORD IM Filmpodium

MORD IM DUNKELN Während die Krimischriftstellerin Cressida Kandel im Zürcher Filmpodium einen neuen Film anschaut, wird in ihrer unmittelbaren Nähe dem Journalisten Moritz Stemming, einem alten Bekannten, im Dunkeln die Kehle durchgeschnitten. War das ein Verbrechen aus Leidenschaft, oder hat eins der Erpressungsopfer seinen Peiniger aus dem Weg geräumt? Welche Geheimnisse birgt das Schriftstück, das der Ermordete in der Tasche trug? Hauptkommissar Grimm verdächtigt Cressida des Mordes, da sie in der Vergangenheit eine Beziehung zu dem Opfer hatte, die unter gegenseitigen Schuldzuweisungen sehr unglücklich endete. Mit allen Mitteln arbeitet Cressida daran, sämtliche Feinde des Ermordeten ausfindig zu machen und mögliche Motive zu konstruieren, um den wahren Täter ausfindig zu machen. Das kostet sie um ein Haar das Leben.

Susanne Mathies, 1953 in Hamburg geboren, ist inzwischen in Zürich beheimatet. Sie promovierte erst in Wirtschaftswissenschaft, dann in Philosophie und schreibt Lyrik, Kurzgeschichten und Romane. Bisher hat sie sechs Zürich-Krimis veröffentlicht. Die Autorin gehört der Redaktion der orte-Literaturzeitschrift an und ist Mitherausgeberin der orte Poesie Agenda.
Mehr Informationen zur Autorin unter: www.smathies.info

SUSANNE MATHIES

MORD IM FILMPODIUM

ZÜRICH-KRIMI

GMEINER

Personen und Handlung sind frei erfunden.
Ähnlichkeiten mit lebenden oder toten Personen
sind rein zufällig und nicht beabsichtigt.

FSC www.fsc.org MIX Papier | Fördert gute Waldnutzung FSC® C083411

Besuchen Sie uns im Internet:
www.gmeiner-verlag.de

Im Ehnried 5, 88605 Meßkirch
Telefon 07575/2095-0
info@gmeiner-verlag.de

1. Auflage 2023

Lektorat: Claudia Senghaas, Kirchardt
Herstellung: Mirjam Hecht
Umschlaggestaltung: U.O.R.G. Lutz Eberle, Stuttgart
unter Verwendung eines Fotos von: © Susanne Mathies
Druck: CPI books GmbH, Leck
Printed in Germany
ISBN 978-3-8392-0493-1

VORBEMERKUNG

Wie bei allen meinen Romanen, so hatte auch bei diesem Merkur, der Gott der Lügner, seine Hand im Spiel. Ich danke ihm für seine Erfindungsgabe und entschuldige mich hiermit beim Zürcher *Filmpodium* und bei der Zürcher Kantonspolizei für die frech erfundenen Zustände und Mitarbeiter, die sich in diese Geschichte gemogelt haben und die mit dem tatsächlichen hohen Standard dieser Einrichtungen nicht das Geringste gemeinsam haben.

1. KINO

Er lehnte sich in das Polster des Erste-Klasse-Sessels zurück, drehte sich nach rechts und sah aus dem Fenster. Sein Profil wirkte klassisch, eine gerade Nase unter einer hohen Stirn, unter den vollen Lippen ein markantes glatt rasiertes Kinn. Wenn seine Augen nicht in so einem kalten Grau gefunkelt hätten, wäre er ein schöner Mann gewesen. Er war elegant gekleidet, in einen gut geschnittenen Anzug aus grauer Rohseide, und an seinem Handgelenk blinkte eine Uhr einer bekannten Marke. Im Morgenlicht strahlte zu seiner Linken der schneebedeckte Bahnsteig von St. Moritz, zur Rechten blinkte der stille See vor dem Bergmassiv. »Wie in den Ferien in einem anderen Jahrhundert«, sagte er laut, obwohl er keine Zuhörer hatte, und schlug das Buch auf, das vor ihm auf dem Tisch lag. Auf der ersten Seite war deutlich ein Stempel zu sehen, »Eigentum des Hotels Waldhaus, St. Moritz«. Beim Anblick des Stempels zuckten seine Mundwinkel kurz, dann blätterte er weiter. Das Buch war anscheinend noch ungelesen, jungfräulich, wenn auch schon etwas ältlich, 1953 erschienen. Das Vorwort überschlug er, ging gleich zum eigentlichen Text. Ein paar Worte im ersten Absatz fielen ihm sofort ins Auge: »… fand sich Schulter an Schulter mit einem Mann, der gerade noch eine halbe Minute zu leben hatte …« – Jetzt breitete sich ein echtes Lächeln auf seinem Gesicht aus.

Die Bahnhofsuhr zeigte genau 10 Uhr, und der Zug setzte sich in Bewegung, pünktlich auf die Minute. Auf den Kopfbezügen der Sessel war eine eingestickte Inschrift zu sehen, »patschifig«. Er googelte den Begriff auf seinem Smartphone und fand heraus: rätoromanisch für »gemütlich«. Er klappte das Buch zu und begutachtete den Umschlag. Edmund Crispin, Morde – Zug um Zug, *unter dem Titel war ein Schnellzug abgebildet.*

Die Verbindungstür zum Waggon öffnete sich. Der Zugbegleiter trat ein, ein bulliger Mann in fescher grau-roter Uniform, mit einem auffälligen breiten Schlips, schräg aufsteigend gestreift. Der Zug ratterte in den Gleisen. Der Zugbegleiter trat näher zu dem Passagier, der immer noch das Buch in der Hand hielt. Der Mann mit dem Buch schaute hoch. Da fuhr der Zug in einen Tunnel, und es wurde dunkel.

*

Cressida fluchte innerlich. Wenn sie allein gewesen wäre, hätte sie laut und hemmungslos gewettert. Stattdessen musste sie versuchen, im Dunkeln auf dem abschüssigen Gang des Kinosaals unfallfrei nach unten zu kommen, ihr reservierter Platz war in der dritten Reihe. Über ihrem Ärger konnte sie die nostalgische Atmosphäre des Saales nicht so bewusst genießen wie sonst. Reihe 3, Platz 7 war ihr Lieblingsplatz, und aus Gefälligkeit hatte sie heute gleich daneben Platz 8 mit reserviert. Und viel zu lange im Foyer gewartet, ob der Mann, mit dem sie verabredet war, vielleicht doch noch eintraf. Nie wieder ein Rendezvous mit einem flüchtigen Bekannten, bei dem sie selbst zuerst da sein musste, sagte sie sich wütend, während sie mit dem Fuß vorsichtig nach vorn tastete. Sie hätte es sich ja denken können. Dieser Detlef war also auch einer von diesen Standardmännern, die sich beweisen wollten, dass sie bei einer Frau landen könnten, wenn sie es nur versuchten, und die sich schon beim Vereinbaren des ersten Treffens als Sieger fühlten. Detlef, allein der Name hätte sie stutzig machen sollen, so ein Detlef war immer ein braver Familienvater, der mal kurz mit dem Nichtbravsein flirten wollte. Inzwischen saß er bestimmt schon am Abendbrottisch und ließ sich von seinem Sohn das große Einmaleins aufsagen, während seine Frau das nachhaltige Brigitte-Menü auftischte. So eine verdammte Zeitverschwendung! Dabei hatte sie ihn noch nicht einmal sexy gefunden. Es war einfach nur nett gewesen, sich mit einem freundlichen Mann über eines ihrer Lieblingsthemen zu unterhalten. Und jetzt so eine blöde Entwicklung, als ob das Ganze ein Liebesdrama hätte werden sollen!

Der Film hatte schon angefangen, sie hatte den Vorspann verpasst. Bei den meisten Filmen war der Vorspann das Beste, außerdem brauchte man den zum Einstimmen auf die Atmosphäre. Oh nein, in diesem Moment wurde es gerade richtig dunkel auf der Leinwand, nur ein paar schwache Lichtpunkte waren am unteren Rand zu sehen. Vorsichtshalber blieb sie stehen und wartete. Warten hatte sie heute ja schon ausreichend geübt.

Eine Weile passierte nichts auf der Leinwand, die Lichtflecken erschienen aber etwas weniger matt, wahrscheinlich gewöhnte man sich an die Dunkelheit, und im Hintergrund war ein lautes, stetiges Rattern zu hören, begleitet von einem pfeifenden Rauschen. Dann plötzlich gleißend helles Licht, das auf der Leinwand durch eine große rhombenförmige Öffnung fiel. Ein Zugfenster. Cressida hatte eine Vorliebe für Filme, die in fahrenden Zügen spielten. Es wurde Zeit, dass sie zu ihrem Platz kam, um sich auf die Handlung konzentrieren zu können. Es sollte ein neuer Schweizer Kriminalfilm sein, das interessierte sie als Krimi-Schriftstellerin allein beruflich. Glücklicherweise konnte sie nun ihre Umgebung besser erkennen. Reihe 3, da war sie. Aber was war das, wieso saß da schon jemand auf Platz 8? Hatte Detlef sich vielleicht doch eingefunden und war heimlich in den Kinosaal geschlichen, um sie zu überraschen? Nein, den Gedanken verwarf sie sofort wieder. Wahrscheinlich hatte sich einfach irgendjemand dort hingepflanzt, weil es ihm gerade passte. Ein Mann, natürlich. Sie beschloss, sich drei Plätze weiter hinzusetzen. Sie warf dem Besetzer von Platz 8 einen wütenden Blick zu, während sie ihren Sitz herunterklappte. Dann erschrak sie. Denn sie kannte diesen Mann, und sie hatte ihn hier nicht erwartet. Sie hatte noch nicht einmal gewusst, dass er sich in der Schweiz aufhielt. Er sah noch genauso aus, wie sie ihn in Erinnerung hatte: aufrecht, schmal, grauhaarig, mit sorgfältig gestutztem Bart. Vielleicht ein bisschen magerer als damals – war er vielleicht krank? Seit über einem Jahr hatte sie keine Nachricht mehr von ihm bekommen. Würde er sie erkennen? Aber er sah gar nicht in ihre Richtung. Sein Gesicht war der Leinwand zugewandt. Dort sollte sie jetzt auch hinsehen. Nach dem Ende des Films konnte sie ihn immer noch ansprechen, er würde ja nicht mittendrin weglaufen. Sie fragte sich, was sie ihm wohl sagen würde. Sicher wieder das Falsche, wie immer, wenn sie sich auf ihr Bauchgefühl verließ. Aber planen mochte sie diese Unterhaltung nicht.

Im Film fiel das gleißende Morgenlicht auf den graurot gemusterten Teppichboden des Zugabteils. Ein gellender Schrei ertönte. Der Kamerablick folgte der gezackten roten Linie, hielt kurz an der Innenseite einer auf dem Boden liegenden Kappe an und bewegte sich dann auf einen Körper zu, der dahinter lag, man sah zuerst die kahle Oberseite eines Kopfes, dann den Körper in einer grauen Uniform mit rot gestreifter Krawatte. Ein Messer steckte bis zum Heft auf der linken Brustseite der Uniformjacke, umgeben von dunklen, glänzenden Flecken. Nun fuhr die Kamera zurück auf das Gesicht des Mannes und verharrte einen Moment auf den hervorquellenden hellblauen Augen, die keinen Ausdruck hatten.

Dann noch ein Schrei. Die Kamera schwenkte ein Stück zurück, zeigte die Spitze eines silbernen Damenstiefels, die gleich darauf wieder aus dem Blickfeld verschwand. Über dem Rattern des Zuges hörte man das Klappern von Absätzen, die sich entfernten. Es wurde wieder dunkel.

Das war ganz hübsch gemacht, dachte Cressida, aber irgendwie frustrierend. Bisher hatte sie keinen einzigen der Protagonisten sehen können, nur einen Toten, und der sah so tot aus, dass er im restlichen Film wahrscheinlich nicht wieder auftauchen würde, oder höchstens kurz in einer Rückblende. Worum ging es hier eigentlich?

Vielleicht sollte sie doch mit ihrem Sitznachbarn Kontakt aufnehmen und ihn nach dem Filmanfang fragen. Sie drehte sich nach links um. Aber auf Sitz Nummer 8 saß niemand mehr. Es war zwar wieder dunkel im Kinosaal, doch so viel konnte sie gerade noch erkennen. Hatte er sich unbemerkt zur anderen Seite hinausgeschlichen? Oder hatte sie sich in ihrem Ärger vorhin einfach nur eingebildet, ihn dort zu sehen? Jede dieser Möglichkeiten verstärkte das unangenehme Gefühl, das sich in ihr breitgemacht hatte. Denk nicht dran – genieße lieber den Film, ermahnte sie sich.

Dort hatte der Zug inzwischen den Berg erklommen und fuhr im Bahnhof Alp Grüm ein. Rucksackbeschwerte Touristen stiegen aus und hoben ihre Smartphones. Das hölzerne Bahnhofsgebäude und die steile Böschung wirkten echt, wahrscheinlich war die Szene wirklich vor Ort gedreht worden. Ein Ziegenbock spazierte am Rand der Böschung entlang, unbeeindruckt von allem, was unten passierte. Im allerletzten Wagen öffnete sich nun die Tür, und ein elegantes Paar trat auf den Bahnsteig, ein hochgewachsener, arrogant aussehender junger Herr im grauen Anzug, an dessen Ärmel der Schriftzug »BOSS« zu sehen war, der eine sehr distinguiert wirkende ältere Frau in einem Chanel-Kostüm sehr fest eingehakt hatte. Die Frau trug silberne Stiefel.

Cressida schnaubte. Ein so offensichtliches Product-Placement hatte sie nicht erwartet. Der Plot würde sich qualvoll drehen und wenden müssen, um das alles zu rechtfertigen. Sie war ein Fan von Kriminalfilmen, und von einem in den Medien so bejubelten Schweizer Regisseur wie Reto Langhausen hatte sie wirklich mehr erwartet. Die Geschichte wirkte – jedenfalls bis jetzt – einfach nur lächerlich. Der Anzugträger war höchstens Mitte 30, so ein junger Mann würde heutzutage niemals so etwas klassisch Elegantes tragen, oder höchstens auf dem Laufsteg bei einer Modenschau. Irgendwie hatte sie keine Lust mehr, diesen Film zu Ende zu schauen, ihre Stimmung war ja von Anfang an nicht richtig darauf ausgerichtet gewesen. Sie stand auf. Es war Zeit, etwas Praktisches zu tun, um die negativen Gedanken zu vertreiben. Deshalb ging sie bewusst den längeren Weg durch die Sitzreihe, vorbei an Platz 8, an dem sie vorhin einen Mann oder eben vielleicht auch nur das Phantom eines Mannes gesehen hatte. Sie duckte sich etwas, um den anderen Zuschauern nicht durch das Bild zu laufen. Der Sitz von Platz 8 war hochgeklappt, eindeutig, hier saß niemand. Ihr Fuß trat in etwas Weiches. Sie bückte sich und hob es auf. Im Licht des Films – der Zug fuhr gerade durch eine Gletscherlandschaft – erkannte sie einen weißen Wollschal. Sie hob ihn auf. Er hatte einen großen roten Fleck.

Schnell ging sie durch die Sitzreihe hindurch und den Gang hoch in Richtung Ausgang. Im grellen Neonlicht auf dem Treppenabsatz vor den Toiletten betrachtete sie den Schal genauer. Er trug ein Schild am Rand mit der Aufschrift »BOSS«. Fast hätte Cressida gelacht. Dieser Schal hätte gut in den Spielfilm gepasst, der drinnen gerade lief. Aber der mehr als faustgroße rote Fleck war nicht zum Lachen. Er sah nass aus, nur an den Rändern begann er leicht einzutrocknen.

Cressida ging zu dem Mitarbeiter an der Abendkasse.

»Ja, Frau Kandel, was kann ich für Sie tun?«, fragte er. Natürlich kannte er seine Stammkunden.

»Herr Zimmerli, ich hatte eben …« Sie hielt inne. Unmöglich konnte sie ihm erzählen, dass sie gerade im Kinosaal ein merkwürdiges Erlebnis gehabt hatte. So führten sich in Krimis immer die unglaubwürdigen Heldinnen ein, zum Beispiel Goldie Hawn in dem Film *Eine ganz krumme Tour*, der hatte auch niemand geglaubt, was sie im Kinosaal gefunden hatte, obwohl sie nicht nur die Wahrheit sagte, sondern außerdem noch so unglaublich treuherzig aussah. Da konnte sie selbst nicht mithalten. Mit ihrem pfauenblau gefärbten Haar und ihrem natürlich blassen Teint wirkte sie ohnehin ein wenig exzentrisch, da konnte sie es sich nicht auch noch leisten, seltsame Dinge zu sagen. Jedenfalls nicht im Ernstfall.

»Ich habe eben beim Hinausgehen einen Schal gefunden, an einem Platz, an dem vorhin noch ein Herr saß«, setzte sie neu an. »Als ich schauen wollte, ob ein Name drinsteht, habe ich diesen Fleck entdeckt.«

Sie faltete den Schal vor ihm auseinander und wartete auf seine Reaktion.

Er trat einen Schritt zurück.

»Da ist eine Menge Blut drin«, sagte er schließlich.

»Meinen Sie, man sollte die Polizei rufen?«, fragte sie. Als sie seinen Blick bemerkte, fügte sie hinzu: »Nein, vielleicht nicht. Ich lasse den Schal also vertrauensvoll als Fundsache bei Ihnen, Herr Zimmerli.«

Er zögerte, den Schal anzufassen.

»Haben Sie vielleicht erkannt, wer da vorher gesessen hat?«

»Nein«, log Cressida. Allerdings war das nur halb gelogen, denn vielleicht hatte sie sich vorhin wirklich nur eingebildet, den Mann zu sehen.

»Na gut, ich werde ihn aufbewahren.« Herr Zimmerli seufzte und nahm ihr den Schal mit spitzen Fingern ab. »Und der Film heute? Hat der Ihnen gar nicht gefallen? Er ist doch wirklich spannend, und er ist sogar für den Schweizer Filmpreis nominiert.«

Cressida hatte keine Lust, über den Schweizer Filmpreis zu diskutieren.

»Ich bin heute nicht in Stimmung für einen Kriminalfilm, habe das zu spät gemerkt. Also bis zum nächsten Mal, adé!«

Sie verließ das Kino und lief an lauten Gruppen von Partygängern vorbei zum Paradeplatz. Gerade fuhr das 8er Tram ein, sie rannte zum Perron, ganz knapp vor der Schnauze eines anfahrenden 7er-Trams. Der Tramfahrer betätigte wütend die Glocke. Außer Atem erreichte sie die Tür des 8ers noch rechtzeitig. Im Tram saß niemand außer ein paar amerikanischen Touristen. Plötzlich fühlte sie sich fremd, von der Realität abgeschnitten. Ihre Umwelt verhielt sich seltsam, nichts war so, wie es sein sollte, nicht einmal ihre eigene Wahrnehmung. Wenigstens wollte sie versuchen, unter eine Sache einen guten Schlussstrich zu ziehen. Sie nahm ihr Smartphone heraus und rief Detlefs Nummer an. Dort meldete sich nur die anonym klingende Stimme des Anrufbeantworters. »Guten Tag, der Teilnehmer mit dieser Nummer ist derzeit nicht erreichbar, aber Sie können nach dem Signalton eine Nachricht hinterlassen.«

Was sollte sie sagen? Sie hatte gehofft, ihn persönlich zu sprechen, um ihn durch eine angemessene Eiseskälte spüren zu lassen, dass sie ihn nicht vermisst hatte. Nun entschied sie einfach aus dem Bauch heraus. »Hallo Detlef, anscheinend hast du es nicht geschafft, ins Kino zu kommen, da hast du einen interessanten Film verpasst. Ich habe dort einen alten Bekannten getroffen, mit dem ich mich gut unterhalten habe. Ciao, Cressida.«

War das klug gewesen, fragte sie sich nach dem Auflegen, hätte sie sich nicht besser gar nicht gemeldet? Aber dafür war es inzwischen zu spät. Das Tram war inzwischen am Hardplatz angelangt, und sie war froh, nach Hause in ihre schöne neue Wohnung zu kommen. Es war etwas von dem Geburtstagsgrappa übrig, den goss sie sich in ihr Grappa-Glas aus Venedig und trank langsam, in kleinen Schlucken, ließ den aromatischen Alkohol über ihre Zunge gleiten und im Magen ein angenehmes kleines Lagerfeuer entzünden. Das zweite Glas war nicht mehr ganz so süffig wie das erste, versetzte sie jedoch in eine fröhliche Stimmung. Da fiel ihr die angebrochene Flasche Rotwein ein, die seit Annas Besuch am Sonntag im Kühlschrank stand. So wunderbar es war, dass sie endlich in Zürich eine einigermaßen bezahlbare Mietwohnung gefunden hatte, so fehlte ihr doch einiges aus der Wohngemeinschaft mit Anna, vor allem die einfühlsamen Gespräche abends in der Küche beim gemeinsamen Kochen. Natürlich war Anna jetzt nicht aus der Welt, sie wohnte im Kreis 3, auf der anderen Seite der Badenerstraße, aber es war etwas anderes, wenn man einfach nur an die benachbarte Zimmertür klopfen musste, um mit jemandem zu sprechen. Heute hätte sie das gut gebrauchen können. Das war nicht zu ändern, immerhin gab es eine halbe Flasche Wein, die sollte nicht schlecht werden. Dazu ein bisschen klassische Musik, und sie würde sich wieder wie ein normaler Mensch fühlen.

Zu den Klängen von Scarlatti ließ sie sich auf das Sofa zurücksinken, ein Glas Rotwein in der Hand. So fühlte sich der Abend schon besser an.

Irgendwann musste sie eingenickt sein, denn sie fuhr erschreckt und orientierungslos hoch, als es laut und andauernd an ihrer Wohnungstür läutete.

2. DIE OBJEKTIVE WAHRHEIT

Die Glocke an der Wohnungstür schrillte ununterbrochen. Cressida stellte das leere Rotweinglas ab, rieb sich die Augen und sah auf die Uhr. 2 Uhr morgens! Welcher Idiot kam auf die Idee, um diese Zeit bei ihr Sturm zu klingeln? Wahrscheinlich ein Dummejungenstreich von einem Betrunkenen, aber es half nichts, sie musste aufstehen und nachschauen. Mühsam erhob sie sich vom Sofa. Richtig wach war sie jedenfalls nicht.

Durch den Spion in der Tür sah sie zwei blau gekleidete Männer im Flur stehen. Auf den dunkelblauen Overalls stand in weißer Schrift »Polizei«. Irgendetwas musste passiert sein. Sie öffnete die Tür.

»Frau Kandel?« Einer der Beamten kam auf sie zu und hielt seine Dienstmarke hoch. »Guten Tag. Mein Name ist Beat Bircher, Kommissar bei der Kantonspolizei Zürich, dies ist mein Kollege Kommissar Werner Wille. Im Rahmen einer polizeilichen Ermittlung müssen wir einige Fragen an Sie richten. Dürfen wir Sie bitten, uns zu unserer Dienststelle zu begleiten?«

Wie in einem schlechten Film, dachte Cressida.

»Es hat wahrscheinlich keinen Sinn, Sie zu fragen, worum es sich genau handelt?«

»Das wird Ihnen der Hauptkommissar bei der Befragung genau auseinandersetzen. Am besten kommen Sie gleich mit, dann können wir die Angelegenheit schnellstmöglich klären.«

»Dann werde ich mich kurz frisch machen, wenn es Ihnen recht ist. Möchten Sie so lange hereinkommen?«

Der forschende Blick von Herrn Bircher schweifte kurz von Cressida zu den offenen Türen ihres Apartments. »Danke, wir warten gern draußen.« Dann sah er auf die Garderobe. »Diese beiden Mäntel würden wir gern für eine forensische Untersuchung mitnehmen. Gestatten Sie?«

»Bitte, bedienen Sie sich.«

Immerhin, er hatte ihr nicht unterstellt, dass sie sich heimlich mit einem Betttuch abseilen oder über die Dächer fliehen wollte, also konnte es so ernst nicht sein. Aber immerhin ernst genug, um sie vorzuladen. Sie versuchte, ihre Gedanken zu sammeln, soweit sie die unter Rotwein- und Grappawolken wiederfinden konnte. Ob es etwas mit dem blutigen Schal zu tun hatte? Da ihre Mäntel konfisziert waren, nahm sie ihre neue burgunderfarbene Lederjacke aus dem Schrank. Hoffentlich war es dafür noch warum genug draußen, im Oktober konnte man da nicht sicher sein. Aber sie würde ja mit dem Auto gebracht, also kam es nicht so darauf an.

Die Autofahrt zum Gebäude der Kantonspolizei an der Sihl verlief schweigend. In diesem Haus war Cressida schon mehrmals gewesen. Es schüchterte sie nicht ein, obwohl es wie eine Trutzburg gebaut war. Irgendwie freute sie sich fast darauf, Hauptkommissar Graber wiederzusehen. Bei ihrer letzten Begegnung, einer hässlichen Sache im letzten Jahr, hatte sie ihn als sehr kompetent und pragmatisch erlebt. Das war genau der richtige Mann, um Ordnung in einen schwierigen Fall zu bringen.

Aber in dem Büro, in das Kommissar Bircher sie führte, saß nicht Hauptkommissar Graber, sondern ein wohlgenährter Mann Mitte 40 mit dichtem brünettem Haar, einem ordentlichen Scheitel und einer dicken Hornbrille.

»Frau Kandel? Schön, dass Sie gleich kommen konnten. Ich bin Hauptkommissar Bruno Grimm. Setzen Sie sich doch bitte.«

Als ob sie eine Wahl gehabt hätte. Hauptkommissar Bruno Grimm, stellte sie fest, sah genauso aus, wie man sich einen verbeamteten Familienvater vorstellte. Sein kleinkariertes Hemd – mit halben Ärmeln, wer trug denn heute noch so etwas – spannte etwas über dem Bauch. Vor zehn Jahren musste er ein attraktiver Mann gewesen sein, mit regelmäßigen Besuchen im Fitnessstudio würde er das wieder hinbekommen. Aber das ging sie schließlich nichts an. Der Ehering an seiner rechten Hand hatte sich tief in den Finger gegraben. Auf seinem Schreibtisch stand ein Foto in einem Silberrahmen. Leider konnte sie nicht erkennen, was dort abgebildet war. Der Eingangskorb auf dem Schreibtisch war leer, das konnte vieles bedeuten: Entweder gab es nichts zu tun, oder Hauptkommissar Grimm war sehr fleißig, oder heutzutage wurde alles elektronisch abgearbeitet. Das wäre irgendwie schade, dachte sie, diese Aktendeckel mit den weichen, abgegriffenen Eselsohren hatte sie immer sehr romantisch gefunden, man vermutete darin gleich übersehene Hinweise oder aus schlimmen Gründen versandete Fälle. Die elektronischen Daten gaben krimitechnisch nicht so viel her, außer der ganz offensichtlichen Möglichkeit der absichtlichen Datenfälschung. Woher sollte sie künftig ihre Ideen nehmen? Die Computertechnik in diesem Büro wirkte zumindest äußerlich sehr up to date und eindrücklich: drei große Bildschirme allein auf dem Schreibtisch von Herrn Grimm, jeweils zwei auf den Schreibtischen, an denen Herr Bircher und Herr Wille gerade Platz genommen hatten. Außerdem entdeckte sie da sehr schöne ergonomische Tastaturen und Scanner und Drucker in Griffnähe.

Herrn Grimm kannte Cressida noch nicht, aber er sah nicht sehr zugänglich aus. Nicht, dass das im Moment irgendeine Rolle gespielt hätte. Es ging sicher um den blutigen Schal und um schlimme Vermutungen.

»Ist Hauptkommissar Graber gar nicht mehr hier?«, fragte sie. »Letztes Jahr habe ich sehr gut mit ihm zusammengearbeitet.«

Hauptkommissar Grimm lachte herzlich. Überhaupt sah er angesichts der späten Stunde unnatürlich munter aus.

»Zusammengearbeitet, ja, das kann ich mir vorstellen! Wir bieten mehrmals im Jahr Kurse für Kriminalschriftsteller an, damit wenigstens die wesentlichen Grundlagen der Polizeiarbeit in ihren Romanen einigermaßen korrekt dargestellt werden. Wahrscheinlich meinen Sie so etwas.«

Cressida erkannte gleich, dass es keinen Sinn haben würde, mit ihm zu diskutieren. »Also arbeitet Herr Graber nicht mehr hier?«

»Nein.« Aha, da war anscheinend nicht mehr Information zu erwarten. Herr Grimm gab etwas in seinen Computer ein, wahrscheinlich suchte er nach dem korrekten Formular für die bevorstehende Befragung, sicher so ein Formblatt KPK17-225 für das Protokoll eines Verhörs einer Verdächtigten ersten Grades zu einem Gewaltverbrechen. Jetzt durfte sie ihn nicht drängen, sonst würde sie gar nichts erfahren, das war ihr klar. Etwas jedoch musste sie doch noch fragen, bevor es losging.

»Woher wussten Sie, dass ich Kriminalschriftstellerin bin?«

Er lachte schon wieder, das tat er anscheinend gern, aber es hörte sich etwas angestrengt an.

»Dazu muss man wirklich nicht bei der Polizei sein!«

Klar, er hatte sie gegoogelt, was auch sonst.

Jetzt wandte er sich vom Bildschirm ab und ihr zu.

»Frau Kandel, für das Protokoll: Sagen Sie mir bitte genau, wo Sie sich heute Abend zwischen 20 und 23 Uhr aufgehalten haben.«

Es hatte ganz bestimmt etwas mit dem blutigen Schal zu tun.

»Um kurz nach 20 Uhr bin ich von zu Hause losgegangen, um 20.30 Uhr war ich im *Filmpodium* und habe meine reservierten Karten für den Film in der Abendvorstellung an der Kasse abgeholt. Bis 20.55 Uhr habe ich vor der Tür gewartet, auf eine Verabredung. Dann bin ich in den Kinosaal gegangen und habe in Reihe 3 Platz genommen.«

Sie hielt inne. Herr Grimm, der bisher mitgeschrieben hatte, blickte auf.

»Und dann?«

Wie weit sollte sie ins Detail gehen? Ihre Hirngespinste gingen ihn wirklich nichts an. Am besten blieb sie bei den beweisbaren Tatsachen.

»Ich hatte den Anfang des Films verpasst und konnte nicht richtig folgen, obwohl ich versucht habe, mir den bisherigen Verlauf der Geschichte zusammenzureimen. Aber mir blieb das meiste unklar. Deshalb bin ich gegen 21.30 Uhr gegangen. Auf dem Weg nach draußen, als ich durch die Sitzreihe 3 ging, habe ich zufällig einen Schal vor einem unbesetzten Sitzplatz gefunden. Bei Licht besehen stellte ich fest, dass er voller Blut war. Ich habe ihn an der Kasse abgegeben. Danach bin ich mit dem Tram nach Hause gefahren. Gegen 22 Uhr war ich in meiner Wohnung, und dort habe ich mich aufgehalten, bis Ihre Kollegen mich abgeholt haben.«

Er tippte schnell und eifrig, mit zehn Fingern, wie sie erfreut feststellte, sehr professionell.

»Sie sind also von einer Verabredung versetzt worden«, stellte er fest. »Geben Sie mir bitte Namen und Anschrift dieser Person.«

Versetzt war so ein hässliches Wort, sie hörte es nicht gern, wenn es so deutlich ausgesprochen wurde. Es erinnerte zu sehr an Herzschmerz aus der Teenagerzeit, von dem sie sich wohl nie richtig erholt hatte. Aber es stimmte natürlich: versetzt. Und jetzt fing der wirklich peinliche Teil dieser Unterredung an.

»Der Mann, mit dem ich verabredet war, heißt Detlef.«

»Hat er auch einen Nachnamen?«

»Davon gehe ich aus. Er hat ihn mir nicht anvertraut. Es ergab sich nicht im Gespräch.«

Herr Grimm hatte seine Finger auf der Tastatur. Er wartete auf Input.

»Detlefs Adresse habe ich nicht, aber seine Telefonnummer. Moment.« Sie kramte ihr Smartphone aus der Tasche und las ihm die Nummer vor. »Er sagte, er sei erst vor Kurzem aus London nach Zürich gezogen. Und Zürich sei seine Heimatstadt.«

»Mehr wissen Sie nicht über ihn?«

Diese Frage war ja vorherzusehen gewesen.

»Nein«, sagte sie, wütend darüber, so sehr in die Defensive gedrängt worden zu sein. »Aber ich kann Ihnen aufzeichnen, wie er aussieht!«

Sie nahm einen Bleistift und ein Stück Papier vom Schreibtisch und fing an zu skizzieren: den länglichen Kopf, die schmalen Lippen, die buschigen Augenbrauen, die tief liegenden Augen. »Brünett, grüne Augen, Größe etwa ein Meter 80«, sagte sie und reichte Herrn Grimm das Blatt.

»Schöne Zeichnung.« Er nickte anerkennend. »Hatten Sie in der Zwischenzeit Kontakt mit diesem Detlef?«

»Ich habe seine Nummer angerufen, aber es meldete sich nur der Anrufbeantworter.«

»Und woher kannten Sie ihn?«

Nun war es auch egal, peinlicher konnte die Unterredung nicht werden.

»Ich habe ihn im Kasernenareal kennengelernt, bei einer Filmvorführung. Es gab einen Stummfilm mit Live-Musik-Begleitung. Danach sind wir noch in der Langstraße in die *Lotusbar* gegangen und haben uns über Stummfilme unterhalten. Das war das einzige Mal, dass ich ihn getroffen habe.«

Herr Grimm nickte, dann sah er auf die Uhr.

»So, das haben wir schon mal. Also fangen wir noch einmal von vorn an, und Sie erzählen mir all die Dinge, die Sie vorher ausgelassen haben.«

Nein, natürlich war der Mann kein Hellseher, so leicht ließ Cressida sich nicht beeindrucken. Wahrscheinlich war das ein Standardsatz aus seinem üblichen Verhör-Repertoire.

»Es ist schon spät«, fuhr Herr Grimm fort. »Tun Sie uns beiden einen Gefallen und erzählen Sie mir den Rest.«

So schnell wollte sie nicht nachgeben, jedenfalls nicht, bevor er ihr erzählte, warum sie überhaupt hier war. »Welchen Rest?«

»Also gut, Schritt für Schritt, und sagen Sie mir bitte die ungeschminkte Wahrheit. Welchen Sitzplatz hatten Sie im Kino?«

»Reihe 3, Platz 7. Ich hatte Platz 7 und 8 gebucht, das haben Sie doch sicher im Buchungssystem des Kinos gesehen.«

»Und haben Sie auf Platz 7 gesessen?«

Wenn sie sich nicht vollkommen lächerlich machen wollte, musste sie jetzt mit ihren gesammelten Eindrücken und Vermutungen herausrücken.

»Ich hatte mich auf Platz 11 gesetzt, weil ich sah, dass Platz 8 schon besetzt war, allerdings nicht mit meiner Verabredung. Ich wollte mich nicht direkt daneben setzen. Und ja, das werden Sie sicher gleich fragen, ich habe mir den Besucher auf Platz 8 angesehen und gedacht, ihn zu erkennen. Ich wollte ihn nach dem Kinobesuch ansprechen. Als ich dann eine halbe Stunde später vorzeitig aufstand, um zu gehen, bin ich absichtlich an diesem Platz vorbeigelaufen. Dort saß niemand mehr. An genau dieser Stelle habe ich den blutigen Schal gefunden.«

»Bitte, machen Sie es nicht so spannend.« Aha, seine Ruhe war doch nicht so unerschütterlich, gut zu wissen. Seinen Kommentar könnte sie gleich unverändert zurückgeben, aber sie wollte ihn nicht zu sehr ärgern.

»Der Mann, den ich auf Sitz 8 zu erkennen glaubte, war Moritz Stemming, freiberuflicher Journalist. Soweit ich weiß, lebt er in London. Ich hatte keine Ahnung, dass er sich in Zürich aufhält – wenn er es denn tatsächlich war.«

»War – das ist die richtige Zeitform.« Herr Grimm sah sie forschend an. »Herr Stemming wurde nach der Abendvorstellung im Zuschauerraum des *Filmpodiums* tot aufgefunden.«

Sie hatte so etwas insgeheim befürchtet, aber die Gewissheit seines Todes erschütterte sie.

»Wie kann das sein? Ich hätte ihn doch sehen müssen!

Er war einfach verschwunden. War das sein Blut an dem Schal, den ich gefunden habe?«

»Ist Ihnen vielleicht aufgefallen, dass auf der Sitzreihe vor Platz 8 ein Mantel über der Sitzlehne hing?«

Cressida nickte.

»Das war nicht einfach ein Mantel. Das war Herr Stemming im Mantel.«

Verdammt. Das mochte sie sich nicht bildlich vorstellen. Obwohl sie ihn ein paar Jahre nicht gesehen hatte, lebte er in ihren Erinnerungen, in verschiedenen Szenen. Sie hatte sich an einem umfangreichen Mantelbündel vorbeigedrängt, erinnerte sie sich jetzt, während auf der Kinoleinwand die Rhätische Bahn um eine Kurve fuhr. Moritz war schon immer sehr schmal gewesen, und für einen Mann von kleiner Statur. Er war genauso groß wie sie selbst, wenn sie keine hochhackigen Schuhe trug. Es prickelte in ihrem Nacken. Gleich würde ihr übel werden. Aber das war auch keine Lösung.

»Weiß man schon, wie er gestorben ist?«, fragte sie.

»Die Rechtsmediziner werden die Untersuchung morgen abschließen. Wie es aussieht, hat man ihm mit einer scharfen Klinge die Kehle durchgeschnitten. Keine sehr beliebte Art, jemanden zu töten, das lässt eine Tat aus Leidenschaft vermuten.«

Eine durchgeschnittene Kehle! Daher also das viele Blut.

»Wie gut kannten Sie ihn?«, fragte Herr Grimm.

»Wir haben uns vor einigen Jahren bei einer Konferenz über das organisierte Verbrechen in Westeuropa kennengelernt, die in London stattfand. Er war einer der Gastredner, und so kamen wir ins Gespräch. Er hat mich dann zum Essen eingeladen, und wir haben uns in London noch ein paar Mal getroffen.«

»Dann sind Sie sich also nähergekommen?«

Das war sehr vorsichtig formuliert, aber ihr war schon klar, was Herr Grimm wissen wollte. »Er hat mich nicht wegen meiner schönen Augen eingeladen, sondern weil er etwas über die Situation in der Schweiz wissen wollte, da hatte ich gerade für meinen damals aktuellen Krimi recherchiert. Beziehungsmäßig war er an Männern interessiert. Daraus hat er auch überhaupt kein Geheimnis gemacht, da können Sie jeden fragen.« Mehr brauchte Herr Grimm wirklich nicht zu wissen.

»Und seit dieser Zeit in London hatten Sie keinen Kontakt mehr zu ihm?«

Jetzt musste sie mit noch einer Geschichte auspacken.

»Ich hatte ihm damals viel von meinen Recherchen erzählt, vertraulich. Er hat eine Reportage dazu veröffentlicht, in der er meinen Namen genannt hat, ohne meine Erlaubnis. Als ich mich daraufhin bei ihm beschwert habe, hat er sich entschuldigt und mir einen Teil seines Honorars überwiesen. Für ihn war die Sache damit ehrenhaft erledigt. Aber ich hatte kein Vertrauen mehr zu ihm und habe auf seine Mails immer nur sehr kurz geantwortet.«

Herr Grimm hob von seinem Schreibtisch einen beigefarbenen DIN-A4-Umschlag hoch, mit der Miene eines Zauberers, der ein Kaninchen aus dem Hut zieht.

»Wenn Sie mit Herrn Stemming näher bekannt waren, wissen Sie vielleicht, warum er ein Manuskript bei sich trug?« Er ließ ein zusammengeheftetes Bündel Papier aus dem Umschlag gleiten und zeigte es ihr. Die gedruckten Seiten hatten rostrote Flecken. Vorn klebte ein großes Post-it mit der Aufschrift »Zur Verwendung«. Der Ausdruck trug den Titel *Die Filmwirtschaft in der Schweiz* und war 23 Seiten lang, ein Fließtext mit einigen wenigen Säulendiagrammen zwischendrin. »Er trug es in der Innentasche seines Mantels, das muss sehr unbequem für ihn gewesen sein. Für uns sieht das so aus, als ob er es im Kino jemandem geben wollte. Denn weshalb hätte er es sonst in die Vorführung mitnehmen sollen?«

»Ich habe keine Ahnung, was er vorhatte. Wie gesagt, wir haben seit Ewigkeiten nicht mehr miteinander gesprochen. Und das Thema des Textes sagt mir auch nichts. Dass Moritz die Schweizer Filmwirtschaft recherchiert haben soll, ist mir vollkommen neu. Er hat sich gern Filme angeschaut, aber für die finanziellen Aspekte hat er sich, soweit ich weiß, nicht besonders interessiert.«

Herr Grimm wollte die Papiere gerade wieder in den Umschlag zurücklegen, da räusperte sich Herr Bircher im Hintergrund.

»Ich denke, es kann nicht schaden, wenn wir Frau Kandel eine Kopie mitgeben«, sagte er. »Schließlich hat sie Erfahrung mit seinem Schreibstil und seiner Art zu arbeiten, vielleicht entdeckt sie im Text einen Hinweis, der uns bisher entgangen ist.«

Cressida sah ihn dankbar an. Endlich einmal ein Beamter, der imstande war, pragmatisch zu denken! Es waren nicht alle Polizisten solche Stiesel wie dieser Herr Grimm. Der grimmige Herr Grimm, dachte sie.

»Meinetwegen, vielleicht ist das eine Chance, wenn auch nur eine ganz geringe«, sagte Herr Grimm. »Also, Frau Kandel, wir haben die forensischen Daten erhoben, aber noch nicht ausgewertet, deshalb müssen wir das Original hierbehalten. Wir haben jedoch eine vollständige Kopie des Artikels hergestellt, die können Sie mitnehmen, wenn Sie möchten. Haben Sie eine Vorstellung davon, was Herr

Stemming mit diesem Papier anfangen wollte? Ist Ihnen das Thema vertraut?«

Cressida blätterte in den Text hinein, die letzten Seiten ließ sie über den Daumen laufen. Es ging anscheinend in erster Linie um Einflussfaktoren auf den Filmkonsum der Schweizer Bevölkerung und wie diese gesamtgesellschaftlich zu interpretieren seien. Unter dem Text, auf der letzten Seite, stand »Copyright Moritz S. 1992«.

»Das ist ja ein ganz alter Artikel!«, sagte sie. »Und ehrlich gesagt, mit der Filmwirtschaft habe ich mich noch nicht eingehend beschäftigt. Ich kann mir nicht vorstellen, wem Moritz diesen Text zukommen lassen wollte, oder aus welchem Grund. Wirklich seltsam. Ich schaue ihn gern in Ruhe durch, vielleicht fällt mir ja dann etwas dazu ein. Sonst lag nichts weiter dabei?«

»Nein, nichts. Wenn Sie etwas im Text entdecken sollten, melden Sie sich bitte sofort bei mir, hier ist meine Karte.«

Cressida nahm die Karte, gab ihm ihre eigene und überlegte einen Augenblick.

»Ich würde den Toten gern sehen. Ist es möglich, dass ich zur Rechtsmedizin gehe und einen Blick auf ihn werfe?«

»Sie brauchen das nicht zu tun. Wir haben seinen Pass bei ihm gefunden, er ist eindeutig identifiziert.«

»Ich möchte nur sicher sein, dass er tatsächlich derjenige ist, den ich im Kino gesehen habe. Um auszuschließen, dass der Fall noch mehr Komplikationen hat als bisher angenommen.«

Hauptkommissar Grimm lachte schon wieder. Diesmal hatte er natürlich guten Grund dazu, denn ihre Begründung hörte sich wirklich hirnrissig an.

»Bitte, wenn Sie darauf bestehen. Wir können uns morgen um 17 Uhr in der Rechtsmedizin treffen, bis dahin sollte die Autopsie abgeschlossen sein.« Er überlegte einen Moment. »Etwas wollte ich Sie noch fragen. Der Kinobetreiber hat angegeben, dass Sie heute Abend einen langen Mantel getragen haben. War das einer der Mäntel, die meine Kollegen eben aus ihrer Wohnung mitgenommen haben?«

»Ja, genau, ich hatte ihn gleich neben die Tür gehängt.« Sie zögerte. »Vielleicht sind sogar Blutspuren daran, Schmierspuren von dem Schal, den ich aufgehoben habe.«

»Das werden wir dann sehen.« Er gähnte, seine Kraft und seine gute Laune von vorhin schienen inzwischen aufgebraucht. »Für heute ist es gut, wir können jetzt Schluss machen.« Er stand auf und nahm seine Lederjacke vom Garderobenhaken an der Wand. Es war eine schwarze Jacke, sehr steif, aus billigem Leder, nein, das war überhaupt kein Leder, sondern billiger Kunststoff, sicher Ausverkaufsware. Cressida kannte sich mit Mode aus.

3 Uhr morgens. Was für eine unmögliche Zeit. Fast tat er ihr leid. Seinen Job würde sie sich nicht wünschen.

»Wecken Sie Ihre Familie nicht auf, wenn Sie nach Hause kommen!«, sagte sie.

Er warf ihr einen schnellen Blick zu, den sie nicht deuten konnte.

»Meine Kollegen werden Sie zu Ihrer Wohnung fahren«, sagte er. »Wir melden uns wieder.«

3. CRESSIDA MACHT SICH GEDANKEN

»Das ist bestimmt nicht einfach, nachts zu arbeiten«, sagte Cressida zu Herrn Bircher, als sie wieder im Wagen saßen.

»Na ja, Schichtdienst halt.«

»Besonders hier in der Gegend, in der Militär- und Langstraße, wo dauernd was passiert!«

»Man gewöhnt sich dran.« In dem Moment stolperte ein Mann mit wirrem Haar, gekleidet in einen schwarzen Hoodie und Jeans, die ihm in den Kniekehlen hingen, vom Bordstein direkt in den Polizeiwagen. Glücklicherweise waren sie nur im Schritttempo gefahren, und Herr Bircher konnte schnell bremsen. Der Mann rappelte sich von der Straße auf und hieb mit der flachen Hand auf die Windschutzscheibe.

»Scheißbullen!«, rief er mit krächzender Stimme. »Euch mache ich fertig! Mörderpack!« Herr Wille, der Kollege von Herrn Bircher, stieg aus und zeigte dem Mann seine Dienstmarke.

»Wenn das so ist, kommen Sie am besten gleich mit«, sagte er. Da kam Bewegung in den Mann, er tänzelte kurz auf der Straße, dann sprang er auf den Bürgersteig, und mit einem kichernden »Scheißbullen, ihr kriegt mich nicht« verschwand er in der Langstraße. Herr Wille stieg wieder ein. »Ist gut, wir können wieder«, sagte er.

»Moment! Warten Sie bitte!« Als sie rechts an der Häuserwand den Neonschriftzug der *Lotusbar* sah, kam Cressida plötzlich eine Idee. Das Lachen von Hauptkommissar Grimm, als sie von der Zusammenarbeit mit Hauptkommissar Graber erzählte, hatte in ihrem Unterbewusstsein weitergearbeitet und ihren Widerstandsgeist gestärkt. Dies war ein Kriminalfall, und sie selbst war eine Krimiautorin, wer könnte besser geeignet sein, ein paar Ermittlungen durchzuführen? Vor allem hier in der Gegend, wo die Polizei so unbeliebt war, hätte sie doch mit ein paar harmlosen Fragen bestimmt mehr Erfolg als ein Polizist bei einem offiziellen Verhör. Und genau hier, in der *Lotusbar*, hatte sie gestern mit Detlef am Tresen gesessen und sich mit ihm über Filme unterhalten. Es war gut möglich, dass er etwas mit Moritz' Tod zu tun hatte. Beide waren erst vor Kurzem aus London nach Zürich gekommen, sie selbst war mit beiden bekannt, Detlef war im *Filmpodium* verabredet, Moritz war dort anwesend, das konnte kein Zufall sein. Sie musste unbedingt mit Detlef sprechen. Vielleicht hatte er in der *Lotusbar* etwas zu der Bedienung gesagt, was ihr weiterhelfen könnte.

Herr Bircher sah sie fragend an.

»Wissen Sie, ob die *Lotusbar* um diese Zeit noch geöffnet hat?«

Er blickte auf die Uhr. »Kurz nach 3 Uhr – ich denke schon, bis 4 haben die immer offen. Sie wollen da doch jetzt nicht reingehen?«

»Doch, ich muss da noch was erledigen, gerade ist es mir eingefallen. Vielen Dank fürs Mitnehmen, ich komme nachher von hier aus allein nach Haus.«

»Sind Sie wirklich sicher?« Er hielt sie für nicht ganz zurechnungsfähig, das war seinem Blick anzusehen.

»Ganz sicher. Haben Sie vielen Dank!« Sie stieg aus. Auf der Straße standen zwei junge Frauen mit hellblauen

Perücken, in hautenge schwarze Latexhosen und geschredderte T-Shirts gekleidet. Als sie Cressida bemerkten, zeigte eine von ihnen auf Cressidas Haare, und beide lachten, ein ziemlich dreckiges Lachen, fand Cressida. Wahrscheinlich lästerten sie darüber, wen diese Frau in dieser Aufmachung wohl aufreißen wollte. Dadurch würde sie sich nicht verunsichern lassen. Sie ging auf die Tür der *Lotusbar* mit einer Selbstverständlichkeit zu, als ob sie Stammgast wäre. Ein abgestandener Bierdunst waberte ihr entgegen. Der lange Tresen war gut besetzt, aber sie fand einen freien Barhocker.

»Was darf's sein?«, fragte der Mann an der Bar. Es war der gleiche wie gestern, das war ein gutes Zeichen. Überhaupt war sie stolz auf ihre schnelle Reaktion. Gut gemacht, sagte sie sich, vor allem in Anbetracht der Tatsache, dass sie zurzeit nicht gerade superfit war. Und dass ihr Moritz' Tod doch näher ging, als sie für möglich gehalten hatte. Also jetzt noch einen Drink. Sie überlegte kurz. Wenn sie etwas Alkoholfreies bestellte, fiel sie sicher unangenehm auf. Obwohl sie im Laufe des Abends schon mehr als genug getrunken hatte, sollte es etwas sein, was zu ihrem normalen Lebensstil passte, was hatte sie gestern hier gehabt?

»Einen G&T gern«, antwortete sie. Den Bartender hatte sie gestern eingehend betrachtet, obwohl sie sich auf die Unterhaltung mit Detlef konzentriert hatte. Ein Deutscher, das hörte sie an seinem Akzent. Er sah so aus wie die Karikatur eines braven Jungen, obwohl er bestimmt um die 30 war: blonder Stoppelhaarschnitt, Sommersprossen auf der Himmelfahrtsnase, füllige Lippen. Im roten Licht der Bar wirkte er rosig und unschuldig. Er trug ein T-Shirt mit der Aufschrift ›Attention – I'm a rectal inspector‹. Gegen ihren Willen war sie beeindruckt – nicht nur, weil es sich um einen vollständigen Satz handelte, sondern auch, weil er gleich drei lateinische Wörter enthielt. Der Junge flirtete mit einem müden Anzugträger mittleren Alters, der nach Berater auf Geschäftsreise aussah, aber er schien nicht ganz bei der Sache zu sein. Immer wieder schielte er zum Eingang hinüber. Falls er einen bestimmten Gast erwartete, wurde es Zeit – schon kurz vor 3.30 Uhr, bald war Feierabend. Für sie selbst wurde es allerdings auch knapp, wenn sie heute noch etwas erreichen wollte. Jetzt legte der Anzugträger seinen müden Kopf auf den Tresen, gestützt von seinem linken Arm, unter dessen Manschette eine teuer aussehende Uhr hervorlugte. So etwas hatte sie vorhin im Kino gesehen – anscheinend gehörte das Herzeigen von Statussymbolen zum normalen Leben.

»Gibt's noch einen Snack zum Drink?«, fragte sie den Jungen an der Bar, der im Moment glücklicherweise völlig unbeschäftigt herumstand. »Gestern hattet ihr Oliven.«

»Ja, das war gestern!« Er zuckte mit den Schultern. »Sorry, sind alle. Morgen wieder.«

Immerhin redete er mit ihr. Sie bemühte sich, ihn möglichst freundlich anzulächeln. »Mein Freund, mit dem ich gestern hier war, hat mir gesagt, dass es immer richtig nett ist hier.«

Sie bemerkte seinen verächtlich heruntergezogenen Mundwinkel.

»Ja, natürlich ist er nicht mein richtiger Freund, halt ein netter Kollege, mit dem ich mal was trinken gehe. Er wollte mir noch mehr Tipps geben, weißt du zufällig, ob er heute noch vorbeikommt?«

Er sah sie misstrauisch an.

»Der Mann, mit dem du gestern hier warst? Sorry, den kenne ich nicht. Hab ich noch nie vorher gesehen.«

»Denk mal nach. Erinnerst du dich nicht? So ein schmaler Großer, mit grünen Augen und ganz dichten Augenbrauen, so was vergisst man nicht so schnell! Und er kannte dich auch, er hat dich Billy genannt.«

»Vielleicht hat er das aufgeschnappt, weil ein anderer das gesagt hat. Nein, Lady, tut mir leid, ich kenne deinen Typen wirklich nicht. Ich kann mir schließlich nicht jeden merken, der hier nachts reinkommt.«

»Wart mal, ich zeichne ihn dir kurz auf, dann erkennst du ihn bestimmt.« Cressida nahm einen Zettel und einen Stift aus der Handtasche und kritzelte ein Konterfei von Detlef auf das Blatt. Ziemlich ähnlich geworden, dachte sie, sie sollte so was öfter üben. Billy lachte verächtlich, als er ihr zusah. »Auf Papier zeichnen, wo gibt es denn das noch? Aus welchem Jahrhundert bist du eigentlich? Heute kann man alles mit dem Handy machen.«

»Natürlich fotografiere ich auch mit dem Handy«, sagte Cressida, die sich jetzt etwas beleidigt fühlte, »aber nur bei speziellen Gelegenheiten, wenn ich ganz genaue Bilder brauche. Es ist einfach schöner, auch mal was Haptisches zu arbeiten. Da, schau, kommt dir dieser Mann bekannt vor?«

Billy kniff die Augen zusammen. »Nee. Den kenne ich nicht. Wie gesagt, hier kommen immer so viele Leute, und man ist eh ständig im Stress, glaub mir, meinen Job möchtest du nicht haben.«

Er nahm unter dem Tresen eine bronzene Glocke hervor und schwenkte sie, es machte einen Höllenlärm.

»Last orders, everyone! Letzte Chance, hier noch was zu trinken zu bekommen!«

Cressida beschloss, ihn bis zur letzten Minute im Auge zu behalten. Irgendwie wirkte es unwahrscheinlich, dass er sich gar nicht an Detlef erinnern konnte. Die beiden hatten sich sogar kurz unterhalten, fiel ihr nun ein, hatten irgendetwas über Gin-Sorten gesagt. Sie machte es sich in der Ecke der Bar mit ihrem Drink gemütlich. Es war nicht mehr so voll wie eben, höchstens zehn Männer und zwei Frauen saßen noch dort, die meisten tranken Bier und Schnaps dazu. Den Anzugträger würden sie wohl nachher in ein Taxi schleppen müssen.

Jetzt ging die Tür auf, und ein Schwarzhaariger (gefärbt, das sah Cressida auf den ersten Blick) in Lederkluft betrat die Bar. Billys Gesicht hellte sich auf, er winkte ihm zu. Der Schwarzhaarige kam zu ihm, und die beiden verschwanden in einem Hinterraum. Einer der Biertrinker wankte zur Theke und schlug mit seinem leeren Bierhumpen auf die Marmorplatte.

»Hey, ich krieg noch eins! Hallo, Bedienung!« Für einen Moment befürchtete Cressida, er würde das Bierglas zerschlagen und damit auf irgendjemanden losgehen. Zwei Männer, die mit ihm am selben Tisch gesessen hatten, hakten ihn von beiden Seiten ein und redeten beruhigend auf ihn ein. Schließlich ließ er sich von ihnen nach draußen begleiten. Im 24x7-Laden um die Ecke gab es bestimmt noch viel mehr *Quöllfrisch*, als sie in einer Nacht trinken konnten, da war Cressida sicher.

Der unfreundliche bubihafte Billy war inzwischen wieder hinter der Bar aufgetaucht, aber sein schwarzhaariger Freund war nicht zu sehen. Vielleicht machte der die Buchhaltung – heutzutage sah niemand mehr so aus, wie man es sich nach den gängigen Stereotypen vorstellte. Billy räumte Gläser zusammen und wischte den Tresen ab. Hier würde sie heute nichts mehr erreichen, sie konnte genauso gut nach Hause gehen.

Obwohl sie ihren G&T nicht ausgetrunken hatte, fühlte sie, wie ihr in der kühlen Nachtluft etwas schwummerig im Kopf wurde. Draußen vor der Tür stand niemand mehr. Gut, dass keiner ihr leichtes Schwanken bemerkte, als sie die Langstraße hinaufging in Richtung Helvetiaplatz. Es war schon recht frisch geworden für Ende Oktober, ein leichter Herbstgeruch wehte ihr in die Nase, von Schornsteinrauch und modernden Blättern. Tram und Bus fuhren um diese Zeit natürlich nicht mehr, aber ein kleiner Spaziergang würde ihr guttun, zum Auslüften und Gedankensammeln. Als sie an der Überbauung am Rand des Helvetiaplatzes vorbeilief, hatte sie wieder ihre Lieblingsvorstellung: mit einer Abrissbirne bewaffnet auf einem Bulldozer durch Zürich zu fahren und alle architektonischen Scheußlichkeiten mit einem großen Rundumschlag rattapeng! wegkrachen zu lassen, besonders diesen hässlichen Betonkasten. Sie sah das Schwenken der Abrissbirne in ihrer Vorstellung ganz deutlich, die schwingende Stahlkugel kam in elegantem Bogen auf das Haus zu und ließ es knallend auseinanderbrechen, dass die Betonbrocken nur so in den Himmel sprangen. Sie genoss das Bild. In dem Moment spürte sie einen harten Schlag auf dem Hinterkopf, und ihr wurde schwarz vor Augen.

4. EIN LEICHTER RÜCKSCHLAG IST GANZ NORMAL ZU BEGINN EINER UNTERSUCHUNG

Irgendetwas war gar nicht gut. Ihre Hüfte fühlte sich eiskalt an, aber ihr Kopf war in heiße Nebelschwaden gehüllt, und etwas Hartes stach in ihren Rücken. An ein paar Stellen brannte ihre Haut, sie konnte jedoch gerade nicht genau feststellen, wo und warum ihr etwas wehtat. Es gab zu viele Stellen auf einmal, davon fühlte sie sich total überfordert, vor allem, weil auch das Denken schmerzte. Außerdem hatte sie gar keine Ruhe zum Nachdenken und Nachforschen, denn in ihrer unmittelbaren Nähe wurde ununterbrochen geredet. Mit aller Kraft versuchte sie, sich zu konzentrieren, und nun konnte sie zusammenhängende Sätze ausmachen.

»Lass doch! Die ist nur besoffen, das wird schon wieder! Die Fahne stinkt drei Meilen gegen den Wind!«

Damit konnte unmöglich jemand sie gemeint haben? Jetzt war eine andere Stimme zu hören, etwas leiser. »Schau mal, da ist Blut unter ihrem Kopf, eine richtige Pfütze! Das muss sich ein Arzt anschauen, ruf mal 144 an, sicher ist sicher.«

»Na gut, wenn du meinst.«

Cressida überlegte einen Moment lang, ob sie die Augen aufschlagen sollte, um nachzusehen, wer da redete, womöglich sogar über sie. Aber das wäre viel zu anstrengend, befand sie. Sie entschied sich dagegen.

»Vielleicht auch gleich die Polizei? Ich glaube, die ist ausgeraubt worden, so geht man doch nicht auf die Straße, nur in Unterwäsche, ohne Kleider, Mantel und Handtasche.«

Nun versuchte sie trotz allem, sich aufzurichten und umzuschauen. Von der plötzlichen Bewegung wurde ihr wieder schwindelig, und sie sackte zurück.

*

»Können Sie mich hören?«

Durch die geschlossenen Augenlider erkannte sie, dass um sie herum alles gleißend hell war. Ihre Hüfte war nicht mehr kalt, das war ein Fortschritt, und die harte Kante unter ihrem Rücken war auch verschwunden. Sie spürte immer noch Schmerzen, die meisten davon schienen sich an ihrem Hinterkopf gesammelt zu haben. Um ihren Nacken herum hatte sie ein seltsames Gefühl, wie von einer Manschette. Sie öffnete probeweise die Augen. Es funktionierte ohne schlimme Nebenwirkungen. Anscheinend lag sie in einem weißen Bett, in einem weißen Raum, unter einer weiß leuchtenden Neonlampe. Ein Mann in Weiß beugte sich über sie.

»Können Sie mir Ihren Namen sagen?«

Sie wollte sprechen, brachte aber nur ein Krächzen heraus. Der Mann reichte ihr ein Glas Wasser, und sie trank gierig. Dabei verschüttete sie etwas auf dem Laken, das war peinlich, aber sie konnte sich gerade nicht darum kümmern. Sie gab ihm das Glas zurück.

»Ich heiße Cressida Kandel.« So ging es schon etwas besser. »Wo bin ich hier?«

»Sie sind im Universitätsspital Zürich, und Sie haben

eine Platzwunde am Kopf, die ich eben genäht habe. Jetzt möchte ich gern untersuchen, ob Ihnen sonst noch etwas fehlt. Würden Sie bitte die Augen offen halten und ins Licht schauen?«

Es war unangenehm, diese starke Lichtquelle zu fixieren. Glücklicherweise dauerte die Untersuchung nicht lange.

»Wissen Sie, was mit Ihnen passiert ist?«

Sie strengte sich an, die Erinnerungsfetzen in ihrem Kopf zusammenzusetzen.

»Ich war auf dem Weg nach Hause. In der Nacht. Spät. Vorher war ich noch bei der Polizei. Nein, ich war in einer Bar, bestimmt fällt mir der Name gleich wieder ein.«

Der Arzt lächelte ihr ermunternd zu und reichte ihr erneut das Wasserglas. Er hatte ein sympathisches Gesicht, braun gebrannt mit leuchtend blauen Augen, und ein wirklich nettes Lächeln. Abgesehen davon wirkte er jung und smart, drahtig-durchtrainiert, so wie einer, der morgens um 6 Uhr noch vor dem Dienst auf den Platz geht und ein paar Runden Tennis spielt. Bedside Manner, dachte Cressida, schön, dass sie den Ärzten so etwas beibrachten. Lädierte Menschen konnten Freundlichkeit gut gebrauchen. Hoffentlich war sie nicht allzu lädiert.

»Haben Sie gerade gesagt, dass Sie meine Kopfwunde genäht haben?«

»Machen Sie sich darüber keine Sorgen. Die Wunde ist lang, aber nicht tief. Ich glaube nicht, dass sie sich entzünden wird.«

Wenn er dort genäht hatte, musste er die Stelle vorher rasiert haben. Gut, dass sie nicht wusste, wie sie jetzt von hinten aussah. Am besten dachte sie schnell an etwas anderes.

»*Lotusbar*! Nun fällt es mir wieder ein. Ich war in der *Lotusbar*, bis sie dort geschlossen haben, gegen 4 Uhr morgens.« Irgendwann würde ihr auch wieder einfallen, was sie dort gewollt hatte.

»Sehen Sie – das machen Sie richtig gut!« Der Arzt notierte sich etwas. »Sie sind bestimmt bald wieder in Ordnung. Man hat Sie gegen 4.30 Uhr am Helvetiaplatz bewusstlos gefunden und Sie dann hier eingeliefert. Meiner Einschätzung nach haben Sie keine Gehirnerschütterung. Ich werde Sie heute zur Nachmittagsvisite noch einmal untersuchen, und wenn alles in Ordnung ist, können Sie nach Hause gehen. Haben Sie jemanden, den Sie anrufen können, damit Sie Kleidung bekommen und in Ihre Wohnung können? Die Pflegerin wird Ihnen helfen, das alles zu klären.«

Nun erinnerte sie sich wieder an Stimmen, von vorhin, als es so kalt war. Jemand hatte von Unterwäsche gesprochen. Was war mit ihr passiert?

»Die Polizei möchte wissen, was mit Ihnen passiert ist«, sagte der Arzt, als hätte er ihre Gedanken gelesen. »Fühlen Sie sich kräftig genug, um mit ihnen zu reden? Sie warten im Flur.«

Eigentlich hätte sie sich wenigstens etwas entspannter fühlen können, als die beiden Polizistinnen gegangen waren. Sie waren so nett und fürsorglich gewesen. Jemand kümmerte sich darum, dass alles geklärt wurde. Cressida hatte ihnen alles gesagt, an das sie sich erinnerte, mehr konnte sie jetzt nicht tun. Gern hätte sie Anna angerufen, aber ihr war klar, dass sie ihr das um 6 Uhr morgens nicht antun konnte. Obwohl sie ein Schmerzmittel bekommen hatte, konnte sie nicht einschlafen. Die Ereignisse der Nacht schrien danach, irgendwie geordnet zu werden. Sie erbat von der Pflegerin einen Stift und einen Notizblock. Also zuerst mal die Fakten, dachte sie, erstaunt darüber, wie klar sie denken konnte. Fakten: 1) Cressida wird von Detlef angesprochen und verabredet sich mit ihm zum Kino, 2) Moritz sitzt auf Detlefs Platz im Kino, 3) Moritz wird ermordet, 4) Moritz hatte einen Text in der Tasche, den er wahrscheinlich jemandem übergeben wollte, 5) Cressida fragt in der *Lotusbar* nach Detlef, 6) Cressida wird niedergeschlagen und ausgeraubt.

Konnte es eine kausale Beziehung zwischen all diesen Ereignissen geben? Punkt 6 machte ihr am meisten zu schaffen. Wieso hatte man ihr nicht nur die Handtasche und die neue Lederjacke, sondern auch ihr altes Wollkleid und ihre Schuhe geraubt? Aus Feuerwehrübungen wusste sie, wie schwierig es war, einer leblosen Person die Kleider auszuziehen. Wer immer ihr Kleid gestohlen hatte, musste es wirklich dringend gebraucht haben.

Sie war froh, dass die hilfreichen Polizistinnen eben nicht nur versprochen hatten, ihre Kreditkarten sperren zu lassen, sondern auch noch einen Klempner bestellt hatten, um das Schloss an ihrer Wohnung auszuwechseln. Irgendwann später würde sie Hauptkommissar Grimm anrufen müssen, um eine neue Kopie des Textes von Moritz zu erbitten, der Gedanke daran ließ ihr keine Ruhe. Trotzdem wurden ihre Augenlider schwer. Sie versuchte, sich im Bett umzudrehen, aber die Halsmanschette verhinderte diese Bewegung. Das erinnerte sie wieder an den freundlichen Arzt, der sie untersucht hatte, und daran, dass sie in Unterwäsche eingeliefert worden war. Welches Set hatte sie eigentlich in dieser Nacht getragen? Das kirschrote mit der beigefarbenen

Spitze? Über diesem Gedanken schlief sie schließlich doch ein.

Als sie das nächste Mal die Augen aufschlug, drang helles Tageslicht durch das Fenster, die Sonne stand hoch. In der Luft hing der Geruch von gekochten Zwiebeln und Desinfektionsmittel. Wahrscheinlich hatte sie gerade das Mittagessen verpasst, nach dem Geruch zu urteilen sicher kein großer Verlust. Sie versuchte, sich zu strecken. Ihre Hüfte schmerzte, auch ihr verspannter Nacken. Vorsichtig versuchte sie, sich aufzurichten, mit ein bisschen Mühe gelang es. Wie spät mochte es sein? Sie schaute auf den Nachttisch neben ihrem Bett, aber dort fand sie nur ein Glas Wasser und eine Schale mit zwei weißen, länglichen Tabletten darin. Dann erinnerte sie sich. Sie war überfallen worden, alles war weg, ihre Uhr, ihr Handy, ihre Tasche, ihre Kleider. Wie sollte sie wieder nach Hause kommen?

Eine Frau im weißen Kittel schaute zur Tür herein.

»Ah, sehr gut, Sie sind wach! Dann werden wir Sie gleich waschen, damit wir vor der Visite fertig sind.«

Mühsam stützte Cressida sich an der Bettkante ab, schwang die Beine auf den Boden und stand auf. Es funktionierte ganz gut, wenn sie von den Schmerzen im Kopf und im Rücken absah. So weit kam es noch, dass eine Pflegerin sie waschen musste!

»Ich schaffe das schon allein«, sagte sie und wankte ins Bad. Im grellen Neonlicht blickte ihr ein Geistergesicht entgegen, kalkweiß, mit dunklen Ringen um die violetten Augen, einem spitzen Kinn und einem weißen Turban auf dem Kopf, unter dem dunkelblaue Strähnen schief hervorsprangen. Es brauchte eine Schrecksekunde, bis sie sich wiedererkannte. Wie ihr Kopf unter dem weißen Verband aussah, mochte sie sich nicht einmal vorstellen. Ob es wohl lange dauern würde, bis sie sich wieder unter Menschen trauen konnte? Sie musste unbedingt herausfinden, wer Detlef war und wo er sich aufhielt. Bestimmt hatte er etwas mit Moritz' Tod zu tun, vielleicht sogar mit dem Überfall auf sie selbst – warum hätte er sonst so eindringlich auf einer Verabredung im *Filmpodium* bestehen sollen, um dann einfach nicht zu kommen? Sie hoffte, dass der Hauptkommissar Detlefs Handy orten konnte. Im Fernsehen war die Polizei dazu in der Lage, wenn die Nummer bekannt war. Hmm, vielleicht sollte sie sich tatsächlich noch einmal für so einen Krimischriftsteller-Fortbildungskurs bei der Polizei anmelden? Beim Stichwort Polizei fiel ihr ein, dass sie ja um 17 Uhr mit Hauptkommissar Grimm in der Rechtsmedizin verabredet war. Sie ließ schnell einen Schwall kalten Wassers über sich laufen, rubbelte sich energisch ab und fragte die Pflegerin nach einem Telefon.

Glücklicherweise meldete Anna sich sofort. Wahrscheinlich hatte sie gerade ihren ersten Frühstückskaffee hinter sich. Cressida hatte noch nie verstanden, warum manche Künstler lieber nachts arbeiteten – war morgens nicht das Licht viel besser? Anna hatte schon öfter versucht, ihr irgendetwas von den kumulierten Farben des Tages zu erzählen, aber so ganz hatte Cressida das Prinzip noch nicht durchschaut. Das Schöne an Anna war ihre Unkompliziertheit – sie rechnete damit, nicht verstanden zu werden, und fand das überhaupt nicht schlimm. Und sie rechnete auch ständig mit dem Unerwarteten. Deshalb musste Cressida ihr nicht viel erklären.

»Im Unispital, Unfallstation?«, fragte sie. »Bin in einer

halben Stunde da. Ich bringe dir Jeans und Pulli mit, ist das okay? Und noch einen alten Mantel, sagst du? Kein Problem, bis gleich.«

Cressida lehnte sich zufrieden im Bett zurück. Mit Annas Hilfe würde sie gut vorankommen, da war sie sicher. Anna hatte immer so kreative Ideen. Allerdings musste man sie erst mal zu fassen bekommen, sie war sehr viel unterwegs. Sie schloss die Augen, um noch etwas Ruhe zu genießen, bevor sie sich in die Untersuchungen stürzte. Da öffnete sich die Tür, und der Arzt von heute Morgen kam herein, begleitet von der Pflegerin.

»Sie sehen ja schon wieder blendend aus«, behauptete er frech und fühlte ihren Puls. Mit dem Bedside Manner konnte man es auch übertreiben, fand Cressida jetzt, irgendwann wurde es unglaubwürdig. »Und nun schauen wir mal, was Ihre Kopfwunde macht.« Er entfernte den Mullverband und strich ihre Haare zur Seite. »Da hat der Heilungsprozess schon eingesetzt, ich denke, wir brauchen nur noch ein Pflaster. Am besten achten Sie darauf, dass Sie die nächsten Nächte nicht auf dem Rücken schlafen, das könnte wehtun. Möchten Sie die Nackenstütze mitnehmen?«

So eine Nackenstütze brauchte man, wenn man daran erinnert werden wollte, dass man lädiert war und das Leben endlich.

»Nein, vielen Dank!«

Er reichte ihr die Hand.

»Dann alles Gute für Sie, Sie können nach Hause gehen, oder meine Kollegin wird Ihnen ein Taxi bestellen, wenn Sie möchten. Falls irgendetwas sein sollte, melden Sie sich bei mir!« Damit war er federnden Schrittes aus dem Zimmer verschwunden, die anderen Patienten warteten sicher schon. Die Pflegerin legte einen Briefumschlag auf den Nachttisch.

»Frau Kandel, die Kolleginnen von der Polizei waren vorhin da und haben dies hier für Sie abgegeben, das ist wohl Ihr neuer Wohnungsschlüssel. Wird jemand kommen und Sie abholen?«

»Ja, meine Freundin ist in einer halben Stunde da und bringt mir Kleider. Kann ich so lange hier bleiben?«

Die Pflegerin nickte.

»Ihre Unterwäsche liegt in dem Spind neben der Tür.« Sie lächelte und verschwand. Es hatte eben nicht jeder so schöne Dessous, dachte Cressida. Aber nun war es Zeit, einen Schlachtplan aufzustellen. Was sollte sie als Erstes tun? Ihre Liste der Ereignisse von vorhin war nicht so hilfreich, wie sie es erhofft hatte. Also – als Erstes in die Rechtsmedizin, um Moritz zu identifizieren, aus irgendeinem Grund konnte sie ihn sich nicht tot vorstellen. Dort würde sie dann Hauptkommissar Grimm befragen, und zwar erstens nach der Ortung von Detlefs Handy und zweitens nach dem Hotel, in dem Moritz gewohnt hatte – das musste er doch inzwischen herausgefunden haben.

»Huhu! Bist du angezogen?« Annas Nasenspitze war durch den Türspalt zu sehen.

»Nein, bin ich nicht!«

»Dann bin ich hier ja richtig!« Anna wirbelte zur Tür herein und ließ sich auf die Bettkante fallen. »Schau mal, was ich dir alles Schönes mitgebracht habe!« Anna hatte eine neue Frisur, fiel Cressida jetzt auf. Sie ließ ihren Kurzhaarschnitt auswachsen und band ihre karottenfarbenen Haarsträhnen mit einem giftgrünen Seidenschal zusammen, auf dem sich kleine lila Elefanten tummelten. Solange sie selbst nicht so aussehen musste, war es okay, befand Cressida.

Anna reichte ihr als Erstes eine Levi's, und Cressida war beruhigt, weil die vollkommen normal aussah. Jedenfalls solange man nicht auf den linken Oberschenkel vorn schaute, in den mit pinkfarbenen Nieten ein Herz eingestanzt war.

»Was?«, sagte Anna, als sie Cressidas kritischen Blick bemerkte. »Hast du etwa kein Herz? Ganz im Ernst, die habe ich letzte Woche im Caritas-Brocki in der Birmensdorfer Straße für zehn Stutz gekauft, da überlegt man doch nicht lange. Wenn es dich nervt, kannst du das Herz ja rausschneiden.« Sie grinste. »Den Mantel habe ich auch von dort, der ist zwar kariert, und ein bisschen groß, aber wirklich warm.«

Der Mantel war tatsächlich kariert, in Beige und Braun, und er erinnerte Cressida an die Hauspuschen, die ihre Oma früher so gern trug, die waren auch richtig warm. Die mitgebrachten Schuhe waren gewöhnungsbedürftig, beziehungsweise sollte sie sich lieber nicht an die gewöhnen – eine halbe Nummer zu klein und aus grünem Samt, nicht gerade das Passendste für Herbstwetter, aber es hätte schlimmer kommen können. Von dem Pullover, den Anna noch herausrückte, war sie fast ein bisschen enttäuscht; er war kirschrot und passte ihr wie angegossen.

»Er hat ein paar Mottenlöcher an der Schulter, aber die Mottenlarven sind alle tot! Bei Caritas haben sie den Pullover gut eingenebelt, das hat mir Ellen absolut garantiert.« Anna sah Cressida kritisch an. »Und so willst du also auf die Straße gehen und Leute zu einem Mordfall befragen?«

Cressida war irritiert.

»Wo ist das Problem? Irgendwas nicht in Ordnung?«

»Zeig mal deinen Hinterkopf. Uiuiui, da hat jemand eine Schneise rasiert, und in der Schneise sitzt ein ziemlich hässliches braunes Pflaster. Überleg mal, da hat jemand ein Loch im Kopf und stellt komische Fragen. Würdest du dem antworten?«

Das war eine rhetorische Frage, natürlich.

»Was schlägst du vor? Soll ich mich vielleicht zu Hause vergraben, in der Hoffnung, dass man mich in Ruhe lässt und Moritz' Mörder sich freiwillig der Polizei stellt?«

»Die Geschichte mit diesem Moritz musst du mir noch mal in Ruhe erzählen. Der war dir nicht egal, oder?«

»Lenk nicht ab.«

Anna seufzte übertrieben.

»Also gut, weil du meine Freundin bist, schenke ich dir jetzt diesen wunderschönen Designerschal.« Sie zog den giftgrünen Schal aus ihrem Haar und wickelte ihn mehrmals um Cressidas Kopf. »Steht dir gut, so ein Turban, damit siehst du so elegant aus. Fast wie Nofretete.«

Cressida ging zum Spiegel.

»Ja, genauso elegant und ungefähr genauso alt. Die Leute werden mich auf der Straße einfangen und wegsperren, so wie ich aussehe. Vollkommen durchgeknallt.«

»Hey, was ist letzte Nacht mit deinem Kopf passiert? Das ist nicht durchgeknallt, das ist exzentrisch. Du glaubst gar nicht, wie viele Leute heute in Zürich versuchen, auffällig auszusehen, aber die meisten kriegen das nicht hin. Wenn dich überhaupt jemand ansehen wird, dann nur die Neidischen. Außerdem«, fügte sie in einem etwas beleidigt klingenden Tonfall hinzu, »kannst du dich gleich zu Hause wieder umziehen, wenn dir der Turban nicht gefällt.«

»Nein, so viel Zeit habe ich nicht! Ich bin um 17 Uhr in der Rechtsmedizin verabredet. Wie spät ist es eigentlich?«

Anna schaute auf ihr Handy.

»Gerade mal 16 Uhr. Das schaffst du locker, das 9er Tram fährt ja direkt dahin. Soll ich mitkommen?«

Cressida umarmte sie.

»Vielen Dank, du bist ein Schatz! Aber das schaffe ich allein. Lädst du mich heute Abend zum Essen ein? Dann erzähle ich dir mehr!«

Sie gingen gemeinsam die Treppen hinunter und liefen zur Tramhaltestelle.

»Ich fahre noch bis Werd weiter«, erklärte Anna. »Mal schauen, ob Ellen was Neues reinbekommen hat, vielleicht einen Schal von Bulgari, man weiß ja nie!« Als Cressida bei der Universität Irchel ausstieg, winkte sie ihr zu. »Viel Spaß mit deiner Verabredung, von der du mir nichts erzählen wolltest!«

Cressida ging durch die Grünanlage auf das dreistöckige Gebäude zu. Sie war für ihre Krimi-Recherchen schon öfter in der Rechtsmedizin gewesen und hatte sich dort Notizen gemacht, aber nun war sie zum ersten Mal als Betroffene dort. Sie läutete an der Tür und fürchtete sich ein bisschen davor, was sie dort sehen und dabei empfinden könnte.

»Cressida Kandel, ich habe einen Termin für 17 Uhr.« Der Summer ertönte, und sie betrat den Empfangsraum.

Eine junge Frau im weißen Kittel kam ihr entgegen.

»Frau Kandel, Sie sind zwar etwas zu früh hier, aber Sie haben Glück. Der Kollege von der Mordkommission ist auch gerade gekommen. Bitte folgen Sie mir.«

Schon der Eingangsbereich hatte steril ausgesehen, mit dem glatten Holzboden und den Stahlrohrmöbeln, aber hier im Kühlraum wirkte es optisch sehr kalt durch die Stahlschränke und den spiegelblanken blauen Bodenbelag. Eine der Stahltüren war geöffnet, und eine mit einem Leintuch zugedeckte Bahre war herausgefahren worden. Das Leintuch warf Falten, unter denen man eine menschliche Form erahnen konnte. Der höchste Punkt war eine Spitze am Kopfende. Moritz hatte eine sehr schöne gerade Nase gehabt, erinnerte sie sich. Ihr war ein bisschen übel.

»Frau Kandel?« Die Stimme von Hauptkommissar Grimm neben ihr klang erstaunt. »Die Faschingszeit fängt doch erst im November an?«

Diese Art von uncooler Bemerkung passte zu ihm, überlegte Cressida. Seine Frau sah bestimmt immer ganz proper aus, und am Samstagvormittag gingen sie gemeinsam bei *Nile* einkaufen, damit sie mal etwas Frecheres anziehen konnte, zum Beispiel ein Jäckchen mit Schößchen. Aber – Moment – vielleicht wusste er gar nichts von dem Angriff auf sie? Dann sollte er es schleunigst erfahren!

»Ich bin letzte Nacht überfallen und ausgeraubt worden«, sagte sie streng. »Sogar meine Kleider haben sie mitgenommen, nur die Unterwäsche habe ich behalten.«

»Und das war, nachdem meine Kollegen Sie davor gewarnt haben, zu später Stunde allein in die *Lotusbar* zu gehen, Sie aber trotzdem darauf bestanden haben?«

Sie hielt seinem sarkastischen Blick tapfer stand.

»Ja, genauso war es. So, und kein bisschen anders.«

»In der *Lotusbar* haben Sie wahrscheinlich nach diesem Detlef gefragt.«

»Den Barkeeper habe ich wiedererkannt, das ist ein gewisser Billy, Deutscher, sieht sehr bubihaft aus. Der hatte vorgestern noch mit Detlef geschwatzt, aber gestern konnte er sich angeblich gar nicht an ihn erinnern.«

»Hat in der Bar sonst noch jemand mit angehört, dass Sie nach Detlef gefragt haben?«

»Ich weiß nicht. Vielleicht. Die meisten Gäste wirkten sehr betrunken, die haben bestimmt nicht zugehört.«

»Frau Kriminalschriftstellerin, ich muss doch sehr bitten! Sie sollten wissen, dass zum Beispiel Sherlock Holmes sich gern als betrunkenes Individuum irgendwo eingeschlichen hat, um wertvolle Informationen aufzusaugen. Man muss immer auf alles gefasst sein.«

Cressida sah ihn an. Sein Gesicht war ganz ernst, aber sie erkannte, dass er es nicht ernst meinte. Der Mann hatte tatsächlich Humor. Nur schade, dass er ihn jetzt gerade gegen sie einsetzte. Männer waren viel sympathischer, wenn sie über sich selbst lachten.

Die Frau neben ihnen räusperte sich.

»Bruno, so gern ich euch auch beim Flirten zuhöre, ich muss wieder an meine Arbeit. Würdet ihr euch bitte den Toten anschauen, wenn das noch erforderlich ist?«

»Entschuldige bitte, Martina, ja, es ist leider erforderlich. Könntest du mir bitte die Wunde zeigen und erzählen, was für Schlüsse du daraus ziehst? Frau Kandel, es reicht sicher, wenn Sie nur einen kurzen Blick auf den Toten werfen, am besten warten Sie dann kurz im Flur auf mich.«

Die eifersüchtige Rechtsmedizinerin namens Martina schlug das Leintuch zurück, sodass man Kopf und Oberkörper sehen konnte. Moritz lag auf dem Rücken, steif und gerade, so wie er im wirklichen Leben nie gelegen hatte. An Brust und Hals waren grob zugenähte Schnitte erkennbar. Die Sektionsgehilfen hatten ihn schon wieder so zusammengeflickt, dass der Körper transportierbar war. Ja, Cressida erkannte ihn, er war eindeutig der Mann, den sie gestern im Kino gesehen hatte, und er war eindeutig Moritz Stemming. Und doch war er es nicht mehr. Sie spürte, wie ihr Tränen über die Wangen liefen, und wischte sie ungeduldig ab. Als sie hochsah, fiel ihr auf, dass Hauptkommissar Grimm sie beobachtete.

»Ja, es ist Moritz Stemming, und ich habe ihn gestern im *Filmpodium* gesehen«, bestätigte sie schnell und verließ den Raum. Als sie die Tür hinter sich zuzog, regte sich ein Funken von Widerstand in ihr. Diese Geschichte ging sie direkt an, und sie wollte keine Information verpassen. Also öffnete sie die Tür wieder einen kleinen Spalt.

Die Rechtsmedizinerin zeigte gerade auf Moritz' Hals.

»Dieser Schnitt wurde mit einem scharfen Messer durchgeführt, wahrscheinlich einem Rasiermesser. Das Blut spritzt bei tiefen Halsschnitten mit gut geschärften Geräten nur sehr wenig zur Seite, sondern fließt stattdessen in großem Schwall heraus. Dreht der Täter die Schnittseite des Halses dabei nach unten, dann fließt das Blut vor allem auf den Boden, gelangt also nur wenig an Wände und Bekleidung. Der Täter war anscheinend Linkshänder und befand sich auf gleicher Höhe wie das Opfer zu seiner Rechten. Der Schnitt war die Todesursache. Allerdings hätte das Opfer ohnehin nur noch etwa drei bis sechs Monate zu leben gehabt. Der Mann litt unter Lymphdrüsenkrebs, das ist eine besonders heimtückische Krebsvariante.«

Cressidas Herz begann kräftig zu klopfen. Sie hatte keine Ahnung gehabt, dass Moritz so krank war. Nun überkam sie ein überwältigend schlechtes Gewissen, dass sie seine E-Mails immer so kühl und abweisend beantwortet hatte. Man musste auch vergeben können, sagte sie sich, und das sollte man möglichst tun, solange es noch nicht zu spät war. Sie setzte sich auf eine Bank und versuchte, ruhiger zu werden. Was konnte sie jetzt noch tun? Eins jedenfalls stand für sie fest: Auch wenn Moritz wusste, dass ihm nicht mehr allzu viel Zeit blieb, wollte er mit Sicherheit nicht, dass ihm jemand vorzeitig die Kehle durchschnitt. Er verdiente es, dass sie mit allen Kräften nach seinem Mörder suchte. Sie musste sich einfach in Zukunft ein bisschen geschickter anstellen. Ihre Aktion in der *Lotusbar* letzte Nacht war amateurhaft und dumm gewesen, nur dadurch zu entschuldigen, dass sie zu dieser Zeit angeschlagen und unausgeschlafen war. So etwas würde ihr nicht wieder passieren.

»Kommen Sie mit mir in mein Büro, damit wir uns weiter unterhalten können?« Hauptkommissar Grimm stand vor ihr und musterte sie schon wieder mit einem Blick, den sie nicht entziffern konnte, das schien eine Spezialität von ihm zu sein. Aber sie war fest entschlossen, sich in ihren Ermittlungen nicht von Gefühlen ablenken zu lassen, deshalb stellte sie ihm gleich eine Frage, die ihr wichtig vorkam.

»Wenn der Schnitt an Moritz' Kehle von einem Linkshänder durchgeführt wurde, der links von ihm saß, dann ist doch sicher das Blut – wenn überhaupt – eher nach rechts gespritzt, oder? Das war sehr geschickt von dem Mörder, der dann nur wenig oder gar nicht von dem Blut des Opfers befleckt wurde.«

»Aha, Sie haben gelauscht! Sie halten sich wohl immer noch für Miss Marple, oder für Miss Amelia Butterworth? Ich gebe Ihnen einen guten Rat: Lassen Sie das sein. Es besteht nur die Gefahr, dass Sie unsere Ermittlungen behindern. Tun Sie sich und uns den Gefallen und überlassen diese Arbeit der Polizei. Wir machen das ganz gut, glauben Sie mir.«

»Aber es ist schon seltsam«, fuhr sie fort, »dass der Körper von Moritz über der Sitzlehne der Vorderreihe hing.

Wenn ihm die Kehle durchgeschnitten wurde, hätte er eigentlich in sich zusammensacken müssen, auf seinem Sitz. – Ah, jetzt ist es mir klar! Der Täter wollte wohl noch seine Taschen untersuchen, und dann wurde er gestört, weil es auf der Leinwand wieder hell wurde.«

Hauptkommissar Grimm stöhnte ostentativ.

»Frau Kandel, könnten Sie bitte mit Ihren Spekulationen aufhören?«

Sie liefen wortlos auf den Parkplatz. Das mit dem Kehledurchschneiden und der Lage der Halsschlagadern würde sie später im Internet recherchieren, dafür braucht sie ihn nicht.

»Wo sind Sie gestern überfallen worden?«, fragte er, als sie im Wagen saßen. »Ich würde gern kurz vorbeifahren und mir die Stelle ansehen, wenn Sie jetzt Zeit haben. Ich rufe gerade meinen Kollegen an, damit er dazukommt.«

Natürlich hatte sie Zeit dafür, und es war vielversprechend, dass er offensichtlich den Überfall auf sie mit dem Mord an Moritz in Verbindung brachte, oder wenigstens die Möglichkeit in Betracht zog. Anscheinend lehnte er doch nicht alles ab, was sie sagte. Als sie am Helvetiaplatz ausstiegen, waren dort die üblichen Verdächtigen zu sehen. Ein paar Späthippies hockten auf Decken in der Mitte des Platzes, am Brunnen war ein magerer Mann damit beschäftigt, etwas auszuwaschen, und vor dem Restaurant saßen ein paar in warme Mäntel gehüllte Raucher.

»Dort, an der Ecke«, sagte Cressida. »Ich war gerade an der Überbauung vorbeigekommen, als mir jemand von hinten einen Schlag auf den Kopf versetzte. Wahrscheinlich hatte ich Glück, dass da noch jemand vorbeigekommen und mich gefunden hat, an einem Freitagmorgen kurz nach 4 Uhr.«

Hauptkommissar Grimm betrachtete den Boden an der Stelle, auf die Cressida gezeigt hatte. Natürlich war da keine Spur mehr zu sehen, das wusste er so gut wie sie. Das Zürcher Citycat fegte die Stadt jeden Morgen mit drei kräftigen Drehbesen, bis alle Schmutzreste beseitigt waren. Er zuckte mit den Schultern.

»Die Papierkörbe!«, sagte er dann. »Die Papierkörbe sind heute noch nicht geleert worden. Diebe werfen oft Dinge in den Papierkorb, die sie als nutzlos erkannt haben. Machen wir uns an die Arbeit.« Am Helvetiaplatz gab es zwei Papierkörbe, der nächste stand an der Straße, gegenüber vom Volkshaus. Hauptkommissar Grimm zog einen schwarzen Müllsack aus der Tasche, dann ein Paar Latexhandschuhe.

»Sie halten den Müllsack offen, während ich den Korb leere, ist das in Ordnung für Sie?«

Sicher eine schmutzige Arbeit, aber Cressida war froh, in die polizeilichen Ermittlungen eingebunden zu sein, obwohl sie wenig Hoffnung hatte, ihr Eigentum wiederzufinden. Ob sie hier jemand beobachtete? Was die Leute wohl dachten, wenn jemand in einem Abfalleimer kramte? Was würde sie selbst denken? Sie würde denken, dass jemand beim Müllwegwerfen seinen Brillantring verloren hätte, wahrscheinlich, so etwas sollte wirklich schon vorgekommen sein. Was für Geschichten könnten noch dahinterstecken?

»Frau Kandel, sind Sie so weit?« Hauptkommissar Grimm war dabei, den Boden des orangefarbenen Behälters aufzuhebeln, und sie beeilte sich, den offenen Müllsack darunterzuhalten. Es polterte und raschelte, der Eimer schien gut gefüllt zu sein, hoffentlich war nichts zu Ekliges dabei. Hauptkommissar Grimm stocherte mit einem

Stock im Behälter, um sicherzugehen, dass nichts mehr an den Wänden hing. Jetzt ging es also um die Auswertung. Der Hauptkommissar schien mit solchen Dingen Erfahrung zu haben. Er legte einen neuen Müllsack neben den gefüllten und hob die gesammelten Abfallstücke mit einem Stock an. Erstaunlich, dachte Cressida, wie sich da ihre Erwartungen erfüllten. Leere Flaschen, angebissene Sandwiches, gebrauchte Papiertaschentücher mit Flecken in verschiedenen Farben, grüne Einwegfeuerzeuge, zerbeulte Bierdosen, klebrige Plastikbecher, Zigarettenkippen, gebrauchte Kondome, leere Schokoriegel-Packungen, ein Brillantarmband – Moment, war das wirklich ein Brillantarmband? Hauptkommissar Grimm hielt es am Stock hoch, damit sie es näher betrachten konnte. Nein, das waren Glas und Billigmetall, und der Verschluss war kaputt. Als Nächstes kamen zwei Pappschachteln mit Ketchupresten zum Vorschein, noch mehr Papiertaschentücher in verschiedenen Gelbtönen, dann eine gelb-grün bespritzte tote Ratte – nein, Moment, das war keine Ratte, diese Form kannte sie doch!

»Meine Handtasche!«, rief Cressida aus.

Hauptkommissar Grimm fasste sie mit seiner behandschuhten Rechten vorsichtig an und ließ sie in einen sauberen Beutel gleiten.

»Tut mir leid, aber die muss erst mal von der Forensik überprüft werden. Wir melden uns, wenn Sie sie abholen können. Erkennen Sie sonst etwas wieder?«

Cressida musterte die verbleibenden Reste aus dem Abfalleimer. Konnte das – sie beugte sich hinunter und versuchte dabei, nicht einzuatmen. »Das rote fransige Ding hinter dem leeren Flachmann, das könnte mein Schal sein. Sonst ist nichts dabei.«

Inzwischen war auch ein Kollege von Hauptkommissar Grimm eingetroffen. Die beiden untersuchten gemeinsam den zweiten Abfalleimer am anderen Ende des Platzes, während Cressida gegenüber dem Volkshaus stehen blieb und sich umschaute. War in der frühen Morgenstunde, als sie überfallen wurde, wirklich niemand auf dem Platz gewesen, der etwas hätte beobachten können? Sie wusste aus Erfahrung, dass man dazu neigte, hässliche oder unangenehme Dinge aus der Wahrnehmung auszublenden. Hatte sie vielleicht einen Betrunkenen oder einen in seinen Schlafsack eingerollten Obdachlosen übersehen? Aber so sehr sie auch die Erinnerungsbilder der vergangenen Nacht durchblätterte, es war nichts dabei, was auf einen Zeugen schließen ließ.

»Schauen Sie mal, Frau Kandel«, sagte Hauptkommissar Grimm und breitete einen neuen Abfallsack vor ihr aus. »Dieser Kübel war anscheinend nicht so beliebt wie der erste, es ist recht übersichtlich.«

Das war es wirklich, außerdem ein trauriger Anblick: ein Teddy, dem ein Arm fehlte, eine leere Packung Beruhigungsmittel, ein rosa Kaugummirest, ein himmelblaues Kopftuch mit vielen Flecken. Ohne die Flecken hätte Cressida das gern adoptiert, denn mit den Elefanten auf dem Kopf fühlte sie sich nicht wirklich wohl.

»Nein, es ist nichts dabei.«

Schweigend fuhren sie die kurze Strecke zur Kantonspolizei, während Cressida in Gedanken ihre Liste geplanter Fragen ergänzte. Im Büro bot Hauptkommissar Grimm ihr einen Kaffee an, den sie gern annahm.

»Sie können hier drin auch gern Ihren Turban abnehmen, es ist gut geheizt«, sagte er.

Sie beschloss, diese Bemerkung zu ignorieren. So leicht ließ sie sich nicht provozieren.

»Ich habe eine Reihe von Fragen an Sie und gleich zu Anfang eine Bitte«, begann sie.

Er lachte. Anscheinend gelang es ihr immer wieder, ihn zu belustigen.

»Sie wollen mir Fragen stellen? Es sollte doch wohl eher umgekehrt sein. Aber schießen Sie los. Was ist Ihre Bitte?«

»Könnten Sie mir noch einmal eine Kopie machen von dem Text, den Moritz Stemming bei sich trug? Mein Exemplar ist gestern mit meiner Handtasche gestohlen worden, und an dieses Fundstück komme ich ja noch nicht heran. Ich würde den Text gern genauer anschauen.«

»Natürlich, ich lege das Dokument gleich in den Kopierer.« Er stand auf und fütterte das eindrucksvolle weiße Kopiergerät, das an der Wand stand. Mit dem konnte man bestimmt auch überdimensionierte Landkarten ausdrucken, dachte Cressida. So einen großen Kopierer hatte sie noch nie gesehen. Die Kantonspolizei schien ein riesiges Budget für Bürogeräte zu haben.

»Vielen Dank. Ich werde mir das in Ruhe ansehen, wenn ich zu Hause bin. Falls meine Wohnung überhaupt noch steht. Seit ich überfallen und ausgeraubt worden bin, war ich nicht mehr dort.«

Jetzt lachte er nicht mehr, sondern sah sie mit einem Blick an, aus dem fast so etwas wie Mitgefühl herauszulesen war. »Sie kommen direkt aus dem Spital? Sind Sie sicher, dass Sie wieder ganz hergestellt sind?«

Aha, das war es also, er zweifelte an ihrer Zurechnungsfähigkeit. Daran waren die lila Elefanten auf ihrem Kopf sicher nicht ganz unschuldig. Aber sie würde sich dadurch nicht von ihren wichtigen Fragen abhalten lassen.

»Danke, es geht mir gut. Hier ist meine erste Frage an

Sie: Konnten Sie das Handy von Detlef orten? Ich hatte Ihnen gestern die Nummer gegeben.«

»Wir haben die Ortung gleich in Auftrag gegeben, aber sie war nicht erfolgreich. Wahrscheinlich hatte der Mann ein einfaches Handy, bei dem man problemlos Sim-Karte und Akku entfernen kann, wenn man nicht gefunden werden will. Außerdem haben wir bei den Händlern nachgefragt, wer diese Nummer erworben hat. Leider auch ohne Erfolg. Es war eine Prepaid-Karte, und der Kunde hat bar gezahlt. Das alles lässt darauf schließen, dass der Mann schon damit gerechnet hatte, dass er verfolgt werden würde, und vorbeugen wollte. Uns hilft diese Erkenntnis leider nicht sehr viel weiter.«

Obwohl enttäuscht, war Cressida doch beeindruckt von der Sorgfalt, mit der der Hauptkommissar die Suche angegangen war. Vielleicht ließ sich mit ihm trotz allem vernünftig zusammenarbeiten.

»Vielen Dank! Dann komme ich gleich zu meiner nächsten Frage. In welchem Hotel hat Moritz Stemming gewohnt? Man könnte den Portier fragen, ob Moritz sich dort mit anderen Personen getroffen hat und ob er einen Freund oder Liebhaber dabei hatte. Dabei könnte ich Ihnen bestimmt behilflich sein, vielleicht erkenne ich einen davon wieder, von früher, da könnte ich Ihnen dann Hintergrundinformationen geben.«

»So, könnten Sie das?« Diesmal konnte er sich das Lachen verkneifen, aber sie merkte ihm an, wie schwer es ihm fiel. »Auch wenn Sie es der Polizei nicht zutrauen, wir waren schon im Hotel, in dem Herr Stemming seit drei Wochen wohnte. Dort hat er sich mit niemandem verabredet. Wir haben nach eindeutigen Herrenbekanntschaften gefragt, aber die Geschäftsleitung erklärte uns, dass derartige Kontakte im Hotel nicht geduldet würden und dass alle Professionellen, gleich welchen Geschlechts, dort Hausverbot hätten. Wenn er mit jemandem liiert war, dann war er jedenfalls nicht dort mit ihm zusammen. Man wusste überhaupt sehr wenig über ihn, anscheinend hat er mit den Angestellten kein privates Wort gewechselt.«

»In welchem Hotel hat er denn gewohnt?«

Er drohte ihr scherzhaft mit dem Zeigefinger.

»Ich weiß, was Sie vorhaben! Das Desaster von gestern Nacht hat Ihnen noch nicht gereicht. Sie wollen unbedingt privat weiterermitteln, weil Sie es ja so viel besser verstehen als die Polizei. Tut mir leid, das kann ich nicht zulassen. Ich möchte gern, dass Sie noch ein bisschen am Leben bleiben.«

Von einem anderen Mann hätte das ein Kompliment sein können.

»Sie meinen, damit Sie nicht einen zusätzlichen Mord aufklären müssen.«

»Ich sehe, wir verstehen uns. Und glauben Sie mir bitte, wir verfolgen jede Spur.«

Sie überlegte kurz.

»Aber Sie waren doch sicher in seinem Hotelzimmer. Haben Sie dort irgendetwas Auffälliges gefunden? Vielleicht in seinem Papierkorb?«

»Ah, Sie sprechen mich auf mein Hobby an! Selbstverständlich haben wir alle seine Papierkörbe durchsucht. Er hat eine Menge der hoteleigenen Papiertaschentücher verwendet, es gab Blutflecken, alle von seinem eigenen Blut, und einige leere Packungen von starkem Schmerzmittel. Im Safe seines Hotelzimmers haben wir neben seinem Pass nur einen USB-Stick gefunden. Der USB-Stick war leer.«

»Und der Notizblock des Hotels? Vielleicht sind darauf handschriftlichen Notizen durchgedrückt? Haben Sie den mitgenommen?«

»Liebe Frau Kandel, ich gehe oft ins Kino und habe die gleichen Kriminalfilme gesehen wie Sie. Vertrauen Sie mir. Wir haben alles untersucht.«

Sie konnte genauso gut nach Hause gehen. Hier kam sie nicht weiter.

5. GRIMMIG

Von außen sah ihre Wohnung fast unverändert aus, nur das Schloss blinkte ungewöhnlich glatt und silbern in der schmutzig-weißen Eingangstür. Der neue Schlüssel passte ohne Probleme. Sie öffnete die Tür vorsichtig, nicht sicher, welcher Anblick sie erwarten würde. Schließlich hatten sich in ihrer Handtasche nicht nur ihre Schlüssel befunden, sondern auch ihr Notizbuch mit ihrer Adresse auf dem Deckblatt, eine regelrechte Einladung für einen Dieb. Sie schlich auf Zehenspitzen durch den Flur. Dann ermahnte sie sich, nicht albern zu sein. Schließlich war heute Morgen die Polizei hier gewesen, in Anwesenheit eines Schlossers, die hatten sicher alles durchsucht, bevor das neue Schloss eingebaut wurde. Sie selbst brauchte also nur zu überprüfen, ob etwas fehlte. Als sie sich im Wohnzimmer umschaute und versuchte, sich in die Rolle eines Einbrechers einzufühlen, hätte sie fast gelacht. Sehr weit war sie noch nicht gekommen mit dem Auspacken der Kartons, seit sie vor drei Wochen eingezogen war. Die Kisten waren fast bis zur Decke hochgestapelt, nur das Sofa und der Tisch waren gebrauchsbereit. In ihrem Arbeitszimmer lag ein Brett auf zwei Böcken, das sah sehr provisorisch aus, aber das war schon immer ihr Lieblingsschreibtisch gewesen. Der Laptop war angeschlossen, der Drucker und der Scanner auch, und vor dem Schreibtisch lag ihr Balance-Ball, sonst war alles noch verpackt. Ihr fiel auf, dass der Laptop eingeschaltet war, er zeigte den

Anmeldebildschirm. War das schon so gewesen, als sie gestern Abend das Haus verließ, um ins Kino zu gehen? Sie konnte sich nicht genau erinnern. Manchmal dachte sie daran, den Computer auszuschalten, um Strom zu sparen, manchmal vergaß sie es.

Sie ging ins Bad. Dort hatte sich nichts verändert, das hätte sie beschwören können, die chaotische Unordnung kam ihr sehr vertraut vor. Gut, dass sie noch keine neue Lampe gekauft hatte, das Funzellicht ließ den Raum fast gemütlich aussehen. Ein kritischer Blick in den Spiegel zeigte ihr, dass der giftgrüne Turban bei schlechten Lichtverhältnissen fast elegant wirken konnte. Vielleicht sollte sie wirklich dabei bleiben.

Beim Turban fiel ihr Anna ein. Sie war ja bei ihr zum Abendessen eingeladen, wie schön! Mit Anna zusammen würde sie einen guten Schlachtplan schmieden können. Sie nahm eine Flasche Rotwein aus einer der Umzugskisten in der Küche, steckte sie in ihre Ersatz-Handtasche, einen roten Shopper von Oxfam, und machte sich auf den Weg in die Zurlindenstraße. Auf dem Weg kaufte sie schnell bei einem Discounter ein Prepaid-Handy und fühlte sich gleich wieder mehr mit der Welt verbunden. Diesmal würde ihr ein Spaziergang wirklich guttun, und um diese Zeit war es längst nicht einsam genug für hinterhältige Überfälle. Sie war froh über Annas Wollmantel. Es war empfindlich kalt geworden, ein eisiger Wind fegte durch die Äste der neu gepflanzten Bäumchen in der Badenerstraße. Jemand sollte ihnen Mäntelchen stricken oder karierte Plaids umbinden, so wie den vielen kleinen Rehpinschern, die neuerdings über die Straßen wuselten und einem zwischen die Füße gerieten. Für einen Moment überlegte sie, wie lustig es wäre, wenn auch diese Bäumchen an ausfahrbaren Leinen angekettet wären, wie sie sich dann gegenseitig besuchen und ihre Kronen ineinander verknoten könnten, wie sie mit ihren freien Wurzeln den Fußgängern sozusagen ein Bein stellen könnten … Upps! Jetzt wäre sie fast mit jemandem zusammengestoßen, so ging das nicht, sie sollte ihre Gedanken nicht sinnlos herumspazieren lassen, vor allem nicht, wenn es dringende Probleme zu lösen gab.

»Scüsi!«, rief sie dem Passanten zu, den sie eben angestoßen hatte. Aber er war schon weitergegangen. Seltsam – irgendetwas an ihm kam ihr bekannt vor. Sie drehte sich um. Ja, bestimmt – er hatte die gleiche Kopfform wie Detlef, die gleiche Größe, die gleiche Art, beim Gehen die Schultern vor- und zurückzuschwingen. Das konnte doch kein Zufall sein! Sie beschleunigte ihre Schritte und lief hinter ihm her. In Höhe des *Plaza Clubs* hatte sie ihn eingeholt.

»Detlef?« Sie tippte ihm auf den Oberarm, und er zuckte zusammen.

»Was wollen Sie?« Nein, dieses abweisende Gesicht gehörte nicht Detlef. Obwohl es ihm sehr ähnlich sah, mit den buschigen Augenbrauen und den betonten Wangenknochen. Diese Augen waren blau, nicht grün, und sie wirkten schärfer, fast drohend, boshafte Lichtpunkte in einem ausdruckslosen Gesicht.

»Tut mir leid, ich habe Sie wohl mit jemandem verwechselt.«

»Gehen Sie weg!« Er stieß sie grob zur Seite und betrat das Gebäude des *Plaza Clubs* durch eine Seitentür. Wie war es nur möglich, dass sie sich so getäuscht hatte? Oder war es doch – sie überlegte – vielleicht Detlef, der Kontaktlinsen trug, oder gestern Kontaktlinsen getragen hatte, zusammen mit einem aufgesetzt freundlichen Gesicht? Neben ihr war inzwischen noch jemand aufgetaucht, eine Frau, die sie aufmerksam betrachtete.

»Ist was? Haben Sie ein Problem?« Die Frau hatte einen Schlüssel in der Hand, anscheinend gehörte sie auch zum Club. Sie sah ganz normal aus, Mitte 20, Pferdeschwanz, Daunenjacke. Bei ihrem Blick fiel Cressida wieder ein, dass sie selbst alles andere als normal wirken musste mit ihren Elefanten auf dem Turban und dem pantoffel-karierten Wollmantel. Womöglich würde man sie gleich als stalkende Verrückte in einen fürsorglichen Freiheitsentzug bringen.

»Nein, nein, alles gut«, sagte sie, drehte sich um und lief wieder in Richtung Zurlindenstraße. Natürlich, sie hatte sich geirrt. Aber seltsam war diese Begegnung schon. Sie war froh, als sie endlich vor Annas Wohnung stand. Durch die geschlossene Tür duftete es nach Knoblauch und nach etwas Gebratenem. Außerdem dröhnten die Bässe von Rockmusik aus den 70ern. Cressida läutete vorsichtshalber Sturm.

»Cressida, komm rein, du siehst super aus, wer hat dir bloß diese geilen Klamotten verpasst, das muss ein Genie gewesen sein!« Ein starker Schwall von Knoblauch umhüllte sie, als Anna sie in die Wohnung zog. »Rat mal, was wir gleich essen werden?«

Cressida warf ihren Mantel auf einen überladenen Garderobenständer.

»Da muss ich nicht lange raten. Es gibt gebratene Vampire, die du vorher heimtückisch mit Knoblauch umgebracht hast.« Sie übergab Anna die Weinflasche, schnupperte und folgte Anna in die Küche. »Aber wie passt die Pfefferminze dazu?«

»Weißt du nicht mehr, unsere Töpfe draußen vor dem Küchenfenster? Kurz vor dem Frost habe ich geerntet, du glaubst nicht, was für Mengen da zusammengekommen sind! Die gelben Paprika haben in der Woche noch wahnsinnig viel Früchte gebracht, und die Pfefferminze ist unglaublich gewuchert. Es gibt also eigene Ernte, ich hoffe, du hast genug Hunger!« Anna öffnete den Ofen und holte eine riesige Kasserole heraus. Jetzt erst fiel Cressida auf, dass sie den ganzen Tag über noch nichts gegessen hatte. Vielleicht sah sie deshalb Dinge, die in der Realität nicht existierten. Sie füllte sich ein paar Kellen des brutzelnden Gemüses auf den Teller. Glücklicherweise schienen auch ein paar substanziellere Zutaten darin versteckt zu sein, es sah nach Fetakäse aus. Sie nahm einen Probebissen. Interessant, dachte sie. Man denkt so oft, es gibt zu wenig Pfefferminze, auf frischen Erdbeeren fehlte sie immer, aber sie konnte auch überhandnehmen. Der Schluck Rotwein, den sie zum Neutralisieren trank, schien erstaunlich gut dazu zu passen. Das Leben nahm wieder normale Formen an. Nach dem zweiten Nachschlag lehnte sie sich zufrieden zurück.

»Habe ich gut gekocht, oder?«

»Göttlich wie immer, Anna. Und womit kochst du, bis die nächste Pfefferminze wieder wächst?«

»Ich habe Knoblauch gezogen. Damit komme ich durch den ganzen Winter. Und im Frühjahr gibt es Nachschub aus dem Schrebergarten, da musst du mal zum Ernten mitkommen. Du glaubst nicht, was für exotisches Zeug da wächst!«

»Beschweren sich deine Kunden denn gar nicht über den Knoblauch? Oder jobbst du nun gar nicht mehr im Service?«

»Du meinst, weil ich in diesem Herbst schon zwei Skulpturen verkauft habe, habe ich das nicht mehr nötig? Nein, so ist das leider nicht. Ich mache Nachtdienst im Hotel, da riechen auch die Gäste oft nach Knoblauch, wenn sie vom Essen kommen, fällt gar nicht weiter auf.«

»Sag mal, du hast da doch Connections.«

»Aha – jetzt kommen wir dem Verbrechen auf die Spur – du ermittelst wieder! Es geht um diesen Moritz, oder? Wie kann ich dir dabei helfen?«

Da würde sie ein bisschen erklären müssen. Cressida stärkte sich mit einem Schluck Wein.

»Ich war heute in der Rechtsmedizin ...«

»Ach ja, dein Date in der Leichenhalle!« Cressidas Gesichtsausdruck musste sehr ausdrucksstark gewesen sein, denn Anna entschuldigte sich sofort. »Tut mir leid. Du und Moritz, da lief doch irgendwas, oder nicht? Wahrscheinlich schon eine Weile her?«

»Lassen wir es mal bei ›irgendwas‹. Was immer es war, es war vor drei Jahren vorbei. Endgültig. Aber du weißt ja, wie so was ist. Die Gefühle bleiben irgendwo, verstecken sich hinter dem Vorhang und kommen immer dann wieder raus, wenn man sie gerade überhaupt nicht gebrauchen kann.«

»Nimm noch einen Schluck.«

»Seit ich ihn tot gesehen habe, mache ich mir Vorwürfe, trotz allem. Dass ich damals überreagiert habe, wahrscheinlich auch etwas Falsches erwartet habe. Dass ich netter hätte reagieren können, als er immer wieder versucht hat, Kontakt mit mir aufzunehmen. Er war sehr krank, das habe ich erst heute erfahren. Und nun ist sowieso alles zu spät. Aber ich will wenigstens seinen Mörder finden, das bin ich ihm schuldig!«

»Wirklich komisch, dass ihr beide am selben Abend im selben Kino gesessen habt. Übrigens – wenn du dich nicht mit diesem Detlef verabredet hättest, hättest du auch mich fragen können. Du weißt doch, wie gern ich ins Kino gehe, besonders in spannende Krimis!«

»Tut mir leid. Das lag alles nur daran, dass ich mich von diesem Typen habe einwickeln lassen. Er wollte unbedingt mit mir in diesen Film gehen. Ich fand ihn irgendwie interessant. Interessant, aber nicht sexy. So was kommt vor. In diesem Fall war wohl alles nur Täuschung.«

»Konnte dein Date von der Kantonspolizei dir denn wenigstens ein paar Hinweise geben?«

Cressida lachte.

»Mein Date, wie du ihn so schön nennst, ist ein ziemlich spießiger verheirateter Kriminalhauptkommissar, der alle Krimiautoren für unwissende und renitente Amateure hält. Er wollte mir partout nicht verraten, in welchem Hotel Moritz gewohnt hat.«

»Hmm. Hotels gibt es natürlich viele in Zürich. Als du ihn noch näher kanntest, in welcher Art von Hotel hat er da am liebsten gewohnt?«

»Immer zentral, aber nicht direkt am Bahnhof. Er liebte Luxus. Es mussten schöne Läden in der Nähe sein. Und gute Restaurants, alles in Laufnähe.«

»Da fallen mir ein paar ein, bei denen ich in letzter Zeit gearbeitet habe. Wart mal, ich werde meine Kollegen anrufen, die haben alle kein Problem damit, mir einen Gefallen zu tun. Muss nur grad mal die Nummern wiederfinden.« Anna nahm ihr Smartphone und wischte schnell mit dem Finger darüber. »Ja, da kenn ich einen im *Storchen*. Wie hieß Moritz mit Nachnamen?«

»Stemming. Und er hat bestimmt seinen eigenen Namen benutzt, so hat die Polizei sein Hotel ja auch gefunden. Vor etwa drei Wochen hat er dort eingecheckt, mehr habe ich nicht herausbekommen. Wirklich zu blöd, dass der Hauptkommissar mir nicht mehr sagen wollte.«

Anna war schon am Telefon.

»Hey Arnold, ich brauch mal deine Hilfe. Ist bei euch in den letzten Wochen ein Moritz Stemming abgestiegen? Ja, könntest du mal nachschauen und mir dann texten? Super, danke dir!« Sie überlegte kurz. »Im *Baur au Lac* könnte ich auch mal fragen, Moment.« Sie fand die Nummer, ohne lange suchen zu müssen. »Freddy? Ja, morgen wieder. Mal sehen. Ja, fand ich auch irgendwie schade.« Das Ärgerliche beim Zuhören von Telefongesprächen war immer, dass man nur eine Seite hören konnte, das hatte Cressida schon immer gestört, wenn sie im Tram oder im Café einem Dauertelefonierer zuhören musste. Wenn man alles mitbekommen würde, wäre die Geräuschbelästigung nicht einfach ein Ärgernis, sondern man könnte die Geschichten vielleicht für einen Roman verwenden. Aber so … Bei Annas Gespräch war inzwischen eine lange Pause eingetreten, in der sie offenbar nur zuhörte. Das schien etwas Ernstes zu sein. Um das Warten zu verkürzen, nahm Cressida ein Blatt Papier und einen Bleistift und machte ein paar Skizzen, erst von Detlef, dann von seinem Fast-Doppelgänger, dann von Moritz, wie sie ihn in Erinnerung hatte von früher, und schließlich von Hauptkommissar Grimm. Als sie so weit gekommen war, begann Anna schließlich wieder zu sprechen. »Ja, meinetwegen. Morgen um die Mittagszeit, okay. Vorher hab ich noch eine Frage: Hat bei euch in der letzten Woche ein Moritz Stemming eingecheckt?« Schon wieder eine Pause. Schließlich sagte Anna, »Nein, natürlich habe ich nicht bloß deswegen angerufen!« Sie verdrehte die Augen. »Ja, klar, ich warte.« In der Zeit, in der Anna warten musste, schaffte Cressida auch noch eine kleine Skizze von Annas Gesicht. Ah, jetzt ging es endlich weiter. »Du hast ihn im Register gefunden?«, fragte Anna. »Und was hat sie dazu gesagt – dass die Polizei da war? Ach du Scheiße! Nein, ich kenn den überhaupt nicht, der ist mir nur empfohlen worden, als Journalist, wegen Publicity, du weißt schon, meine neue Vernissage ... Hat der sich vielleicht noch mit anderen getroffen, vielleicht kann ich die ja auch mal anfragen?« Eine kurze Pause. »Nein, stimmt nicht! Ich bin nicht widerlich geschäftstüchtig, ich will nur überleben! Schließlich will ich ja nicht irgendeinem Typen auf der Tasche liegen! Was sagst du? Ja, ja, du traust mir nicht, das hatten wir schon. Also vielen lieben Dank erst mal, bis morgen dann!«

Sie wandte sich Cressida zu.

»Du hast es ja gehört. Ein harter Brocken, aber ich treffe ihn morgen, dann hole ich mehr aus ihm raus.«

»Ihr scheint eine ganz besondere Beziehung zu haben!«

»Er arbeitet da auch im Service, aber er hat mal Kunstgeschichte studiert. Wenn wir uns treffen, will er mir immer erklären, in welche Kunstrichtung meine Statuen gehören. Wahrscheinlich denkt er, dass er mich damit beeindrucken kann. Kann er aber nicht.«

»Und du findest ihn trotzdem sexy.«

»Ja, und er kommt nicht drauf.« Anna seufzte und nahm einen Schluck Wein. »Jedenfalls, anscheinend hat er gesehen, wie dein Moritz lange mit einem anderen Mann in der Bar zusammengesessen ist, morgen will er mir mehr erzählen.« Sie entdeckte das Blatt mit Cressidas Skizzen. »Nicht schlecht, aber meine Hofmalerin wirst du nicht, was hast du mir da nur für eine Nase ins Gesicht gezeichnet! Hey – Moment mal – den da kenne ich doch!«

Cressidas Herz schlug schneller. Endlich mal jemand, der Detlef wiedererkannte! Aber dann sah sie, dass Anna auf ihr Porträt von Hauptkommissar Grimm zeigte.

»Der da? Das ist der bünzlige Hauptkommissar, von dem ich dir erzählt habe, du weißt schon, der den Kriminalschriftstellern nichts zutraut, und mir schon gar nicht. Woher kennst du den bloß – bist du schon mal mit der Polizei zusammengestoßen?«

»Das ist mir ein bisschen peinlich.« Anna sah nicht so aus, als ob ihr jemals etwas peinlich sein konnte, man nahm es ihr einfach nicht ab. »Ich habe ihn bei ›Kaufgerauscht‹ kennengelernt.«

»Kaufgerauscht? Habe ich noch nie gehört, was ist das?«

»Das ist die Zürcher Selbsthilfegruppe für Kaufsüchtige. Ich weiß, ich weiß, was du jetzt sagen willst, und es stimmt ja irgendwie auch: Ich habe Spaß am Shoppen, und ich will es eigentlich auch gar nicht aufgeben. Das Problem ist, ich kann es mir einfach nicht leisten. Also bin ich ein paarmal hin und habe mir angehört, was die für Ratschläge haben. Und da war auch dein Herr Grimm, also als Betroffener. Ich fand ihn eigentlich ganz nett.«

Cressida versuchte, sich Hauptkommissar Grimm im Kaufrausch vorzustellen, aber es gelang ihr nicht. Sein kleinkariertes Hemd und seine billige Lederjacke sahen so aus, als wenn sie jemand mit verbundenen Augen widerwillig eingekauft hätte. »Er sieht gar nicht danach aus«, bemerkte sie.

»Ja, aber du hast keine Ahnung, wie viele Tablets, Smartphones und sonstige Gadgets er besitzt! Das fing wohl an, als seine Ehe unerfreulich wurde, und schließlich hat seine Frau sich von ihm getrennt, weil sie glaubte, er hätte nur deshalb so viele Telefone, damit er sich ungestört mit anderen Frauen verabreden konnte. Dabei wollte er einfach nur spielen. Mit seinen Gadgets, meine ich.«

»Er trägt einen Ehering, der sieht so aus, als ob er ihn schon ewig hätte.«

»Ja, weil er keine Lust hat, seinen Kollegen zu erklären, warum er plötzlich keinen mehr trägt. In seinem Beruf gelten unverheiratete Männer immer als ein bisschen instabil, potenzielle Alks oder so was, hat er mir erklärt.«

»Ihr scheint euch ja richtig gut verstanden zu haben.«

»Ja, weil wir beide in Panik geraten sind wegen der Therapie-Vorschläge von ›Kaufgerauscht‹. Das verbindet.«

»Was haben die denn vorgeschlagen?«

Anna schüttelte sich.

»Du glaubst es nicht – man sollte vor aller Augen sämtliche Kreditkarten zerschneiden! Den Schmerz hätte ich nicht ausgehalten!«

»Apropos Einkaufen – hast du denn vorhin bei Caritas noch was Schönes gefunden?«

»Da, schau mal, ein Sechseläutenkleid, aus rotem Satin mit schwarzen Spitzen, für zehn Stutz, sieht das nicht hammermäßig aus?« Sie hob das Kleid von der Fensterbank und hielt es an. Es sah so aus, als ob Pippi Langstrumpf sich für eine Burlesque-Show vorstellen wollte.

»Schön«, behauptete Cressida.

»Genau.« Anna drehte sich ein paarmal vor der dunklen Fensterscheibe. »Vielleicht hat Herr Grimm dich ja in der Zwischenzeit angerufen und möchte dir etwas Wichtiges mitteilen, schau doch mal nach.«

»Geht nicht – mein Smartphone ist beim Überfall geklaut worden! Aber du hast recht, er könnte es in der

Zwischenzeit geortet haben, ich hatte ihm gestern noch die Nummer gegeben. Verdammt, danach habe ich ihn gar nicht gefragt! Morgen gehe ich sowieso hin – wir haben nämlich vorhin am Helvetiaplatz meine Handtasche im Müll gefunden, die wird noch forensisch untersucht. Vielleicht haben die Diebe etwas Brauchbares dringelassen – allerdings nicht sehr wahrscheinlich.«

Anna grinste.

»Herr Grimm kann dir dann ja eins von seinen Telefonen überlassen, für eine Direktleitung – er hat genügend davon! Aber du darfst niemandem etwas von dem weitersagen, was ich dir über ihn erzählt habe. Am wenigsten ihm selbst. Wir mussten uns nämlich bei dieser Gruppe schriftlich verpflichten, nichts davon weiterzugeben. Nicht gerade mit Blut unterschrieben, aber so ähnlich. Also lass dir bloß nichts anmerken!«

»Geht klar.«

»Was hast du denn als Nächstes vor?«

»Heute komme ich wohl nicht mehr viel weiter. Ich denke, ich sollte nach Hause gehen und meine Gedanken ordnen. Ich rufe dich morgen an, versprochen. Bin schon gespannt, was du aus Freddy herauskitzeln kannst.« Sie stand auf und schlüpfte in den karierten Wollmantel. »Ist es okay, wenn ich den noch eine Weile behalte? Meine eigenen Mäntel sind noch bei der Polizei, zur Spurensuche.«

»Klar, das kannst du alles eine Weile behalten, gewöhn dich mal an den Look! Aber sag mal, kann man dich denn überhaupt noch allein auf die Straße lassen, wenn du überall nach geheimnisvollen Fremden suchst, dich verdächtig machst und überfallen wirst? Soll ich dich lieber begleiten?«

»So weit kommt es noch! Danke, und bis morgen!«

Sie verließ die warme Küche und spazierte in die Nacht hinaus. Als sie auf die Straße trat, fühlte sie sich nicht mehr so unsicher wie auf dem Hinweg. Ich war noch traumatisiert, dachte sie, so was ist ganz normal und geht von allein wieder weg. Es war kurz vor Mitternacht, die Zeit, in der alle Partygänger zu ihren Klubs unterwegs waren, und so fiel sie in ihrem etwas ungewöhnlichen Outfit nicht weiter auf. Sie kam zu Hause an, ohne dass ihr etwas Ungewöhnliches begegnet wäre. Der neue Schlüssel passte gut ins Schloss, und sie drehte ihn hinter sich im Schloss um. Hier in ihrer Wohnung war sie sicher. Der Überfall gestern musste wirklich nichts mit Moritz' Tod zu tun haben, obwohl sie gleich nach einer Verbindung gesucht hatte. Aber über so ein Verlangen, eine kausale Verbindung zwischen zeitlich aufeinanderfolgenden Ereignissen finden zu wollen, hatte sie neulich etwas in einer Zeitschrift gelesen. Fiktionalisierungstendenzen nannte man solche Trugschlüsse. Menschen hatten einfach den Wunsch, alles, was passierte, in eine aufeinander aufbauende Geschichte zu ordnen. Sie selbst würde jetzt nicht mehr darauf reinfallen, sondern alle Fakten unvoreingenommen betrachten. Sie nahm ein neues Blatt aus dem Drucker und notierte handschriftlich alles, was sie noch herausfinden wollte.

1. Grimm fragen – wo ist mein Handy?

2. Grimm fragen – war etwas in meiner Tasche?

3. Anna fragen – mit wem hat Moritz sich im Hotel getroffen?

Das war nicht gerade viel. Wen konnte sie noch befragen? Ach ja, im *Filmpodium* hatte man Moritz vielleicht gesehen, wo und wann hatte er die Karte gekauft? Also:

4. Herrn Zimmerli im *Filmpodium* fragen, ob er Moritz gesehen hat.

Dem Kern des Problems kam sie damit nicht viel näher. Vielleicht sollte sie einfach einmal darüber schlafen, den Kopf über Nacht daran arbeiten lassen. Ein bisschen Lektüre zum Einschlafen konnte nicht schaden. Sie holte die Kopie des Artikels, den Moritz bei sich getragen hatte, und legte sie auf den Nachttisch. Im Spiegel sah sie sich selbst beim Auskleiden zu. Mit jedem auffälligen Kleidungsstück, das sie ablegte, schien plötzlich auch ein Teil ihrer Lebenskraft verloren zu gehen. Der grüne elefantenbewanderte Turban ließ ihren Kopf blass und struppig zurück, und der kirschrote Pullover entblößte marmorblasse Haut, schon bei dem Anblick wurde ihr kalt. Sie zog ihr bequemes graues Nachthemd über und befand, dass sie in diesem Aufzug so aussah wie ihre eigene Großmutter, und sich auch so fühlte. Irgendwie geschrumpft, als ob nicht mehr genügend Blut durch ihre Adern flösse. Schnell legte sie sich ins Bett und zog die Bettdecke bis unter das Kinn. Still war es in der Wohnung, das fiel ihr jetzt zum ersten Mal auf. Oder jedenfalls fast still. Irgendetwas ratterte leicht aus der Küche. Sollte sie aufstehen und nachsehen? Nein, das war nur der Herbstwind in den Außenjalousien. Trotzdem fühlte sich etwas nicht richtig an in dieser Wohnung. Lag es daran, dass sie noch frisch eingezogen war und sich noch nicht vollständig eingerichtet hatte? Oder war es der Verdacht, dass vielleicht doch der Räuber von letzter Nacht eingedrungen war und etwas Gefährliches in einer von den Umzugskisten versteckt haben könnte? Unsinn!, ermahnte sie sich. Wenn man vor noch nicht einmal 24 Stunden überfallen worden war, konnte man nicht klar denken, und sie sollte das auch nicht von sich verlangen. Ablenkung war jetzt wichtig. Sie griff nach Moritz' Text und starrte ihn an. Was sollte diese Abhandlung über die Schweizer Filmwirtschaft ihr sagen? Sie versuchte, sich Moritz' Gesicht bei ihren letzten Unterhaltungen über Kriminelle und Kriminalromane wieder vorzustellen, seine vor Begeisterung leuchtenden grauen Augen, sein ironisches Lächeln. »Die Klassiker sind immer noch die besten, sie verstehen, worauf es ankommt«, sagte er. »Denk nur an Edgar Allen Poe – wo versteckt man einen Brief, den keiner finden darf?«

Cressida kannte die Geschichte natürlich, man musste den Brief ganz offen zwischen andere Briefe legen, wo jeder ihn sehen konnte. G. K. Chesterton hatte das in einer seiner Father-Brown-Geschichten aufgenommen: Wo versteckt ein Weiser ein Sandkorn – am Strand, ein Blatt – im Wald. Und sie hielt gerade so einen Blätterwald in der Hand, es half nichts, sie musste den Text von Anfang bis Ende durchlesen. Oder doch nicht? Noch ein Bruchstück von ihrer Unterhaltung mit Moritz damals kam ihr wieder in den Sinn. Man habe bei Wissenschaftlern Tests durchgeführt, wie sie mit ausgedruckten Artikeln umgehen, die sie möglicherweise für ihre Arbeit gebrauchen könnten, hatte Moritz ihr erzählt. Und dass natürlich alle den Abstract auf Seite eins läsen, dann die letzte Seite mit der Zusammenfassung, und zwischendrin nur bis zur fünften Seite querlasen. »Wenn du willst, dass jemand einen Absatz übersieht«, hatte Moritz gesagt, lachend, »dann musst du schauen, dass er auf Seite sechs in der Mitte steht. Dort könntest du schreiben, dass der Papst den Mars kolonisiert hat, und niemand würde es merken!«

Seltsam, wie viele Dinge über Moritz ihr plötzlich wieder einfielen. Aber dies könnte wirklich wichtig sein. Sie blätterte im Text zu Seite sechs und begann, den mittleren Abschnitt zu lesen:

»Nach Paragraph 305 StGB in Verbindung mit Paragraph 1 des GwG von 1997 (Stand 2021) haben sich X. Z. und R. L. der Geldwäsche schuldig gemacht. Der Vertrag über den Verkauf der GmbH von R. L. an X. Z. zu einem Preis von 10 Millionen CHF ist notariell beglaubigt. Kopien der tatsächlichen Zahlungsein- und ausgänge auf das benannte Nummernkonto wurden von einer Vertrauensperson angefertigt und können unter dem bekannten Code abgerufen werden. Nach Rückverfolgung sämtlicher Geldbewegungen kann nachgewiesen werden, dass tatsächlich nur eine Million an den Verkäufer gezahlt wurde. Die restlichen neun Millionen wurden angeblich für abzugsfähige Betriebskosten verwendet, die über eine Kette von Scheinfirmen abgewickelt wurden (vgl. S. 5).«

Danach folgten unvermittelt allgemeine Statistiken über die Filmwirtschaft, unter anderem über die Höhe der Direktzahlungen, die Schweizer Verleihfirmen regelmäßig erhielten.

Dieser Absatz stach aus dem anderen Text hervor wie ein schlimmer Finger – wenn man ihn erst einmal entdeckt und gelesen hatte! Das also war des Rätsels Lösung: Moritz war einer heißen Geldwäsche-Aktion auf der Spur gewesen. Um die Information zu tarnen, hatte er sie in einem Artikel zu einem anderen Thema versteckt und ein altes Datum daruntergesetzt. Komisch nur der Hinweis auf Seite 5 in der Klammer. Auf Seite 5 entdeckte Cressida nichts Verdächtiges, nur ein paar alte Statistiken, die nichts mit Geldwäsche zu tun haben konnten. Seite 6 war dafür sehr gehaltvoll. Hatte man Moritz ermordet, weil er der Sache zu nahe gekommen war? Solche Finanztransaktionen waren in der Regel schwierig nachzuweisen, und wenn die »Vertrauensperson« plötzlich umknickte, war der gesamte Fall verloren. Moritz musste sich seiner Sache sehr sicher gewesen sein, hatte wahrscheinlich weitere Beweise gesammelt, aber wo waren die zu finden? Und was bedeutete der Hinweis über den »bekannten Code«? Darunter konnte sie sich überhaupt nichts vorstellen. Vorsichtshalber fotografierte sie alle Seiten des Vertrages, damit sie sie im Fall eines Geistesblitzes immer dabei hatte, um etwas zu überprüfen. Morgen, sagte sich Cressida und legte den Artikel zur Seite, morgen würde sie weitertüfteln. Und mit Hauptkommissar Grimm reden. Und ihre Mäntel von der Polizei abholen. Und nach Detlef suchen. Angesichts der Last ihrer Aufgaben schlossen sich ihre Augen, und sie sank zurück in ihr Kissen.

6. SCHON WIEDER EIN SCHRECKEN IN DER NACHT

Der Zug fuhr fauchend, quietschend, ratternd durch einen Tunnel. Es war stockfinster, nur schmale Lichtstreifen nahe dem Boden gaben eine milchige Helligkeit. Cressida saß aufrecht im Sessel. Sie wusste, dass hinter ihr jemand stand, mit einem Messer in der linken Hand, sie spürte jetzt schon einen dumpfen Schmerz, wie ein Vorausahnen. Gleich würde er sie k. o. schlagen und ihr dann mit einem schnellen Schritt die Kehle durchtrennen, und das viele Blut würde hässliche Flecken machen auf dem schönen kirschroten Pullover, wie sollte sie den an Anna zurückgeben, Blut war so schwer auszuwaschen, sie sollte schnell aufstehen, bevor der Mörder zustechen konnte, aber es ging nicht, sie trug die falschen Schuhe, grüne Samtschuhe mit Kitten Heels und rosa Schleifchen drauf, sie konnte sich gar nicht erinnern, wie sie zu denen gekommen war, hatte sie die nicht neulich auf dem Trödelmarkt am Helvetiaplatz gesehen und garantiert nicht gekauft, diese Schuhe waren an dem Boden des Zugabteils festgeklebt, und ihre Füße steckten darin wie in einem Schraubstock, um wegzulaufen, hätte sie sich die Füße abschneiden müssen, aber wie konnte man dann ohne Füße noch weglaufen, das machte alles überhaupt keinen Sinn! Konnte nicht bitte das Licht wieder angehen, damit der Mörder verschwand, alle Mörder fürchteten sich vor hellem Licht, das wusste doch jeder, könnte nicht mal jemand dem Regisseur erklären, wie Morde im Film funktionierten, außerdem hatte sie ja eine Sprechrolle, da konnte sie nicht in den ersten Minuten ermordet werden, das stand so nicht im Skript!

Cressida fuhr im Bett hoch, erschrocken von ihrem eigenen Schrei. Das Rattern war noch immer zu hören, es wurde sogar noch etwas schärfer und unregelmäßiger als vorher, und ihr Hinterkopf schmerzte. Natürlich, sie hatte vergessen, dass sie nur in Seitenlage schlafen sollte, sonst drückte ihr Kopf auf die Wunde. Sie schaltete die Nachttischlampe an: 3 Uhr morgens. Hatte etwa schon wieder jemand zu nachtschlafender Zeit einen Überfall auf sie vor? Sie stand auf und folgte dem Lärm. Das waren die Außenjalousien in der Küche, ein heftiger, stürmischer Regen hielt direkt dagegen. Jetzt hatte der Herbst wirklich mit aller Kraft begonnen. Bei diesem Krach würde sie sowieso nicht gleich wieder einschlafen können, also bereitete sie sich eine Tasse Pfefferminztee, setzte sich an den Küchentisch und dachte nach. Gab es irgendeinen Aspekt des Mordes an Moritz, den sie noch nicht bedacht hatte? Er war seit drei Wochen in Zürich, hatte sich aber nicht bei ihr gemeldet. Das war seltsam, darüber musste sie noch mal in Ruhe nachdenken. Also erst mal weiter zum nächsten Punkt. Gestern Abend saß er in der Abendvorstellung im *Filmpodium* und sah sich den neuesten Krimi von Regisseur Reto Langhausen an. Das war an sich nichts Außergewöhnliches, denn er ging gern ins Kino und sah sich mit Vorliebe Kriminalfilme an. Sie hatte daraus gleich gefolgert, dass er sich im Kino mit ihr treffen wollte, weil das wie eine zufällige Begegnung ausgesehen hätte – aber war das wirklich die einzige mögliche Erklärung? Ebenso gut hätte jemand anderes Detlef zu der Verabredung anstiften können, vielleicht mit dem Ziel, sie in Mordverdacht zu bringen. Möglicherweise hatte Moritz mit seinem Mörder ein Treffen im Kino abgemacht – aber aus welchem Grund? Und warum überhaupt im Kino? In letzter Zeit schienen alle Leute, die sie traf, gern ins Kino zu gehen, seltsam, das lag gar nicht im Trend der Zeit, wo man problemlos alles streamen konnte. Cressida brummte der Kopf. Ihre Füße waren kalt geworden. Zeit, wieder unter die warme Bettdecke zu schlüpfen. Aber Moment! Nun fiel ihr doch noch etwas ein. Sie wollte Herrn Zimmerli im *Filmpodium* fragen, ob er Moritz mit jemandem zusammen gesehen hatte. Trotz ihrer Kopfschmerzen ging sie ins Arbeitszimmer und schaltete den Computer ein. Gab es morgen – nein, eigentlich war es ja schon heute – eine Matinee-Vorstellung? Ja, tatsächlich, und sie hatte unglaubliches Glück, stellte sie fest: Der Film von Reto Langhausen, *Mord im Bernina-Express*, aus dem sie gestern vorzeitig gegangen war, wurde heute um 15 Uhr erneut gezeigt. Dieser Film konnte ihr noch Hinweise geben, warum Moritz ihn angesehen hatte, und das Beste war, dass Anna ihn auch sehen wollte – zu zweit entdeckte man immer mehr als allein. Wohl war ihr nicht bei dem Gedanken, so schnell wieder an den Ort zurückzukehren, an dem dieser grausame Mord geschehen war. Aber es musste sein, sie musste sich überwinden, möglichst schnell, sonst würde sie diesen Ort vielleicht für immer meiden. Sie schrieb gleich eine E-Mail an Anna: »Morgen läuft *Mord im Bernina-Express* um 15 Uhr im *Filmpodium* – kommst du mit?«

Als sie die Nachricht absandte, fiel ihr auf, dass das sehr kurzfristig war – aber bis spätestens heute Mittag sollte Anna das gelesen haben. Umso überraschter war sie deshalb, als sie sofort Annas Antwort bekam: »Dr. Watson meldet sich zur Stelle – und jetzt schlaf endlich!« Sie beschloss, diesem Rat zu folgen, legte sich auf ihre Lieblingsseite und versuchte, an angenehmere Filme zu denken, Kriminalfilme waren schlecht zum Einschlafen. Es gab Szenen, die sie sich endlos anschauen konnte; bei einer Kunstausstellung hatte sie einmal fast eine Stunde vor einem Film gestanden, in dem nur in einer klaren Nacht der Vollmond über einem See aufgenommen worden war, die Kamera dazu hatte die Künstlerin am Bug eines kleinen Ruderbootes befestigt. Von der Erinnerung an diesen schaukelnden Mond ließ sie sich nun in den Schlaf wiegen.

7. FILMFREUNDE UNTER SICH

Der Regen warf lange Schlieren auf die Fenster des 8er-Trams. Nach dem Sturm der letzten Nacht waren die Straßen übersät von gelben Ahornblättern, die mit aufgerichteten Stielen in den Pfützen schwammen wie Scharen von Flößen, die auf winzige Passagiere warteten, um dann mit ihnen in die unterirdische Welt der Kanalisation zu verschwinden, wo andere Prioritäten herrschten als hier auf der Straßenwelt. Allerdings auch in den Medien gab es andere Prioritäten als in der Realität, stellte sie beim Durchblättern der *20 minuten* gerade fest. Die Schlagzeilen für Zürich lauteten »Beatrice verrät ihre Lippenstift-Tipps für den Winter« und »Bruno schlägt in der Zelle um sich« – kein Wort über den Mord im *Filmpodium*. Aber das war sicher die Strategie der Polizei, überlegte sie dann, man wollte durch Medienmeldungen nicht den Verlauf der Ermittlungen erschweren. In welche Richtungen mochten die Ermittlungen der Polizei gerade gehen? Sie musste das unbedingt nachher bei Hauptkommissar Grimm versuchen herauszufinden.

Als Cressida am Paradeplatz ausstieg, war es dort ungewohnt leer, nur ein Paar unter einem schwarzen Regenschirm eilte mit hochgezogenen Schultern vorbei. Das erinnerte sie an viele andere Herbstnachmittage, an denen sie leichtherzig zu einer interessanten Matinee im *Filmpodium* unterwegs gewesen war, als die einzigen Verbrechen, mit denen sie sich herumschlagen musste, die erfundenen in ihren eigenen Kriminalromanen waren. Aber jetzt, nach den Ereignissen der letzten zwei Tage, wurde sie von Vorahnungen geplagt. Jeder Schritt über den dunklen, nassen Asphalt erinnerte an andere dunkle Flüssigkeiten, an den Schal, der nass von Blut war und dessen Fundort sie gleich wieder aufsuchen würde.

Wie gewohnt, war auch diese Nachmittagsvorstellung im *Filmpodium* nur spärlich besucht, die meisten Besucher kamen abends. Jedes Mal, wenn Cressida so eine kleine Schar von Zuschauern betrachtete, machte sie sich Sorgen um das weitere Fortbestehen des Kinos. Das Leben in Zürich wäre nur noch halb so schön, wenn es dieses Kino nicht mehr gäbe! Allein schon in die Eingangshalle zu treten, zwischen den geschwungenen Linien unter den Streifen paralleler Neonröhren in den asymmetrischen Kinosaal mit seinem Wandfries aus vergrößerten Schwarz-Weiß-Filmstills, das war eine Begegnung mit einer anderen Welt, in der es darauf ankam, genau hinzuschauen. Und genau das, erkannte sie nun ganz deutlich, hatte sie vorgestern Abend nicht getan. Als sie Moritz auf Platz 8 erkannte, gerade nur drei Sitze von ihr entfernt, warum war sie da nicht gleich auf ihn zugegangen und hatte sich vergewissert, dass er es war, und gefragt, ob er zu einem bestimmten Zweck ins *Filmpodium* gekommen war? Stattdessen war sie sitzen geblieben, so wie ein Tanzstundenfräulein von früher, das darauf wartete, zum nächsten Foxtrott aufgefordert zu werden. Und wie konnte sie derartig unaufmerksam sein, dass sie nicht bemerkt hatte, dass in ihrer unmittelbaren Nähe einem Mann die Kehle durchgeschnitten wurde? Ja gut, es waren viele Leute im Kino, der Soundtrack war laut, und es wurde im Kino in diesen Tunnelszenen sehr dunkel, aber irgendetwas hätte sie doch bemerken müssen. Wahrscheinlich wurde er vorher betäubt, mit einer unauffälligen Spritze. Andererseits wäre es für den Mörder nicht viel einfacher gewesen, Moritz direkt mit einer Giftspritze umzubringen? Warum dieses grauenhaft blutige Durchschneiden der Kehle? Cressida schüttelte den Kopf – mit Nachdenken kam sie zurzeit nicht weiter.

Einer der Besucher, die um die Bistro-Tische herumstanden, kam ihr bekannt vor, aber sie konnte die Erinnerung nicht unterbringen. Groß, Mitte 30, ein gut aussehender Mann mit einem sympathischen Lächeln und grauen Augen, der neben einer schlanken älteren Dame stand. Wo konnte sie ihm nur schon mal begegnet sein? Momentan litt sie anscheinend unter Gedächtnisschwund, schrecklich, wie sollte das erst werden, wenn sie alt war? Sie ging zum Kartenschalter und begegnete dem misstrauischen Blick von Herrn Zimmerli. Das war doch nicht zu fassen. Seit etwa zehn Jahren ging sie regelmäßig ins *Filmpodium*, oft hatte sie sich schon an der Bar mit ihm über Filmkunst unterhalten, und jetzt plötzlich schaute er sie an, als ob sie nicht hierhergehörte, als ob sie versucht hätte, sich ohne gültige Eintrittskarte ins Kino zu schleichen, um dort dunklen Geschäften nachzugehen. Sie würde den Teufel tun und sich davon einschüchtern lassen!

»Ich hätte gern zwei Karten für die Matinee«, sagte sie und setzte ihr bestes Lächeln auf. »Reihe 3, Plätze 7 und 8, wenn sie noch frei sind, bitte.« Eine Weile lang starrte er sie an, ohne etwas zu sagen, dann druckte er die Tickets aus. Verdammt, über die Nebenwirkungen des Mordes hatte sie bisher noch gar nicht nachgedacht, fiel ihr ein – es musste ziemliche Mühe gekostet haben, das viele eingetrocknete Blut aus dem Sessel und aus dem Teppichboden herauszuwaschen. Sie hatte das mal für einen Krimi recherchiert. Am besten nahm man dafür Aspirin, in kaltem Wasser aufgelöst. Konnte sie sich Herrn Zimmerli auf den Knien vorstellen, wie er mit Aspirinwasser an einem Blutfleck rubbelte? Nein, unmöglich, er sah so aus wie ein vergeistigter Buchhändler, bestimmt konnte er das an eine Hilfskraft delegieren. »Danke«, sagte sie und nahm die Tickets entgegen. »Ich habe da noch eine Frage zu Donnerstagabend …«

»Nicht jetzt«, unterbrach er sie streng. In so einem harschen Ton hatte sie ihn noch nie reden gehört. »Wir können nachher kurz in meinem Büro sprechen, wenn es unbedingt nötig ist.«

Cressida behielt ihr Lächeln bei.

»Danke, Herr Zimmerli, ich komme dann nach dem Film vorbei.« Was für Probleme hatte der Mann nur? Machte er sich Sorgen, dass der Todesfall in seinem Kino doch noch publik werden könnte und unsensible Sensationslustige anlocken konnte? Oder hielt er etwa sie selbst für tatverdächtig wegen des blutigen Schals, den sie ihm gebracht hatte? Ja, vielleicht, es hätte auch ein geschicktes Ablenkungsmanöver von ihr sein können …

»Na, schüttelst du den Kopf darüber, wie du dein bisheriges Leben vergeudet hast?« Anna stand schon an der Treppe hinunter zum Kinosaal. Schade, dass Cressida sie nicht gleich fragen konnte, was sie bei ihren Nachforschungen im Hotel herausgefunden hatte, aber dafür mussten sie ungestört sein.

»Sitzen wir jetzt da, wo du vorgestern Abend gesessen hast?«, fragte Anna. »Oder dort, wo der Mann ermordet worden ist?«

»Pssst! Nicht so laut!« Cressida packte Anna am Arm und führte sie die Stufen zum Kinosaal hinunter. Flüsternd fuhr sie fort: »Die Polizei hält es geheim, es steht nichts in der Zeitung. Ich habe keine Ahnung, was für eine Spur die zurzeit verfolgen, aber das soll uns ja nicht davon abhalten, selbst nachzuforschen. Ich hatte mir gedacht, dass eine von uns auf Moritz' Platz sitzt und die andere dort, wo ich gesessen habe. Was meinst du?«

»Hmm«, Anna sah sie von der Seite an. »Wolltest du mich damit gerade fragen, ob ich freiwillig auf dem Todessitz Platz nehmen möchte?«

»Todessitz ist ein ziemlich pathetisches Wort, meinst du nicht?« Der leichte Ton kam ihr wie von selbst von den Lippen. Nie hätte sie zugegeben, wie sie sich fühlte, wie froh sie war, nicht allein wieder in diesem Kino zu sitzen, um diesen Film anzuschauen.

»Stimmt. Ich finde es auch besser, wenn du dort sitzt. Ich werde alles gut im Auge behalten.« Anna grinste ihr zu.

Cressida ließ ihren Blick über die Reihe 3 schweifen. Momentan waren noch alle Plätze frei. Wie hatte das Ganze im Vergleich dazu am Donnerstagabend ausgesehen? Es war sehr dunkel gewesen, der Film lief ja schon. Als sie nun die Sitzreihen wieder vor sich sah, war ihr klar, was sie dort gesehen hatte. Nicht nur Platz 8, ihr für Detlef gebuchter Platz, war besetzt gewesen, sondern auch ein weiterer Platz etwas weiter links davon. Aber die dunkle Gestalt auf diesem Sitz hatte sie kaum erkennen können, sie war durch Moritz verdeckt. Ein bisschen größer vielleicht, sie hatte Moritz ein Stück überragt, und sie war barhäuptig gewesen, also ohne Hut. Und es war kein Kahlkopf, sonst hätte sie Reflektionen gesehen, als es auf der Leinwand plötzlich hell wurde. Das war nicht viel, aber immerhin etwas: Der mutmaßliche Mörder war ein großer Mann, oder eine große Frau, mit vorhandenem Kopfhaar, ohne Hut, oder hatte den Hut gerade abgenommen. Für eine Fahndung konnte man damit überhaupt nichts anfangen. Sie musste abwarten, was Herr Zimmerli nachher dazu zu sagen hatte, normalerweise beobachtete der die Kinobesucher ganz gern, sonst gab es ja auch an der Abendkasse nicht allzu viel zu tun.

Sie ging in die Reihe 3 hinein. Natürlich sah alles aus wie sonst. Sie war jedoch trotzdem überrascht, dass es sie so wenig Überwindung kostete, sich auf Platz 8 niederzulassen. Erst als sie ihren Mantel ablegen wollte, fröstelte es sie. Sie hatte sich genau an diesem Platz an einem Kleiderbündel vorbeigedrängt – und hatte dann erfahren müssen, dass es sich um Moritz' toten Körper gehandelt hatte! Vorsichtig legte sie Annas warmen Karomantel über die Sitzfläche von Platz 9, da war jedenfalls am Donnerstag garantiert nichts passiert. Anna saß auf Platz 11, aß Popcorn und winkte ihr aufmunternd zu.

Cressida atmete tief durch und versuchte, an gar nichts zu denken. Sich nicht in ihrer Aufmerksamkeit einengen zu lassen durch Ängste und düstere Vorahnungen. Sie streckte die Beine aus, ließ ihre Unterarme auf den Sessellehnen ruhen und blickte auf die Kinoleinwand. Die Vorhänge wurden gerade zur Seite geschoben, und die Werbung begann. Aha, interessant, hier in der Nähe hatte ein veganes Restaurant eröffnet, wer hätte das gedacht, es gab doch schon so viele, und für November war im *Filmpodium* eine Goldie-Hawn-Retrospektive anlässlich deren 77. Geburtstages geplant, da wollte Cressida unbedingt hingehen, endlich mal wieder was zu lachen. So etwas gab es heute kaum noch, so viele Filme, die unter dem

Genre Komödie verkauft wurden, stellten sich als süßsaure Beziehungs-/Ehe-Nervereien heraus, die aus irgendeinem unerfindlichen Grund mit einem Happy End aufhörten, das störte Cressida am meisten daran. Oft dachte sie schon am Anfang eines solchen Films, was für eine öde Ehe, aber sie werden eine aufrüttelnde Krise haben, die viele Zuschauer zum Weinen bringt, und am Ende muss die arme Frau diesen Langweiler behalten, für immer, was für eine Tragödie, es war immer das Gleiche.

Als die Werbung zu Ende war, fühlte Cressida sich etwas entspannter. In den eigenen Vorurteilen zu schwelgen, tat fast so gut wie ein duftendes heißes Schaumbad. Jetzt konnte sie sich auf den Vorspann freuen, den sie am Donnerstag versäumt hatte.

Der Anfang war nicht schlecht gemacht, musste sie eingestehen: zusammengeschnittene Filmschnipsel, schwarzweiß, körnige Qualität, im 4x3-Format, von langen altmodischen Zügen, die in einer Berglandschaft in einen Tunnel fuhren. Die Kamera folgte jeweils dem Zug, und sobald sie in das Dunkel des Tunnels eintauchte, ertönte ein gellender Pfiff, der sich fast wie ein Schrei anhörte. Danach kam sofort ein Schnitt zu einem anderen Zug, der in einer ähnlichen Kurve in einen anderen Tunnel fuhr. Danach wurden der Filmtitel und die Namen der Schauspieler eingeblendet, und der eigentliche Film begann. Man sah einen gut aussehenden jungen Mann, der in einem Zugabteil saß und auf eine Winterlandschaft hinaussah, das musste St. Moritz sein, das erkannte Cressida gleich wieder, dort hatte sie schon einmal eine Lesung gehabt. Und noch etwas erkannte sie sofort wieder: Dieser junge Mann, Hauptdarsteller und gleichzeitig Regisseur des Films, hatte eben noch im Foyer des *Filmpodiums* gestanden. Daher war er ihr also so bekannt vorgekommen – sie hatte sein Bild in einer Filmbesprechung in der Zeitung gesehen. Seltsam, dass der berühmte Regisseur unangekündigt zu einer kleinen Vorführung in einem Programmkino erschien – oder war er vielleicht doch nicht ganz so berühmt? Eine Nominierung für den Schweizer Filmpreis war sicher eine schöne Auszeichnung, aber nicht so etwas wie eine Oscar-Nominierung. Sie blickte sich um, ob er irgendwo in ihrer Nähe zu sehen wäre. Tatsächlich, gleich in der Mitte der ersten Reihe saß er neben seiner Begleiterin. Wenn er wollte, oder wenn es vielleicht sogar geplant war, konnte er später nach dem Abspann ganz locker aufspringen und noch ein paar Worte sagen. Sie würde ihn im Auge behalten. In diesem Fall war jeder verdächtig, der sich nicht zu 100 Prozent normal verhielt.

Der Film wurde spannend, er näherte sich der Szene, die sie vorgestern beim Betreten des Kinosaals gesehen hatte. Der Zugbegleiter, den sie im Film schon tot auf dem Boden gesehen hatte, betrat jetzt ein Abteil und ging auf den jungen Mann der ersten Szene zu, dann wurde es dunkel, und gleich danach sah man den Toten. Geschickt inszeniert, dachte Cressida, als Zuschauer hat man natürlich den jungen Mann im Verdacht, der Mörder zu sein, aber andererseits ahnt man schon, dass dies eine viel zu einfache Lösung wäre. Außerdem – warum? Was könnte jemand gegen einen Zugbegleiter der Rhätischen Bahn haben? Es versprach also, dramatisch zu werden.

Gleichzeitig hatte sie ein seltsames Gefühl im Nacken. So, als wenn sie nicht in der Realität im Kino säße, sondern in einer Art Zwischenwelt in einen Albtraum gerutscht wäre. Etwas näherte sich ihrem Sitz, und zwar von der linken Seite, nun spürte sie sogar einen Luftzug. Sie wollte aufspringen, schreien, weglaufen, aber genau wie in jedem schlechten Traum schienen ihre Füße am Boden festgewachsen, sie konnte sich nicht rühren, jetzt würde gleich etwas Schreckliches passieren, und sie wusste, es gab nichts, womit sie es aufhalten konnte. Ein Schrei steckte in ihrer Kehle fest, und wenn sie nur ein bisschen Hoffnung fassen könnte, würde sie sich noch bemerkbar machen können, bevor das Schlimmste geschah.

Eine Hand berührte ihren Arm. Sie fuhr zusammen, hatte das Gefühl, einen meterhohen Sprung über den Sitz getan zu haben, aber es war wohl lediglich ein Zusammenzucken gewesen.

»Ruhe«, flüsterte ihr eine männliche Stimme ins Ohr. »Wir wollen doch die anderen Zuschauer nicht stören.«

Endlich wagte sie es, den Kopf zu drehen und den Mann anzuschauen. Umso größer war ihr Erstaunen, als sie das freundliche Gesicht von Hauptkommissar Grimm erblickte.

»Ich habe doch geahnt, dass Sie wieder versuchen würden, auf eigene Faust zu ermitteln«, raunte er ihr zu. »Kommen Sie, wir unterhalten uns draußen darüber.«

Sie warf einen kurzen Blick auf die Leinwand. Dort war der Zug gerade wieder in einen Tunnel eingefahren, eine Szene musste sie verpasst haben. Sie erkannte, dass sie auch diesmal den Faden verloren hatte. Es hatte keinen Zweck, hier weiter zuzusehen. Außerdem würde sie sich nicht konzentrieren können. Mit zittrigen Beinen stand sie auf und folgte Hauptkommissar Grimm zum Ausgang. Als sie kurz zurückblickte, sah sie, dass Anna ganz ungerührt sitzen geblieben war und weiter an ihrem Popcorn knabberte. Umso besser, sie würde ihr nachher sicher einiges berichten können.

Im Foyer stellte Hauptkommissar Grimm sich an einen

der Bistrotische, der weit von der Bar entfernt war, und sah Cressida eindringlich an.

»Was soll ich nur mit Ihnen anstellen?«, sagte er leise. »Sie begeben sich immer wieder in Lebensgefahr und bemerken das anscheinend gar nicht. Hier ist jemand brutal getötet worden, und ich bin sicher, der Täter würde nicht zögern, es noch einmal zu versuchen, wenn er sich in die Ecke gedrängt fühlt. Bitte hören Sie auf, die Miss Marple zu spielen. Dies ist kein ›cozy crime‹, dies ist das wirkliche Leben. Und wir von der Polizei können nicht immer auf Sie aufpassen.«

Es war nett, dass er sich so viele Sorgen um sie machte; auf der anderen Seite aber auch ein wenig unglaubwürdig. Dem würde sie erst einmal auf den Zahn fühlen.

»Sie sind nicht deshalb hier. Oder wollen Sie mir weismachen, dass Sie mich von zu Hause bis ins *Filmpodium* verfolgt haben, um mich zur Vorsicht zu ermahnen, und dass Sie gar nichts anderes zu tun haben?«

Nun lachte er schon wieder, und inzwischen war ihr nicht mehr klar, wie sie das einschätzen sollte. War es nur eine nervöse Reaktion von ihm auf alles, was ein Problem darstellen könnte? War er ein oberflächlicher Lacher, dem die tieferen Strömungen entgingen und der alles komisch fand, was nicht seinem täglichen Lebensablauf entsprach? Oder hatte er einfach ein leichtes, fröhliches Gemüt, dem er durch sein Lachen Ausdruck verlieh? Oder war sie gerade dabei, dieses Lachen überzubewerten, weil sie es nicht gewohnt war, dass jemand ihre Worte mit einem Lachen quittierte, ohne dass sie es beabsichtigt hatte? Sie wartete ab, was er sagen würde.

»Sie haben natürlich recht«, sagte er. Cressida staunte. So eine Äußerung hatte sie ihm nicht zugetraut. »Und ich bin wahrscheinlich aus dem gleichen Grund hier wie Sie«, fuhr er fort. »Ich wollte mich mit dem Personal des *Filmpodiums* über die Gäste am Donnerstagabend unterhalten. Das können wir jetzt gleich tun, ich meine, es macht nichts, wenn Sie zuhören. Die offiziellen Zeugenaussagen haben wir natürlich schon zu Protokoll genommen. Aber ich würde gern nachstochern, ob vielleicht einige der heute anwesenden Gäste auch am Donnerstag dabei gewesen sein können. Dabei könnte ich Sie gebrauchen. Sie haben sich ja umgesehen, vielleicht fällt Ihnen noch etwas ein, wenn Sie in dieser Umgebung darüber nachdenken. Oder vielleicht erkennen Sie sogar jemanden wieder.«

Er war wirklich immer wieder imstande, sie zu überraschen, dachte sie, während sie gemeinsam zu Herrn Zimmerli hinübergingen, der allein hinter der Bar stand. Er sah ihnen mit gespieltem Entsetzen entgegen.

»Zwei gegen einen, das ist nicht fair«, sagte er. Das Entsetzen war nicht nur gespielt, das merkte Cressida ihm bei näherer Betrachtung an.

»Herr Zimmerli, ich bin genauso erschüttert wie Sie«, sagte sie. »Moritz Stemming war ein alter Freund von mir, und ich kann es nicht fassen, dass er getötet worden ist, und auch noch auf so grausame Art. Haben Sie ihn zufällig vor der Vorstellung hereinkommen sehen?«

»Das habe ich der Polizei schon erzählt, mehrfach, und zu Protokoll gegeben und unterschrieben. Nein, er war nicht am Kartenschalter. Also hat er entweder vorher über unsere Webseite eine Karte gekauft, oder er ist ohne Karte hineingegangen. Wir haben nicht genügend Personal, um beide Eingänge zu überwachen, also könnte er – mit ein bisschen krimineller Energie – an der Eingangskontrolle vorbeigeschlüpft sein.«

»Das sähe ihm gar nicht ähnlich. Warum sollte er so etwas tun?«

»Das kann ich nicht beurteilen. Aber – wie ich schon zu Protokoll gegeben habe – ich habe einen schmalen Mann in so einem dunkelblauen Mantel die Treppe zum Kinosaal hinuntergehen sehen, allerdings nur von hinten.«

»War er allein?«

»Ist irgendjemand allein, wenn sich alle zum Eingang drängen? Bei dieser Vorführung hatten wir viel Publikum. Ich konnte nicht erkennen, ob er sich mit jemandem unterhalten hat.«

»Hat jemand das Kino verlassen, bevor ich mit dem Schal zu Ihnen kam?«

»Das weiß ich nicht. Ich musste eine neue Kiste Mineralwasser aus dem Vorratsraum holen, also war ich nicht die ganze Zeit da. Und der Kollege war schon nach Hause gegangen, nach der Abendvorstellung war nichts mehr geplant.«

Jetzt schaltete Hauptkommissar Grimm sich ein.

»Sie hatten uns gesagt, dass Sie nicht die Namen aller Besucher haben, weil manche ihre Karten in bar an der Abendkasse kaufen. Sind Ihnen heute welche aufgefallen, die auch am Donnerstag schon hier waren?«

»Niemand außer Frau Kandel! Und dem Regisseur und der Hauptdarstellerin, natürlich. Es war geplant, dass wir sie nach dem Film kurz vorstellen würden, anlässlich der Nominierung des Films für den Schweizer Filmpreis. Eigentlich hatten wir gehofft, dass auch der Produzent kommen würde, Xavier Zeisig, der die *Langhausen Film AG* kürzlich übernommen hat. Aber tatsächlich war es wohl gut, dass er verhindert war, unter diesen Umständen. Unglücklicherweise war es ausgerechnet der Regisseur, der den Toten entdeckte, als er seinen Mantel suchte. Das war natürlich das Ende der offiziellen Veranstaltung. Da der Film heute noch einmal läuft, haben wir ihn wieder eingeladen. Als Täter kommt er nicht infrage, denn der Leiter des *Filmpodiums* hat während des gesamten Films neben den beiden gesessen. Sie sind nur zwischendrin mal kurz aufgestanden, um Fotos vom Kinosaal zu machen, aus verschiedenen Perspektiven. Aber in so kurzer Zeit, praktisch nebenbei, könnte man ja niemanden umbringen! Außerdem hätte keiner von den beiden einen Grund dazu.«

Das war also die einfache Erklärung für das Auftreten des Regisseurs. Schade, Cressida hätte sich da mehr Verwicklungen gewünscht.

»Also haben Sie gar nichts Auffälliges gesehen?«, fragte Cressida.

»Nicht bis zu dem Moment, in dem Sie mir den Schal brachten.«

»Ah, und nun verstehe ich, warum Sie zögerten, die Polizei zu rufen – Sie wollten den feierlichen Auftritt des Regisseurs nicht verderben!«

Herr Zimmerli starrte sie an, ziemlich giftig, wie sie fand, sagte aber nichts dazu.

»Haben Sie sich nicht gewundert, woher das viele Blut kam?«, hakte sie nach.

»Ich dachte, vielleicht hatte jemand Nasenbluten.« Ihm fiel wohl selbst auf, wie schwach das klang.

»Dann kommen wir jetzt zu den konkreten Punkten«, mischte Hauptkommissar Grimm sich in das Gespräch. »Herr Zimmerli, Sie wollten mir für heute eine Liste aller Zuschauer für diese Vorführung zusammenstellen, die sie ermitteln konnten, aus den Verkäufen an der Abendkasse und über die Webseite. Könnte ich die bitte haben?«

»Selbstverständlich!« Herr Zimmerli war anscheinend froh, sich wieder auf sicherem Boden zu befinden. Er zog eine Liste aus der Schublade und reichte sie ihm. »Wir haben 90 Tickets verkauft, und 77 davon haben mit Kreditkarte bezahlt, also fehlen noch 13. Es tut mir leid, aber ich kann mich beim besten Willen nicht an die Gesichter erinnern. Stammkunden waren es sicher nicht, die hätte ich erkannt.«

Hauptkommissar Grimm reichte Cressida die Liste.

»Frau Kandel, schauen Sie bitte mal, ob Ihnen einer oder mehrere dieser Namen bekannt sind.«

Im grellen Neonlicht verschwammen ihr plötzlich die schwarz gedruckten Namen vor den Augen. So ging das nicht, ermahnte sie sich, sie musste sich konzentrieren. Zusammennehmen. Professionell sein. Es ging nicht an, hier vor den Augen dieses Polizisten als schwache Frau dazustehen. Obwohl sie natürlich eine gute Entschuldigung hatte, man hatte ihr schließlich vor knapp zwei Tagen heftig auf den Schädel geschlagen. Trotzdem, so leicht ließ sie sich nicht unterkriegen. Also begann sie, langsam und gründlich die Liste der Namen durchzulesen.

»Da ist er doch!«, rief sie plötzlich erstaunt aus. Sie deutete mit dem Finger auf einen Eintrag gegen Ende der Liste. »Moritz Sonntag, Reihe 2, Platz 8!«

Hauptkommissar Grimm schaute sie verständnislos an. »Und wer soll das sein?«

»Na, das war doch Moritz Stemmings Pseudonym, unter dem er seine Artikel veröffentlichte! Haben Sie nie einen davon gelesen?«

»Zum Zeitunglesen habe ich keine Zeit.« Autsch, da war sie wohl gerade in ein Fettnäpfchen getreten. »Interessant, was Sie da sagen. Dann hat er also vielleicht nur aus Versehen in Reihe 3 gesessen?«

Cressida überlegte.

»Oder es saß jemand direkt vor ihm? Dann hätte es Sinn gemacht, eine Reihe weiter nach hinten zu gehen, denn von der Seite sieht man nicht so gut. Und er wusste ja nicht, dass noch jemand kommen würde, der Film hatte schließlich schon angefangen.«

»Hm, ein Platzwechsel. Das ist interessant, hilft uns aber im Moment nicht weiter.«

»Haben Sie den Regisseur schon befragt? Vielleicht hat er etwas Besonderes bemerkt.«

»Ah, Frau Kandel gibt der Polizei Ratschläge, darüber freue ich mich immer. Wenn ich im Alter mal meine Memoiren schreibe, werde ich die Klugheit von Krimischriftstellerinnen loben.«

Das war ein typischer Spruch, wie Cressida ihn schon von ihm erwartet hatte, aber sie konnte sehen, dass er mit dem Herzen nicht dabei war. Er sah beunruhigt aus. Hatte sein Chef etwa Druck auf ihn ausgeübt, dass er den Fall möglichst schnell lösen sollte? Schließlich gehörte das *Filmpodium* der Stadt Zürich, das sollte nicht in einen schlechten Ruf kommen. Sie sah die Liste weiter durch.

»Ah!«, rief sie, und Hauptkommissar Grimm warf ihr einen forschenden Blick zu. Sie lächelte ihn an. »Die ehemalige Stadtpräsidentin war am Donnerstag auch da.« Zu ihrer Überraschung lächelte er zurück. Sie gab ihm die Liste, und er schaute sie ebenfalls durch. Nach seinem Gesichtsausdruck zu urteilen, brachte ihm das keine neuen Erkenntnisse. Cressida überlegte kurz, ob sie ihn – sozusagen als Friedensangebot – zu einem Bier einladen sollte, da gingen die Türen des Kinosaals auf, und die wenigen Zuschauer stolperten hinaus ins Foyer und auf die Straße. Zuletzt kam Anna zusammen mit dem Filmregisseur und seiner Begleiterin heraus, und sie lief begeistert auf Cressida zu.

»Schau mal, wen ich eben während der Schlusspräsentation kennengelernt habe – den Regisseur persönlich, Herrn Reto Langhausen! Reto, das ist meine Freundin Cressida Kandel, sie schreibt Kriminalromane, und sie brennt darauf, dich kennenzulernen!«

Das sah Anna ähnlich. Sie kannte den Mann seit ein paar Minuten, und schon war sie mit ihm per Du. Sie ergriff die Hand, die Herr Langhausen ihr entgegenhielt.

»Freut mich, Sie kennenzulernen!«, sagte sie. »Ein toller Film, ich gratuliere! Leider konnte ich ihn mir nicht bis zu Ende anschauen, die Polizei hat mich mittendrin herausgerufen. Sie wissen ja sicher – wegen des Vorfalls von Donnerstagabend.«

Reto Langhausen war im wirklichen Leben um einiges attraktiver als im Film, vor allem wirkte er viel freundlicher.

»Ja, eine furchtbare Sache«, antwortete er. »In meinen Filmen wird ständig gemordet, aber dass Zuschauer dahingemeuchelt werden, ist ungeheuerlich, schließlich haben wir zurzeit nur so wenige.« Dann fiel ihm auf, dass seine Äußerung vielleicht doch ein wenig pietätlos war, denn er fügte gleich hinzu: »Es tut mir unendlich leid, und ich kann nur hoffen, dass dieser Todesfall nichts mit meinem Film zu tun hat. Kannten Sie das Opfer persönlich?«

Sie nickte.

»Moritz Stemming war ein alter Freund von mir, den ich in den letzten Jahren etwas aus den Augen verloren hatte. Kannten Sie ihn?«

»Nein, wir sind uns nie begegnet. Ich habe allerdings in den letzten Wochen ein paar E-Mails von ihm bekommen, die sich auf meinen Film bezogen.«

»Moment!« Hauptkommissar Grimm klinkte sich in die Unterhaltung ein. Er sah nicht glücklich aus. »Könnten Sie diese E-Mails bitte alle an mich weiterleiten? Hier ist meine Karte mit der E-Mail-Adresse, Hauptkommissar Grimm, wir haben uns am Donnerstag schon kurz unterhalten, Sie erinnern sich.«

»Natürlich erinnere ich mich, die Mails erhalten Sie noch heute Nachmittag. Übrigens möchte ich Ihnen allen noch meine Begleiterin vorstellen, obwohl man sie eigentlich gar nicht vorzustellen braucht: Marianne von Steinen, die berühmte Film- und Theaterschauspielerin aus Zürich und der weibliche Star meines Films.«

Er zeigte auf die Dame an seiner Seite. Eine schöne Frau mit fein geschnittenem Gesicht und dichten grauen Locken, wahrscheinlich schon über 60, aber jünger aussehend, die ihn liebevoll von der Seite ansah.

»Dann frage ich Sie auch, Frau von Steinen – kannten Sie Moritz Stemming?« Seine Frage klang müde, wahrscheinlich hatte er sie schon zu oft gestellt.

»Natürlich kannte ich ihn.« Alle sahen Frau von Steinen überrascht an.

»Moritz war ein Journalist der alten Schule, er hat immer gründlich recherchiert und dann deutlich seine Meinung kundgetan. Ein Schmeichler war er nicht! Aber wenn er etwas schrieb, konnte man sich darauf verlassen, dass es Hand und Fuß hatte. Ich fand es schade, als er vor etwa zehn Jahren nach London ging, um von dort aus zu berichten. Man konnte so schön mit ihm streiten.«

Cressida schluckte und schaute die Frau genauer an. Wieso hatte Moritz ihr nie von Frau von Steinen erzählt, und warum hatte sie selbst nie schön mit ihm streiten können? Aber es war unsinnig, über diese Nicht-oder-vielleicht-doch-große-Liebe von damals Eifersucht zu empfinden.

Hauptkommissar Grimm schien jetzt von einem Jagdeifer ergriffen zu sein.

»Davon müssen Sie mir unbedingt mehr erzählen. Wie war es denn am Donnerstagabend? Haben Sie ihn begrüßt, sich mit ihm ausgetauscht?«

»Nein, ich wusste gar nicht, dass er im Kino war. Jedenfalls zu Anfang nicht, bevor der Film anfing. Dann hörte ich, wie hinter mir jemand hustete. Es war eine besondere Art von Husten, die ich nur von Moritz kannte. So hat er immer gehustet, wenn ihn etwas besonders geärgert hat: erst ein dreimaliges kurzes Krächzen, dann ein ebenfalls dreimaliges kurzes Husten. Ich habe mich danach umgedreht, aber da kam im Film gerade eine Tunnelszene, und es wurde dunkel im Kinosaal. Und da beschloss ich, mich erst am Ende des Films nach ihm umzuschauen.«

»In diesem Film gibt es sehr viele Tunnelszenen«, bestätigte Cressida.

Herrn Langhausen war der kritische Unterton ihrer Äußerung anscheinend nicht entgangen.

»Ganz genau, die Tunnelszenen sind ein wichtiges Element in meinem Film. Man sollte allerdings auch sitzen bleiben und sie ohne Ablenkung auf sich wirken lassen, sonst bleibt der ästhetische Effekt aus.«

»Genau das habe ich getan!«, rief Anna dazwischen und strahlte Herrn Langhausen an. »Der Film war so spannend, dass ich das gesamte Popcorn aufgegessen habe, und jetzt bin ich wirklich durstig. Gehen wir noch irgendwo was trinken?«

Herr Langhausen war offensichtlich fasziniert von Anna,

er konnte seinen Blick nicht abwenden von ihrem herzförmigen, sommersprossenübersäten Gesicht und ihren strahlenden himmelblauen Augen. War das ein persönliches Interesse, fragte Cressida sich, oder plante er hier schon seinen nächsten Film mit einer neuen Hauptdarstellerin?

Hauptkommissar Grimm trat energisch nach vorn.

»Bevor wir einen gemütlichen Abend planen, möchte ich mich gern mit Frau Kandel und Frau von Steinen näher unterhalten. Würden Sie beide mich bitte in mein Büro begleiten?«

Verdammt, dachte Cressida, nun hatte sie schon wieder eine Gelegenheit verpasst, von Anna etwas über Moritz' Hotelaufenthalt zu erfahren. Aber es half nichts, so eine Anfrage der Polizei konnte man nicht ablehnen. Seltsam, dass Grimm und Anna sich gar nicht begrüßt hatten – war das Absicht, oder waren sie beide von den Ereignissen so abgelenkt, dass sie sich gegenseitig nicht wahrgenommen hatten? Doch das sollte nicht ihre Sorge sein. Sie war sehr neugierig darauf, was Frau von Steinen über Moritz erzählen würde. Sie hüllte sich in den weiten karierten Wollmantel. Inzwischen gewöhnte sie sich an ihn, vielleicht würde sie ihn Anna gar nicht wiedergeben.

»Ich habe jetzt Zeit, kein Problem«, sagte sie. Frau von Steinen hatte einen Pelzmantel umgelegt – heutzutage völlig politisch unkorrekt, aber dieser wirkte altmodisch elegant, so als schon Lauren Bacall ihn getragen haben könnte. So ähnlich wie Lauren Bacall sah Frau von Steinen auch aus mit ihren breiten Backenknochen, der markanten Kinnlinie und geschwungenen Augenbrauen. Wie es sich wohl anfühlte, so schön zu sein?

»Meine Damen?« Hauptkommissar Grimm hielt ihnen die Tür auf. Sicher fühlte er sich wie ein Gentleman der alten Schule, dachte Cressida, als sie auf die Straße trat. Männer waren immer so vorhersehbar. Nein, nicht alle, fiel ihr nun ein. Moritz war anders gewesen, in jeder Beziehung.

8. GESCHICHTE UND GESCHICHTEN

»Hier habe ich etwas für Sie, Frau Kandel«, verkündete Hauptkommissar Grimm, als sie sich in seinem Büro in der Kasernenstraße gesetzt hatten. Er reichte ihr einen durchsichtigen Plastiksack, der eine tote Ratte enthielt. Erfreut nahm Cressida ihn entgegen. Sie hatte ihre Handtasche sofort wiedererkannt, und sie hoffte, dass diese nach einer gründlichen Reinigung wieder wie ein glänzendes weiches Fellkissen aussehen würde. »Leider haben wir darin nichts weiter gefunden, keine DNA-Spuren außer ihren eigenen, auch keine weiteren Gegenstände.« Cressida überlegte. Wann hatte sie der Polizei ihre eigene DNA zur Verfügung gestellt? Sie konnte sich nicht erinnern. Aber darauf kam es jetzt nicht an.

»Und noch etwas«, fügte er hinzu und drehte seinen riesigen State-of-the-art-Bildschirm zu Cressida um. »Wir haben Ihre Zeichnung von Detlef, dem geheimnisvollen Verschwundenen, in die Suchfunktion unserer Kartei eingegeben, und – schauen Sie her – es gab tatsächlich eine Übereinstimmung! Ist dies der Mann, mit dem Sie verabredet waren?«

Auf dem Monitor war ein Porträtfoto zu sehen, das sie gleich auf den ersten Blick an Detlef erinnerte. Ein länglicher Kopf, dichte Augenbrauen, die Gesichtszüge stimmten überein. Aber doch nicht ganz, fiel ihr nun auf. Diesen Mann hatte sie gestern auf der Badenerstraße gesehen, auf dem Weg zu Anna, und ihn mit Detlef verwechselt!

»Das ist er nicht«, erklärte sie. »Aber ich bin genau diesem Mann gestern begegnet und habe ihn für Detlef gehalten. Er hat mich beschimpft und ist im *Plaza Club* verschwunden, anscheinend arbeitet er dort. So wie er aussieht, könnte er wirklich ein Doppelgänger von Detlef sein.«

»Oder sein Bruder. In seiner Akte steht, dass er einen nur wenig jüngeren Bruder hat, der allerdings bisher in der Schweiz nicht aktenkundig geworden ist. Der Mann selbst heißt Robert Jorgensen, hat zwei Jahre wegen Drogenhandels gesessen, die harten Sachen, Heroin und Kokain. Seit einem Jahr ist er wieder draußen, auf Bewährung. Er hat dann in der *Lotusbar* gearbeitet, ist kurze Zeit darauf offenbar wegen Unzuverlässigkeit gekündigt worden. Wir werden nachprüfen lassen, ob sein Bruder auch in Zürich polizeilich gemeldet ist. Wenn wir ihn finden, werden wir Sie benachrichtigen, für eine gemeinsame Vernehmung. Inzwischen werden wir auch bei den Kollegen in London nachfragen, ob dort gegen Detlef Jorgensen etwas vorliegt.«

Cressida war begeistert von den Fortschritten, die Hauptkommissar Grimms Ermittlungen gemacht hatten. So viel Effizienz hatte sie ihm nicht zugetraut. Der Herr, der sie so unfreundlich angeblafft hatte, war also Detlefs Bruder, interessant. Vielleicht war er es sogar gewesen, der sie überfallen hatte, weil er Detlef vor den Nachstellungen einer gefährlichen Frau schützen wollte? Nein, ganz sicher nicht, sie sollte ihre Vorurteile nicht in solche wilden Spekulationen galoppieren lassen.

Sie sah zu Frau von Steinen hinüber, die anscheinend immer noch damit beschäftigt war, auf ihrem Smartphone alle Nachrichten zu suchen und weiterzuleiten, die sie je von Moritz erhalten hatte. Wieder fragte Cressida sich, warum Moritz seine Bekanntschaft mit dieser eleganten und sympathisch wirkenden Frau nie erwähnt hatte. Jetzt legte die Frau das Handy wieder in die Handtasche und sah auf.

»So, Herr Kommissar«, sagte sie. »Nun haben Sie alle Nachrichten von Moritz, die ich besitze, und ich befürchte, Sie werden ziemlich enttäuscht sein. Es geht darin eigentlich nur um Theateraufführungen und Filme. Was wir persönlich beredet haben, lief eigentlich immer über Telefon, oder über *Zoom.* Ich glaube, er war mehr als nur ein bisschen enttäuscht, dass ich in den letzten Jahren in den Low-Budget-Filmen von Reto Langhausen mitgespielt habe, er fand, dass ich mich dort zu billig verkaufe, wie er es ausdrückte. Ständig lag er mir in den Ohren, ich sollte mich doch um andere Angebote kümmern, und er hat auch vorgeschlagen, solche für mich zu vermitteln. Für ihn war ich so etwas wie ein Protegé, er sah mich schon auf dem roten Teppich bei den Oscar-Verleihungen. Kunst, und insbesondere Filmkunst, war ihm sehr wichtig.«

Und auch persönliche Beziehungen waren ihm wichtig, setzte Cressida in Gedanken hinzu. Moritz war im Grunde ein sehr einsamer Mann gewesen, und in jedem Menschen, dem er begegnete, suchte er den lange vermissten Seelenpartner. Er konnte so einfühlsam und leidenschaftlich sein, dass man sich für ihn erwärmen musste, dafür war er aber auf der anderen Seite sowohl überempfindlich als auch grausam.

»Wann haben Sie ihn das letzte Mal gesehen?«, fragte Hauptkommissar Grimm. »Wir wissen bisher so wenig über ihn, dass jede Kleinigkeit wichtig sein könnte.«

»Das ist schon lange her.« Sie überlegte. »Vor etwa fünf Jahren, denke ich. Ich war für einen Dreh in den Pinewood Studios bei London, und Moritz und ich haben uns im Restaurant oben in der Tate Modern getroffen, mit diesem wunderbaren Blick über London und die Themse, sehr stimmungsvoll. Ich hatte gerade Grund zum Feiern, denn der Dreh war erfolgreich beendet. Aber Moritz konnte an diesem Abend nur über eine Begegnung reden, die er kurz vorher mit einem Kollegen gehabt hatte. Dieser Kollege hatte wohl ihm gegenüber unflätige homophobe Sprüche von sich gegeben, und das konnte Moritz überhaupt nicht vertragen.«

Hauptkommissar Grimm nickte und gab Notizen in seinen Computer.

»Gut, das habe ich notiert. Fällt Ihnen sonst noch etwas ein, was uns weiterhelfen könnte?«

»Nein. Ich würde jetzt gern in mein Hotel gehen, morgen habe ich einen sehr frühen Flug nach Venedig.«

»Gut, dann können Sie gehen. Melden Sie sich bitte bei mir, wenn Ihnen etwas einfällt.«

Frau von Steinen stand auf, und Cressida erhob sich auch.

»Kann ich Sie noch ein Stück begleiten?«, fragte sie. Das war ein spontaner Einfall von ihr. Sie spürte ein starkes Verlangen, sich mit dieser interessanten Frau noch ein wenig über Moritz auszutauschen.

Frau von Steinen schien etwas überrascht zu sein, war aber einverstanden.

Cressida winkte Hauptkommissar Grimm zum Abschied scherzhaft zu.

»Ich höre noch von Ihnen!«, rief sie.

Frau von Steinen wohnte im *25-Hours*-Hotel, das fand Cressida ziemlich cool, vor allem weil es so eine schöne Bar hatte, an der man zu jeder Tageszeit Kaffee bekommen konnte und die auch abends lange geöffnet hatte.

»Wenn ich komme, wird immer die Plaza-Suite für mich bereitgemacht«, sagte Frau von Steinen, als sie sich setzten. Anscheinend war es ihr wichtig, dass Cressida nicht annahm, sie oder die Filmfirma müssten sparen. Cressida bestellte die Drinks, einen Pfefferminztee für Frau von Steinen und Rotwein für sich selbst, und setzte sich mit ihrer Begleiterin an einen der weit von der Bar entfernten Tische. Diese Unterhaltung, wenn sie denn die erhofften Ergebnisse bringen sollte, war nicht für fremde Ohren bestimmt.

»Sie waren also auch mit Moritz befreundet«, stellte Frau von Steinen fest. »Seit wann kannten Sie ihn?«

»Seit fünf Jahren.« Cressida beschloss, ehrlich zu sein, in der Hoffnung, im Gegenzug auch ein paar Wahrheiten zu erfahren. »Zuerst kannten wir uns beruflich. Wir haben uns kennengelernt, als er einen Artikel über neue Kriminalliteratur in der Schweiz schrieb. Von Anfang an waren wir uns sympathisch, ich fühlte mich gleich auf menschlicher Ebene mit ihm verbunden. So wie Sie vorhin gesagt haben, man erwärmte sich schnell für ihn. Die Einsamkeit eines alternden homosexuellen Mannes bekämpfte er mit Empathie für Menschen, die ihm nahekamen. Aber dann, vor etwa vier Jahren, verliebte ich mich plötzlich in ihn. Wir hatten zusammen etwas getrunken, bei ihm zu Hause, wir verstanden uns gut, und ich erfuhr, dass er nicht nur Männer sexuell anziehend fand. Er sagte mir, unsere Beziehung sei etwas ganz Außergewöhnliches, und sie werde wahrscheinlich sein Leben von Grund auf verändern.«

»Das hört sich gar nicht gut an. Man spürt schon die darauffolgende große Enttäuschung.«

»Natürlich haben Sie vollkommen recht. Ich hätte diese Worte nicht für bare Münze nehmen sollen, sie waren einfach aus der Begeisterung des Augenblicks heraus gesprochen. Aber ich habe eben geglaubt, was ich gern glauben wollte, und bin am nächsten Morgen glücklich in seinen Armen aufgewacht. Am Nachmittag ging ich am Leicester Square an einer Schwulenbar vorbei. Dort saß Moritz, und seine Hand lag auf dem Bein des muskulösen jungen Mannes neben ihm.«

»Er war nie zufrieden, fühlte sich nie ausreichend geliebt. Das war immer schon sein Problem.«

Cressida fiel auf, dass sie selbst nun schon sehr viel von sich selbst preisgegeben hatte, ohne etwas von ihrem Gegenüber zu erfahren.

»Und woher wissen Sie selbst so viel über Moritz? Haben Sie ihn auch einmal geliebt?« Das war keine Frage, die man einer Unbekannten stellen sollte, aber nachdem sie ihre eigenen Erfahrungen bloßgestellt hatte, fühlte sie sich dazu berechtigt. Hier in dieser Bar hatte sie ohnehin das Gefühl, sich in einer Zwischenwelt zu befinden, in der andere Gesetze galten als in der Realität. Hinter den Lichterketten über den Panoramafenstern wölkte sich die spätherbstliche Dunkelheit. Ein Velofahrer ohne Licht düste vorbei. Auf der anderen Seite des Fensters saß eine in eine Decke gewickelte Frau und rauchte, den leuchtenden Bildschirm ihres Smartphones in der Hand.

Frau von Steinen lachte leise.

»Das ist schwer zu sagen. Eine romantische oder erotische Beziehung hatte ich nie zu ihm. Ehrlich gesagt, finde ich nur jüngere Männer wirklich attraktiv, deshalb hat es mich nie gereizt, mich auf diese Weise mit ihm einzulassen. Geliebt habe ich ihn trotzdem, geliebt wie einen Bruder. Mein eigener jüngerer Bruder, dem ich sehr nahestand, ist vor zehn Jahren beim Bergsteigen tödlich verunglückt, und ich habe für Moritz so etwas Ähnliches empfunden wie für meinen Bruder: zärtliche Besorgnis um seinen labilen Seelenzustand, ein Gefühl der Gemeinsamkeit in der insgesamt letztlich hoffnungslosen menschlichen Situation, den Wunsch, ihm etwas Gutes zu tun. Das hört sich nach schwachen Gefühlen an, aber glauben Sie mir, es hat mich innerlich immer sehr stark beschäftigt.«

»Wussten Sie, dass er krank war?«

»Ja, er hat es mir erzählt. Und er hat Witze darüber gemacht, daher wusste ich, dass es ernst war.«

Cressida spürte einen Stich im Herzen. Sie hätte versuchen sollen, Moritz nahe zu bleiben, statt sich für alle Zeiten von ihm verraten zu fühlen. Er war, wie er war, und er hatte nie die Absicht gehabt, ihr wehzutun, da war sie nun sicher.

»Wenn Sie mich jetzt entschuldigen würden?« Frau von Steinen trank ihren Pfefferminztee aus und erhob sich. »Mein Flug morgen geht schon um 7 Uhr, und ich brauche meinen Schönheitsschlaf.«

Cressida stand auf und gab ihr die Hand.

»Dann wünsche ich Ihnen eine gute Zeit in Venedig! Fahren Sie für einen Filmdreh dorthin?«

»Nein, zu Filmverhandlungen über einen Drehort für Retos neuen Film, ich habe da Beziehungen zu den Behörden. Und seit Herr Zeisig die Produktionsfirma übernommen hat, haben wir ja glücklicherweise keine Finanzierungsprobleme mehr«, lächelte Frau von Steinen.

»Der Name kommt mir irgendwie bekannt vor. Xavier Zeisig, ist der nicht in der Finanzbranche tätig? Und engagiert sich in Wohltätigkeitsvereinen?«

»Ja, genau, er ist ein international tätiger Anlageberater, mit dem wir wirklich gut zusammenarbeiten. Er interessiert sich sehr für die Filmbranche und wollte sein Engagement diversifizieren. Deshalb können wir neuerdings auch in Italien filmen.«

»Venedig ist sicher schön um diese Jahreszeit, mit weniger Touristen als sonst.«

»Ach, ich bleibe nur für einen Tag, deshalb muss ich morgen fit sein. Aber wenn ich wiederkomme, würde ich mich gern näher mit Ihnen unterhalten, Sie haben anscheinend auch eine starke Affinität zum Film. Und hatten viel Kontakt zu Moritz, darüber könnten wir sprechen. Darf ich Sie dann mal besuchen, vielleicht übermorgen?«

»Natürlich, gern. Rufen Sie mich einfach an.« Cressida übergab ihr eine Visitenkarte. »Werden Sie in Reto Langhausens Film wieder die Hauptrolle spielen?«

»Er kann gar nicht ohne mich auskommen«, nickte sie. Und es war klar, dass sie das nicht ironisch meinte. Es war ihr vollkommen ernst.

9. CRESSIDA UND DIE VERLORENE NACHTRUHE

Diesmal würde sie gut schlafen, dazu war Cressida fest entschlossen. Sie bereitete sich sorgfältiger vor als sonst: duftende Nachtcreme, bequemes Nachthemd, Gesichtsmaske, Wasserglas neben dem Bett, alle Jalousien heruntergezogen, jetzt konnte nichts mehr schiefgehen. Sie legte sich auf ihre Lieblingsseite, zog sich die Bettdecke bis unter das Kinn und dachte an Ferienreisen aus ihrer Kindheit, an den Nordseestrand, wo sie sich in den warmen Sand geschmiegt und den Wellen gelauscht hatte. Langsam entspannten sich ihre Schultern, sie konnte die Last der Erinnerungen der letzten Jahre zur Seite legen und sich einfach der Ruhe hingeben, es war warm und beruhigend dunkel und sehr still.

Etwas schrillte, schrillte laut und drohend, bohrte sich in einen Traum von der Burg, die keiner finden konnte, und dem Prinzen, den keiner kennen durfte. Es war eigentlich ein friedlicher Traum, sie wanderte durch einen Wald aus violetten Kiefernschatten, die im Mondlicht langsam tanzten, und dann und wann trudelte ein Stern vom Himmel, den sie auffangen musste, alle Sterne bestanden aus goldenem Streichelfell. Als das Schrillen begann, zitterten die Schatten und verrenkten sich zu Zickzacklinien. Die Streichelsterne sträubten ihr Fell. Cressida öffnete widerwillig die Augen. Das Schrillen dauerte an.

Verdammt. Die Wohnungstür. Sie hätte vor dem Schlafengehen die Klingel abstellen sollen. Mühsam stand sie auf und sah auf die Uhr. Es war erst kurz vor Mitternacht, doch es kam ihr viel später vor. Die Wohnung war kühler geworden. Nachts wurden die Heizungen gedrosselt, fiel ihr ein, das Gefühl der Kälte lag nicht an ihrer Stimmung. Sie zog sich einen Morgenmantel über, ging zur Tür und schaute durch den Spion.

Ein unheimliches Gefühl des Déjà-vu überkam sie. Draußen im Flur standen zwei Polizisten in blauen Uniformen. Sie kannte die beiden, hatte sich mit ihnen unterhalten: Es waren die Kommissare Beat Bircher und Werner Wille, die sie in der Nacht von Donnerstag zu Freitag abgeholt hatten. Was sollte das bedeuten, träumte sie etwa noch? Oder hatten die vielen Kinobesuche sie in eine Zeitschleife geschleudert, so wie in den Filmen *Groundhog Day* und *Happy Death Day*? Das musste sie jetzt genauer wissen. Sie öffnete die Tür.

»Guten Abend, Frau Kandel.«

Sie atmete auf. Die Welt schien doch noch normal zu sein. Kommissar Bircher erkannte sie, wusste, dass sie sich schon vorher begegnet waren. Also kein *Groundhog Day*.

»Wir möchten Sie bitten, uns zur Kantonspolizei zu begleiten. Hauptkommissar Grimm muss dringend mit Ihnen sprechen.«

Aber nun wiederholte sich trotzdem etwas, auf sehr unheimliche Weise.

»Würden Sie mir vielleicht verraten, worum es geht?«

»Es tut mir leid, das wird Ihnen der Hauptkommissar selbst sagen.« Schon wieder etwas, was ihr auf ominöse Weise bekannt vorkam. Was war nur passiert? War etwa noch jemand ermordet worden? Hoffentlich niemand, den sie kannte?

Sie versuchte, die Ungewissheit leicht zu nehmen.

»Ich hoffe, Sie haben nichts dagegen, wenn ich mich kurz straßentauglich anziehe. Möchten Sie diesmal vielleicht auch wieder einen Mantel mitnehmen? Ich habe allerdings nur noch den einen, und der gehört mir eigentlich nicht.«

Kommissar Bircher verzog keine Miene.

»Wir werden hier draußen auf Sie warten«, sagte er.

Es war stickig im Büro der Kantonspolizei, es roch nach Schweiß und abgestandener Luft. Die beiden Kollegen hatten sich zum Feierabend verabschiedet, und Cressida war allein mit Hauptkommissar Grimm. Konnte es sein, dass er immer noch dasselbe kleinkarierte Hemd trug wie vor zwei Tagen? Zerknittert genug sah es aus. Der Mann war anscheinend noch nicht daran gewöhnt, für sich selbst zu sorgen. Aber es war nie zu spät, etwas dazuzulernen, dachte Cressida mitleidslos. Wer es wagte, sie innerhalb von zwei Tagen zweimal mitten in der Nacht aus dem Bett zu holen, hatte ein bisschen Unannehmlichkeiten verdient. Sie ließ sich auf den Stuhl gegenüber von Herrn Grimms Schreibtisch fallen.

»Wie kann ich Ihnen diesmal weiterhelfen?« Sie war insgeheim stolz auf diese Formulierung. Dafür, dass sie seit Ewigkeiten nicht mehr gut geschlafen hatte, war sie geistig topfit.

Wie zu erwarten gewesen war, reagierte Herr Grimm nicht auf diese Provokation. »Wir stehen unter Zeitdruck bei unseren Ermittlungen zu Moritz Stemmings Tod«, sagte er. »Deshalb konnten wir nicht bis morgen warten mit unserer Befragung. Es sind neue Tatbestände ans Licht gekommen, die es notwendig machen, Sie erneut zu verhören.«

Sie gähnte, allerdings nicht absichtlich, sondern weil es sich nicht vermeiden ließ.

»Bitte, fangen Sie an«, sagte sie. »Ich kann mich vor Müdigkeit kaum aufrecht halten.«

»Also gleich in medias res. Wir haben von unseren Kollegen in London Kopien und Fotografien der Dokumente und Gegenstände zugesandt bekommen, die diese bei einer Untersuchung von Herrn Stemmings Wohnung gefunden haben.« Er machte eine Kunstpause und sah sie an. Was erwartete er von ihr? Dass sie schuldbewusst zusammenbrach und sagte, ja, die blutbeschmierte Todesdrohung habe ich ihm geschickt? Oder: Ja, das ist das Schühchen unseres gemeinsamen Kindes, das er so grausam behandelt hat? Sie überlegte, ob ihr weitere blutrünstige Geschichten einfallen würden, aber ihr Kopf fühlte sich leer an. Anscheinend war sie doch nicht ganz so fit wie gedacht.

»Unter diesen Dokumenten«, fuhr er fort. »befinden sich Briefe, die Herr Stemming von Ihnen erhalten hat. Diese Briefe, handgeschrieben, sehr persönlich, sind etwa vier Jahre alt. In dem Brief mit dem neuesten Datum beziehen Sie sich auf eine Liebesbeziehung mit Herrn Stemming, und Sie klagen ihn in leidenschaftlichen Ausdrücken des Verrates an. Der Brief endet mit den Worten ›Dafür werde ich dich immer hassen‹. Bei unserem Gespräch neulich sagten Sie, Sie seien Herrn Stemming nie nähergekommen, da er sich nur für Männer interessierte. Wie erklären Sie diesen Widerspruch?«

Jetzt konnte Cressida wieder klarer denken, und auch ihr Gedächtnis funktionierte wieder einwandfrei.

»Ich habe nicht ›nur‹ gesagt. Was ich Ihnen berichtet habe, war, dass Herr Stemming Männer sexy fand. Und das ist die reine Wahrheit.«

»Kommen Sie mir nicht mit solchen Spitzfindigkeiten! Sie wissen genau, dass Sie impliziert haben, niemals eine gefühlsmäßige Bindung zu Herrn Stemming gehabt zu haben. Was, wie wir nun wissen, nicht die reine Wahrheit gewesen sein kann«, wurde Grimm ärgerlich.

Da hatte er natürlich recht. Sie nickte.

»Das war nicht die reine Wahrheit. Ich habe ihn geliebt, für kurze Zeit, er hat mich sehr schnell betrogen, ich war wütend, ich bin gegangen, ich habe nie wieder ein persönliches Wort mit ihm gewechselt. Seine wenigen E-Mails habe ich kurz und sachlich beantwortet. Das war alles. Mehr gibt es dazu nicht zu sagen.«

Er beugte sich vor.

»Wirklich nicht? Und wie wäre es, wenn sich noch Folgendes zugetragen hätte? Am Donnerstagabend sah Cressida Kandel am Eingang des *Filmpodiums* ihren abtrünnigen Liebhaber seit Jahren zum ersten Mal wieder. Bei seinem Anblick flammten alle ihre unterdrückten Gefühle wieder auf, und ein ungebärdiger Hass brannte in ihr. Sie wartete, bis der Film begonnen hatte, dann schlich sie hinein, setzte sich neben ihn und schnitt ihm die Kehle durch. Das dafür benötigte Rasiermesser hatte sie in der Tasche getragen, da sie es im Rahmen ihrer Kriminalroman-Recherchen kurz vorher für einen forensischen Versuch an einem toten Tier verwendet hatte. Als sie das Kino verlassen hatte, warf sie den blutbefleckten Mantel mit dem Messer in der Tasche einem Obdachlosen zu. Es war ein guter warmer Mantel, sie konnte sicher sein, dass der Mann ihn behalten wollte. Was sagen Sie zu dieser Geschichte, Frau Kandel?«

Cressida war einen Moment lang sprachlos. Befand sie sich schon wieder im Kino, in einem besonders schlechten Film? Wie konnte jemand nur auf derartige Ideen kommen? Herr Grimm sah sie erwartungsvoll an. Sie musste irgendetwas antworten. Aber was immer sie dazu äußerte, würde nicht zu dieser abstrusen Geschichte passen.

»Sie sollten Kriminalschriftsteller werden«, sagte sie schließlich.

»Ist das alles? Wollen Sie sich nicht zu den einzelnen Anklagepunkten äußern?«

Zu den Anklagepunkten? War es schon so weit gekommen, dass sie angeklagt wurde und mit Haftbefehl festgenommen, auf so eine wilde Spekulation hin? Sie würde versuchen, im Gegensatz zu diesen wüsten Anschuldigungen bewusst sachlich zu bleiben. Sie nahm es sich ganz fest vor. Doch es brodelte in ihrem Innern, sie kam nicht dagegen an.

»Am schlimmsten finde ich Ihre Unterstellung, dass ich an toten Tieren Experimente vornehme!«, schrie sie ihm über den Schreibtisch entgegen. Er zuckte zusammen. »Was für eine Art von Fantasie muss man haben, um sich so etwas auszudenken?«, fuhr sie fort. »Und um es ein für alle Mal klarzustellen: Ich habe Moritz Stemming nicht umgebracht! Als ich nach Beginn des Films in den Zuschauerraum kam, habe ich ihn zum ersten Mal seit vier Jahren wiedergesehen, und mein einziges Gefühl dabei war ein schlechtes Gewissen, dass ich mich so lange nicht bei ihm gemeldet hatte. Denn unsere engere Beziehung, wenn man sie überhaupt so nennen kann, hat damals nur genau ein Wochenende gedauert. Und mal ganz abgesehen von meinen Gefühlen – wie kommen Sie auf diese seltsame Geschichte mit dem Mantel? Ihre Kollegen haben doch meine beiden Mäntel zur forensischen Untersuchung mitgenommen, und auf dem violetten, den ich an dem Abend getragen habe, findet man sicher Schleifspuren von dem blutigen Schal, den ich gefunden habe. Es gibt keinen dritten Mantel!« Sie überlegte kurz und fügte hinzu: »Genau wie es keinen dritten Mann gab!« Sie hoffte, dass sie damit einen Filmliebhaber ansprechen könnte, aber kaum hatte sie das gesagt, da erkannte sie schon an seinem Blick, dass dieses Experiment danebengegangen war. Also wiederholte sie ihre ursprüngliche Aussage. »Es gibt keinen dritten Mantel! Und ich weiß nicht, wie Sie darauf kommen!«

»Wir haben auf keinem der beiden Mäntel, die Sie uns zur Untersuchung überlassen haben, irgendwelche Blutspuren gefunden.«

»Natürlich habe ich mir auch Mühe gegeben, den beschmutzten Schal nicht an meine Kleider kommen zu lassen. Mir war nur nicht klar, dass mir das so gut gelungen war. Normalerweise erreicht man ja, wenn man versucht, etwas zu vermeiden, das genaue Gegenteil. Man will ein Buch in ein Regal stellen, und es springt auf einen zurück und schrammt einem die Stirn auf, so etwas in der Art passiert mir ganz oft, deshalb dachte ich, das könnte hier auch geschehen sein. Aber diesmal habe ich wohl Glück gehabt.«

Sie sah ihn an. Sein Gesicht wirkte abweisender denn je. Also musste sie weiter nachbohren.

»Wie kommen Sie nur auf die Idee, ich könnte einen anderen Mantel getragen haben?«

»Wir haben Herrn Zimmerli vom *Filmpodium* gefragt, was Sie an diesem Abend getragen haben, als Sie ihm den blutigen Schal brachten. Er sagte, Sie hätten einen grünen Mantel angehabt.«

Zum ersten Mal seit Langem musste sie lachen, es brach einfach aus ihr heraus.

»Herr Zimmerli! Er ist farbenblind, hat er Ihnen das nicht verraten? Wir haben uns in der Vergangenheit mal über Schwarz-Weiß-Filme unterhalten, und er sagte, dort könne er wenigstens sicher sein, dass er sich nicht in den Farben täusche – und dass der Farbfilm ihm eine Karriere als Filmjournalist verbaut habe. Obwohl, ob man heute als Filmjournalist überhaupt noch eine tolle Karriere machen kann, ist wieder eine andere Frage. Kommen Sie, rufen Sie ihn an, fragen Sie ihn!«

Der Blick von Hauptkommissar Grimm war skeptisch, aber er hob den Telefonhörer und wählte eine Nummer. Und wartete.

»Er nimmt nicht ab«, sagte er schließlich. »Kein Wunder, es ist ja schon spät. Sie wussten sicher, dass man ihn um diese Zeit nicht mehr erreichen kann.«

»Heute trauen Sie mir anscheinend nur alles Schlechte zu.«

»Im Moment bleibt mir leider nichts anderes übrig.«

Cressida beugte sich vor, in einer Haltung, von der sie hoffte, dass sie drohend wirkte. »Sie wollen mir doch nicht erzählen, dass Sie mich jetzt verhaften wollen, weil ich keine Blutspuren auf dem Mantel habe!«

Er wirkte völlig unbeeindruckt. Diese Pose musste sie selbst mal vor dem Spiegel üben, überlegte Cressida.

»Ich will Ihnen nur klarmachen, dass die Lage für Sie ernst ist. Sie gehören zum Kreis der Verdächtigen, und ich möchte Sie ganz eindringlich darauf aufmerksam machen, dass Sie mir jede kleinste Kleinigkeit berichten müssen, die Ihnen im Zusammenhang mit Moritz Stemming einfällt. Gibt es da etwas, was Sie mir noch nicht gesagt haben?«

»Ich bin immer ganz offen«, erwiderte Cressida.

»Und in dem Dokument, das Herr Stemming in der Manteltasche trug, haben Sie auch keine weiteren Hinweise gefunden?«

Der Teufel sollte sie holen, wenn sie ihm das erzählte. Diese verschlüsselte Nachricht würde sie selbst entziffern, und dann würde sie genau verstehen, wie es zu dem Mord an Moritz gekommen war. Aber mit einem Mann, der wilde Verschwörungstheorien erfand, würde sie dabei nicht zusammenarbeiten, denn der würde sie nur behindern, wo er konnte.

Sie zuckte mit den Schultern.

»Sie haben den Text doch auch gesehen. Alles völlig belanglos, es sei denn, man interessiert sich für Statistiken von vor 30 Jahren. Oder steht vielleicht etwas mit Geheimtinte darauf, haben Sie das überprüft?«

Das hatte sie im Scherz gesagt, so etwas kam schließlich nur in altmodischen Kriminalromanen vor, aber zu ihrer Überraschung nickte Hauptkommissar Grimm.

»Wir haben das prüfen lassen. Im Papier ist keine Geheimschrift versteckt.«

Dann musste es ihm wirklich ernst sein mit dieser Untersuchung. Er ließ nichts unversucht – bis auf das Offensichtliche, nämlich das gründliche Lesen des Textes, die verschlüsselte Stelle stand ganz offen da. Cressida wunderte sich wieder einmal, wie viele Menschen heutzutage Angst vor dem Lesen längerer Texte hatten. Da der Hauptkommissar gerade in seine eigenen Überlegungen vertieft schien, ergriff sie schnell die Gelegenheit zur Eigeninitiative.

»Da Sie ja meine beiden Mäntel inzwischen gründlich überprüft haben, hätte ich sie gern zurück. Würden Sie sie mir bitte geben?«

»Selbstverständlich. Ich hole sie gleich.« Ächzend erhob er sich von seinem Schreibtischstuhl und verließ das Büro. Fast hätte sie schon wieder Mitleid mit ihm gehabt. Bestimmt saß er jeden Tag zwölf Stunden am Schreibtisch, das konnte nicht gesund sein. Etwas blinkte gerade auf seinem Bildschirm, das konnte sie von ihrem Besucherstuhl aus erkennen. Schnell stand sie auf und ging hinter seinen Schreibtisch, um einen Blick darauf zu werfen, bevor er wiederkam.

Die Nachricht auf dem Bildschirm war enttäuschend langweilig. »Morgen 12 Uhr wie immer? Stefan«, eine Verabredung zum Mittagessen anscheinend. Bestimmt keine Liebesaffäre, Herr Grimm stand nicht auf Männer, das spürte sie. Was lag denn sonst noch auf seinem Schreibtisch? Es war fast ein sogenannter Clean Desk, beziehungsweise er hätte es sein können, wenn Herr Grimm nicht eine Schreibtischunterlage aus Papier benutzen würde, eine ganz altmodische mit großen Blättern zum Abreißen, auf denen er sich offenbar schnelle handschriftliche Notizen machte. Er hatte eine sehr ordentliche Handschrift, das musste sie ihm lassen. Ganz oben auf dem Blatt stand ein Eintrag, der sie stutzig machte: »Kontakt Detlef Jorgensen – asap – 077 555 555«. Hieß das etwa, dass er Detlef ausfindig gemacht hatte, ohne ihr etwas davon zu sagen? Sie musste unbedingt selbst mit Detlef sprechen, bevor Herr Grimm eine Gelegenheit dazu hatte. Am besten sofort. Aber natürlich durfte er nicht bemerken, dass sie auf seinen Schreibtisch geschaut hatte. Rasch setzte sie sich wieder auf den Besucherstuhl und speicherte Detlefs neue Nummer auf ihrem neu gekauften Handy. Es war kurz nach Mitternacht, um diese Zeit konnte man jemanden wie Detlef noch anrufen, fand sie. Sobald sie wieder draußen war, würde sie es versuchen.

»So, Frau Kandel, damit sind Sie für den Winter gut ausgerüstet!« Herr Grimm legte ihr die in Plastikfolie gebetteten Mäntel über den Arm. »Und denken Sie daran – Sie werden nur dann von uns in Ruhe gelassen, wenn Sie immer von sich aus in Verbindung mit uns bleiben und uns jeden Gedanken, jedes Detail mitteilen, das für die Ermittlung von Bedeutung sein könnte.«

Sie stand auf, anscheinend war sie jetzt für heute entlassen. Ja, Papi, hätte sie am liebsten gesagt, aber sie hatte schon verstanden, dass er für ironische Bemerkungen gerade keinen besonderen Sinn hatte. Stattdessen rief sie ihm nur zu: »Gute Nacht, Herr Grimm, schöne Träume!«, und verließ das Haus.

Auf dem Fußweg nach Hause kam sie wieder an der *Lotusbar* vorbei, verspürte ein unangenehmes Kribbeln im Nacken und wechselte vorsichtshalber die Straßenseite. Seltsamerweise fühlte sie sich durch die beiden Mäntel über ihrem Arm geschützt, als ob das zwei kampfbereite Komplizen wären. Falls sie Detlef tatsächlich erreichte und sich mit ihm verabreden konnte, musste sie sich einen guten Treffpunkt überlegen, fiel ihr ein. Vielleicht in der *Bakery* am Helvetiaplatz? Da gab es immer genug Platz für vertrauliche Gespräche, und man konnte sich trotzdem sicher fühlen.

Als sie in ihrer Wohnung ankam, war es 0.30 Uhr. Sollte sie – ja, warum denn nicht, sagte sie sich und wählte Detlefs Nummer. Es kam auch gleich eine Antwort, »Ja, hallo?«, so als ob er auf einen Anruf gewartet hätte. Das war definitiv Detlefs Stimme, da war sie sicher.

»Hallo, Detlef? Hier ist Cressida, ich weiß nicht, ob du dich erinnerst?«

»Cressida, wie schön, dass du dich meldest!« Er schien

gar nicht überrascht zu sein, dass sie seine neue Nummer kannte, seltsam. »Ich glaube, wir haben ganz viel zu besprechen, wegen Donnerstag. Können wir uns treffen? Ich weiß, es ist schon spät, aber ich habe schon so oft versucht, dich zu erreichen.«

Natürlich, er hatte ja nur die Nummer ihres alten Handys, das bei dem Überfall gestohlen wurde. Also konnte er nicht daran beteiligt gewesen sein, jedenfalls nicht, wenn er eben die Wahrheit gesagt hatte. Oder wollte er den Verdacht von sich ablenken, indem er vorgab, sie angerufen zu haben? Im persönlichen Gespräch würde sie das am besten herausbekommen. Am besten provozierte sie ihn gleich mal ein bisschen, um ihn aus der Reserve zu locken.

»Also Detlef, du hast mich ganz schön reingelegt«, begann sie. Einen Moment lang sagte ihr die Vernunft, dass sie vorsichtig sein sollte, aber ihr Bauchgefühl setzte sich durch, wie so oft. »Wenn ich das richtig sehe, hast du dich mit mir im *Filmpodium* verabredet, damit Moritz mich dort treffen kann, ohne dass es jemandem auffällt. Du musst mir unbedingt erzählen, was er dir anvertraut hat, was er vorhatte.«

Kurzes Schweigen auf der anderen Seite. Das konnte allerhand bedeuten. Vielleicht musste er gründlich überlegen, wie er auf ihre kühne Behauptung reagieren sollte – alles leugnen, alles bestätigen, ein paar Geheimnisse offenlegen, sie ein bisschen ausfragen, aber wenn ja, zu welchem Zweck? Vielleicht war er einfach verwirrt. Oder wütend, weil sie die Wahrheit herausgefunden hatte. Oder hocherfreut, weil sie die Wahrheit nicht herausgefunden hatte. Sie hatte in Gedanken schon etliche Kombinationen durchgespielt, als er endlich wieder etwas sagte.

»Cressida, ich weiß, es ist sehr spät, aber ich würde gern

in Ruhe mit dir über Moritz sprechen.« Also doch! Ihr Herz klopfte schneller. Jetzt würde sie mehr über die tatsächlichen Begebenheiten erfahren.

»Können wir uns treffen, ich meine noch heute Abend?«, fragte sie.

»Tolle Idee! Ich komme einfach bei dir vorbei, ich bin sowieso in der Nähe.« Damit hatte er schon aufgelegt.

Einen Moment lang war sie total überrascht. Dann stieg Panik in ihr auf. Sie hatte Detlef ihre Adresse nicht gegeben, solche Informationen gab sie nie an Zufallsbekanntschaften. Auch auf ihrer Visitenkarte standen nur ihre Mobiltelefonnummer und ihre E-Mail-Adresse. Sie hatte nie ihre Adresse irgendwo freigegeben, weder im Telefonbuch noch in den sozialen Medien. Außerdem wohnte sie erst seit drei Wochen in diesem Haus. Woher wusste Detlef also ihre Adresse? Hatte er sie etwa schon seit einiger Zeit beobachtet? Sie fröstelte. In diesem Moment hätte sie sich doch bei der Polizei sicherer gefühlt. Auf gar keinen Fall würde sie diesem Detlef die Tür öffnen. Würde er versuchen, mit Gewalt einzudringen? Ihre Wohnungstür hatte nur ein einfaches Schloss, das konnte man wahrscheinlich mit einem kräftigen Taschenmesser knacken. Einen Moment lang überlegte sie, die Polizei anzurufen. Aber die Notiz über Detlefs Telefonnummer auf Hauptkommissar Grimms Schreibtischunterlage hatte sie misstrauisch gemacht. Aus irgendeinem Grund wollte Grimm sein Wissen über Detlef nicht mit ihr teilen, und dies war nicht der richtige Zeitpunkt, dem Geheimnis auf den Grund zu gehen. Nein, sie musste unbedingt so schnell wie möglich hier verschwinden, bevor Detlef auftauchte. Sie hatte ihn unterschätzt. Genauer gesagt hatte sie ihn bei ihrer ersten Begegnung überschätzt, ihn für einen netten Flirt tauglich gefunden, und dann hatte sie seine kriminelle Energie unterschätzt. Was immer er vorhatte, sie würde dafür nicht mitten in der Nacht allein und schutzlos zur Verfügung stehen.

Schnell suchte sie alles Lebensnotwendige zusammen: Brieftasche, Handy, Ladegerät, Schlüssel, Taschenmesser, Kosmetiktasche, Wasserflasche, Taschentücher. Auch die Kopie von Moritz' Artikel steckte sie ein, denn in ihrer Wohnung war das Dokument nicht sicher aufgehoben. Glücklicherweise hatte alles in den riesigen Taschen von Annas kariertem Wollmantel Platz. Sie ließ die Lampen in der Wohnung brennen, um Detlef nicht vorzeitig misstrauisch zu machen, schloss ab und rannte die vier Treppen hinunter. Es gab eine Tür zum Hof, die sich verschließen ließ, durch die entkam sie aus dem Haus. Nun stand sie im dunklen Hof unter dem verwinkelten Geäst der Kastanie und überlegte. Wohin könnte sie gehen? Um Anna zu besuchen, würde sie über einige belebte Straßen laufen müssen, dort könnte Detlef ihr auflauern. Sie dachte fieberhaft nach, aber alle Bekannten, die ihr einfielen, wohnten weit draußen – und waren möglicherweise gar nicht zu Hause. Ihr musste schnell etwas einfallen, sonst war es zu spät. Schließlich konnte sie nicht die ganze Nacht hier im Hof zubringen, es war eisig kalt und feucht, der Nebel legte sich über die Büsche, und sie spürte die Kälte schon in ihren Zehen. Warme Stiefel wären gut gewesen. Die standen oben in der Wohnung, daran hatte sie in der Eile nicht gedacht. In der Natur konnte man sich als zivilisierter Mensch bei Kälte nicht lange aufhalten, überlegte sie, und in dem Zusammenhang kam ihr plötzlich der rettende Gedanke: Anna hatte beim Familiengartenverein Wipkingen einen Schrebergarten gemietet, mit einem Häuschen darauf, und Cressida wusste, wo Anna den Schlüssel aufbewahrte. Dort könnte sie über Nacht bleiben, und morgen würde sie versuchen, Detlef mit Annas Hilfe in eine Falle zu locken. Einen Moment lang überlegte sie sogar, ob sie dafür auch die Unterstützung von Hauptkommissar Grimm in Anspruch nehmen sollte, aber die Entscheidung darüber vertagte sie auf den nächsten Morgen. Jetzt musste sie sich erst einmal einen geschickten Fluchtweg überlegen. Sie konnte über die Innenhöfe von der Ernastraße bis zur Eichbühlstraße schleichen, dort war die Beleuchtung nicht sehr gut, sie konnte sich im Schatten der alten Straßenbäume fortbewegen. Von dort aus dann über die Duttweilerbrücke über die Bahnanlage hinweg, danach über den Hardturmsteg nach Wipkingen, in der Gegend würde er sie bestimmt nicht mehr suchen, und dann war es nur noch ein kleines Stück die Limmat entlang bis zum Gartenverein. Ein guter Plan, dachte sie und bewegte sich im Schatten der Häuser bis zum nächsten Durchgang. Die gefährlichste Stelle war das Überqueren der Sihlfeldstraße, dort standen zwar viele kräftige Kastanien, aber die Mitte der Straße war gut beleuchtet. Sie sah sich sorgfältig nach allen Seiten um, bevor sie über die Straße rannte und dann wieder in den Grünanlagen Schutz suchen konnte. Ja, sie war schnell genug gewesen. Jetzt musste sie sich nur noch langsam und vorsichtig bewegen, um niemandem aufzufallen, und ihr Plan würde aufgehen.

Seltsam, wie schön es in einer kalten Oktobernacht im Nebel an der Limmat sein konnte, dachte sie, als sie auf der Wipkinger Seite angekommen war. Einige wenige beleuchtete Fenster warfen zittrige orangefarbene Streifen auf das Wasser, die Limmat schwamm träge an ihr vorbei, Baumsilhouetten ragten an unerwarteten Stellen zwischen Nebelschwaden hervor. Es war hier sehr viel kälter als in der Innenstadt, und sie vergrub ihre Hände tief in den Manteltaschen. Handschuhe wären auch gut gewesen. Es hatte bestimmt weniger als null Grad. In dem Schrebergarten-Häuschen würde nicht geheizt sein, fiel ihr ein, hoffentlich gab es dort einen Schlafsack oder wenigstens warme Decken. Sie erinnerte sich an Geschichten über Wanderer, die in unzureichend isolierten Schlafsäcken in den Bergen übernachteten und als Folge Frostbeulen und erfrorene Gliedmaßen davontrugen. Zur Not würde sie eben versuchen, wach zu bleiben, sich mit Gymnastik aufzuwärmen. Hoffentlich war der Strom nicht abgeschaltet, vielleicht könnte sie sich dann einen Tee aufbrühen, falls es welchen gab, oder wenigstens Wasser, denn einen Wasserhahn gab es bestimmt, daran erinnerte sie sich. Da war schon die Abzweigung zur Gartenkolonie.

Sie erreichte das Tor und drückte die Klinke hinunter, aber nichts rührte sich. Sie rüttelte an der Klinke. Vergeblich. Es war abgeschlossen. Verdammt, damit hatte sie nicht gerechnet. Würde sie es schaffen, über das Tor zu klettern? Es war ziemlich hoch, und sie war nicht für sportliche Betätigungen angezogen. Neben dem Tor hatte jemand zwei blaue Plastikkästen für Milchflaschen abgestellt – vielleicht ging es damit? Sie stapelte die Kisten übereinander, stieg hinauf und versuchte, sich mit einem Klimmzug auf die obere Stange des Tors hochzuziehen. Es musste ziemlich lange her sein, dass sie zum letzten Mal Klimmzüge geübt hatte, eigentlich hatte ihr das beim Krafttraining damals immer am wenigsten Spaß gemacht, weil sie dort überhaupt keine Trainingserfolge gespürt hatte, sie war immer gleich schwach, so auch jetzt. Aber sie würde es noch einmal mit mehr Schwung versuchen. Sie drückte sich mit den Füßen von den Kästen ab, spürte, wie die Plastikplatte unter ihr nachgab, und fiel nach hinten auf den asphaltierten Weg. »Verflucht noch mal!«, rief sie laut, und dann erinnerte sie sich wieder, dass sie ja eigentlich so leise wie möglich sein wollte. Sie stand auf und wischte sich den Schmutz vom Mantel, als sie plötzlich eine Hand auf ihrem Arm spürte.

»Geht es Ihnen gut?«, fragte eine Stimme neben ihr. Eine angenehme Stimme, und nicht Detlefs Stimme, das registrierte sie gleich. Aber das machte die Sache nicht sehr viel besser. Sie drehte sich zu dem Sprecher um und versuchte abzuschätzen, wie gefährlich er ihr werden könnte. Auf den ersten Blick wirkte er recht harmlos: ein Mann in den Vierzigern, schlank, leicht gebückt, nur wenig größer als sie selbst. Er trug eine tief ins Gesicht gezogene Wollmütze mit Schirm, einen Parka und einen leuchtend roten Schal, den er mehrfach um seine Schultern gewickelt hatte. Was sollte sie ihm nur erzählen? Was würde er ihr glauben? Die einfachsten Lügen waren in der Regel die erfolgreichsten. Es kam jedenfalls auf einen Versuch an.

»Ja, vielen Dank, das sieht wahrscheinlich ein bisschen komisch aus, was ich hier mache.« Sie hielt inne, weil sie bemerkte, dass er zustimmend nickte. Nur nicht nervös wirken, sagte sie sich, wer nervös wirkt, macht sich gleich verdächtig. Sie wartete, ob er schon einen Kommentar zu ihrer Äußerung abgeben würde, aber er sagte nichts.

»Ich habe nämlich meinen Schlüssel für den Garten zu Hause gelassen«, fuhr sie fort, in der Hoffnung, dass das als ausreichende Erklärung durchgehen würde.

Nun sagte er doch etwas.

»Und Ihnen ist eingefallen, dass Sie heute Nacht unbedingt noch die Rosen beschneiden müssen für den Winter.«

Hatte Anna überhaupt Rosen in ihrem Garten? Nein, bestimmt nicht, sie hasste Rosen, das hatte sie schon immer gesagt, und ihren Verehrern auch schon mal einen Strauß an den Kopf geworfen.

»Ich habe keine Rosen im Garten.« Sie hoffte, dass diese selbstbewusste Äußerung ihn ein wenig einschüchtern würde, aber sie sah schon an seinem Grinsen, dass das nicht funktioniert hatte.

»Soll ich Ihnen welche schenken?«, fragte er. Sie war sich nicht im Klaren darüber, ob er das ernst meinte oder nicht, ob er ein gnadenloser Zyniker oder einfach nur ein netter Mensch war.

»Gern«, sagte sie probeweise. »Könnten Sie mich bitte auch in die Anlage lassen? Mein Ersatzschlüssel hängt hinter dem Vogelhäuschen im Apfelbaum. Oder sind Sie gar nicht Mitglied hier in diesem Verein?«

Er legte den Kopf schief.

»Wenn Sie selbst Mitglied wären, wüssten Sie das.«

»Sind Sie so bekannt?«

»Wie ein bunter Hund. Ich bin der Präsident des Vereins der Gartenfreunde.«

»Hmm, dann haben Sie mich erwischt. Ich bin kein Mitglied, zugegeben. Aber Anna Bergmann, meine Freundin, hat hier einen Garten, den darf ich benutzen. Und weil ich heute nicht nach Hause kann, bleibt mir nichts anderes übrig, als hier zu übernachten.«

Er kramte in seiner Hosentasche und schloss das Tor auf.

»Ich wollte sowieso gerade wieder reingehen, kommen Sie. Nachts gehe ich immer noch mal kurz mit dem Hund raus.«

Mit dem Hund? Cressida sah sich um. Sie hatte keinen Hund gesehen, auch kein Bellen oder Blätterscharren gehört.

»Wo ist denn Ihr Hund?«

»Oh, mein Hund ist letztes Jahr gestorben. Aber ich bin so daran gewöhnt, nachts spät noch mal mit ihm rauszugehen, dass ich das nicht aufgeben wollte. Ich gehe nun mit der Erinnerung an meinen Hund spazieren. Dann bleibe ich an seinen Lieblingsstellen stehen, wo er immer gern geschnüffelt hat, und schaue mir an, wie sich die Pappeln im Fluss spiegeln, das sieht jedes Mal anders aus.«

»Warum schaffen Sie sich nicht einfach einen neuen Hund an?«

»Einfach?« Er blieb auf dem Weg zwischen den Parzellen stehen, direkt unter einer Lampe, die sein Gesicht von oben beleuchtete. Normalerweise sahen Menschen in so einer Beleuchtung wie Zombies aus, aber er wirkte immer noch freundlich. »Wie sollte so etwas denn einfach sein? Sie glauben gar nicht, wie schwierig es ist, einen Hund zu finden, mit dem man sich anfreunden kann. Bevor ich damals Dillinger mit nach Hause genommen habe, bin ich monatelang im Tierheim ein- und ausgegangen und habe Hunde zur Probe ausgeführt. Klar, Hunde sind so gezüchtet, dass sie Menschen als Rudelführer akzeptieren und bedingungslos lieben, aber trotzdem hat jeder eine ganz eigene Persönlichkeit. Manche Hunde regen sich über jede Kleinigkeit auf und fangen hysterisch an zu bellen, manche sind so feige, dass man sich für sie schämt, und manche sind eitle Angeber. Dillinger hatte Humor, so etwas findet man selten, bei Hunden wie bei Menschen. Er war mein Freund, wir haben uns verstanden.«

Cressida nickte. Seltsam, dachte sie, dass sie mitten in einer kalten Nacht in einer Kleingartenkolonie herumstehen und eine Unterhaltung über Hunde führen konnte, ohne ungeduldig oder unruhig zu werden. Ein Grund dafür war natürlich, dass der bedrohliche Detlef sie hier unmöglich finden konnte – niemand war ihr gefolgt, und ihr Handy hatte sie ausgeschaltet. Doch das war nicht alles. Es war einfach beruhigend, sich mit jemandem zu unterhalten, der so ganz andere Sorgen hatte als sie selbst. Trotzdem wäre es gut, wenn sie jetzt Annas Garten und ein Bett finden könnte. War es der dritte oder der vierte Garten auf der rechten Seite? In der Dunkelheit sahen alle gleich aus, und der Nebel hing dicht in den Bäumen.

»Welcher ist noch gleich Annas Garten?«, dachte sie laut.

»Es ist der dritte rechts«, sagte der hundelose Hundeausführer. Er schien ein wirklich hilfsbereiter Mensch zu sein. Ohne dass sie ihn darum gebeten hatte, leuchtete er für sie mit der Taschenlampe die Bäume am Gatter ab, bis sie das Vogelhäuschen mit dem dahinter gehängten Schlüssel gefunden hatte.

»Danke, das war wirklich sehr freundlich von Ihnen!«

»Nachbarschaftlich. Ich habe mir gleich gedacht, dass Sie eine Freundin von Anna sein müssen. Genauso verrückt.«

Verrückt? Da musste sie nachhaken, so müde sie auch war.

»Was meinen Sie mit verrückt?«

»Hey, das war anerkennend gemeint, nicht als Kritik! Man sieht das doch gleich, dieser Turban mit lila Elefanten drauf, und dieser Mantel, der könnte aus Rübezahls Pantoffeln geschneidert worden sein. Um so was zu tragen, muss man schon ganz schön verrückt sein.«

Es war etwas Wahres daran, das musste Cressida sich eingestehen, aber es ging ja nicht an, dass ein Fremder so etwas über Anna sagte.

»Anna kauft alle ihre Kleider bei Caritas, weil sie kein Geld hat«, bemerkte sie etwas verschnupft.

»Ich kaufe auch alle meine Kleider bei Caritas, weil ich kein Geld habe«, antwortete er. »Und schauen Sie mich an – wie sehe ich aus?«

Auf diese Aufforderung hin musterte sie ihn genauer. Er trug Jeans, die nach natürlicher Abnutzung aussahen, ohne Löcher oder künstliche Bleiche, einen handgestrickten roten Schal ohne Muster und ohne Fransen, und sein Parka war mit keinerlei Abzeichen verziert. Sein Outfit sah vollkommen normal aus, darauf wollte er sie wohl hinweisen. Sein Gesicht wirkte entspannt, ausgeruht, trotz des angeklungenen Hundekummers mit Lachfalten um Augen und Mund.

»Sie sehen aus wie ein Mann, der mit seinem Leben vollkommen zufrieden ist«, sagte Cressida schließlich. »Wie schaffen Sie das? Was machen Sie beruflich?«

»Das ist eine sehr persönliche Frage, in Anbetracht unserer kurzen Bekanntschaft und der Tatsache, dass die Antwort sehr lange dauern würde. Ich erzähle es Ihnen morgen, wenn Sie dann noch da sind. Jetzt muss ich nach Hause, sonst wird mein Badeofen kalt, bevor ich ankomme. Gute Nacht!«

Damit verschwand er hinter der Gartentür gegenüber. Cressida bemerkte, dass ihre Füße eisig geworden waren und dass die Kälte von unten in ihren Mantel hineinzog. Es war Zeit, in ein warmes Bett zu kommen. Als sie die Tür zu Annas Schrebergartenhäuschen aufschloss, schlug ihr kalte, modrige Luft entgegen. Natürlich, Anna war bestimmt seit dem Sommer nicht mehr hier gewesen. Trotz der Kälte riss sie alle Fenster auf. Im Bettkasten fand sie einen Schlafsack, in eine Plastiktüte verpackt, der sich trocken anfühlte. Leider funktionierte der Strom nicht, aber zum Teekochen wäre sie ohnehin zu müde gewesen. Sie beendete die Lüftung, zog die Schuhe aus, legte sich aufs Bett und kuschelte sich in allen Kleidern in den Schlafsack ein. Auf der Flucht vor einem Mann, unglaublich, was ihr hier passierte. Warum hatte dieser Hauptkommissar Grimm sich noch nicht mit Detlef in Verbindung gesetzt, obwohl er seine Nummer notiert hatte? Oder hatte er vielleicht doch schon mit ihm gesprochen und ihn dann als völlig unverdächtig in Ruhe gelassen, ohne ihr etwas davon zu sagen? Sie beschloss, sich nicht länger darüber zu ärgern. Morgen würde sie einen Schlachtplan entwerfen, um alles aus Detlef herauszuholen, was mit dem Mord zu tun haben könnte. Doch jetzt sollte sie schlafen, endlich. Sie schloss die Augen und stellte sich vor, mit einem imaginären Hund an der Limmat spazieren zu gehen.

10. EINIGES KLÄRT SICH, ANDERES NICHT

Es war dunkel und kalt, und sie wusste sofort, wo sie war. Warum war sie schon wach? Sie sah auf die Armbanduhr, die Leuchtziffern zeigten 8.30 Uhr. Technisch gesehen war es längst Morgen, aber nach ihrem Gefühl eindeutig noch die Zeit für einen gesunden Tiefschlaf. Da, jetzt kam es wieder: ein lautes Pochen an der Tür.

Sie wickelte sich aus dem Schlafsack, rückte den Turban zurecht und ging zur Tür. Dort gab es keinen Spion und kein Fenster, um Besucher zu begutachten, aber sie fühlte sich unerwartet sicher und öffnete. Vor ihr stand ihr Helfer von gestern, mit einem dampfenden Becher in der Hand.

»Ich dachte, Sie bräuchten vielleicht etwas Warmes.«

Dankbar nahm sie ihm den Becher ab. Es duftete nach Schokolade, und als sie den ersten Schluck nahm, stellte sie fest, dass dies traditionell gekochter Kakao war, mit echtem Kakaopulver und Milch aufgekocht, mit Honig verfeinert. Sie fühlte, wie die warme Süße in ihren Magen drang und dort ein Wärmzentrum zündete.

»Der Sicherungskasten ist hier an der Wand«, sagte ihr Nachbar. »Bei diesen Temperaturen kann man schon mal die Heizung einschalten.« Tatsächlich, das hatte sie gestern gar nicht registriert. Sie hoffte, dass er sie nicht für technikfern oder ein bisschen minderbemittelt hielt, öffnete den Kasten und schaltete die Sicherungen ein. Gleich hörte sie am Knacken von Rohren, dass die Heizung sich in Gang gesetzt hatte.

»Möchten Sie nicht hereinkommen?«, fragte sie. Es war unhöflich, ihn einfach so an der Tür stehen zu lassen, nachdem seine heiße Schokolade ihr gerade das Leben gerettet hatte. In Annas Häuschen war nicht viel Platz, aber immerhin gab es neben dem Bett eine Küchenecke mit drei Stühlen.

»Danke, gern.« Er schloss die Tür hinter sich und nahm auf einem der Stühle Platz.

»Ich bin Hannes Kracht, Annas Nachbar, das haben Sie ja schon mitbekommen.«

»Freut mich. Sie haben mir wirklich sehr geholfen, ich weiß gar nicht, wie ich mich bedanken soll. Ich bin Cressida Kandel, eine Freundin von Anna, und ich bin Krimischriftstellerin.«

»Und Sie konnten letzte Nacht nicht nach Hause gehen, haben Sie gesagt. Warum nicht? Schreiben Sie über Kriminalfälle aus dem richtigen Leben, durch die Sie sich in Lebensgefahr bringen? Das wäre kein Beruf für mich. Kein Wunder, dass Sie so nervös waren letzte Nacht. Jetzt sehen Sie schon viel besser aus.«

Sie dachte lieber nicht darüber nach, wie er das gemeint haben könnte. Und sie hatte keine Lust, sich von ihm ausfragen zu lassen, bevor sie mehr über ihn wusste. Er wirkte sehr sympathisch, aber so etwas konnte täuschen, das wusste sie aus Erfahrung.

»Gestern hatten Sie versprochen, mir etwas von Ihrem Beruf zu erzählen, wenn ich mich recht erinnere«, antwortete sie. »Der Tag ist noch jung, fangen Sie doch einfach mal an.«

»Ich habe keinen Beruf, ich bin IV-Rentner.« Er zögerte

einen Moment und sah sie forschend an. Wahrscheinlich wartete er auf eine bestimmte Reaktion, vielleicht ein Widerwillen, vorsichtiges Abrücken von jemandem, bei dem man nicht wusste, was für eine Krankheit er hatte. Aber unter solchen Vorurteilen litt sie nicht.

»Das war eine sehr kurze Geschichte. Letzte Nacht haben Sie mir angekündigt, dass Sie sehr lange erzählen würden.«

»Wahrscheinlich habe ich da ein bisschen übertrieben. Die Geschichte kommt mir lang vor, wenn ich sie mir selbst erzähle, aber anderen Menschen erzählt man ja nicht alles, also wird es etwas kürzer als gedacht. Ich war Lehrer, Gymi-Lehrer, bis zu meinem Burn-out. Seitdem wohne ich hier, obwohl man hier laut Statuten eigentlich gar nicht wohnen darf.«

»Und was machen Sie den ganzen Tag, wenn Sie nicht gerade mit den Erinnerungen an Ihren Hund spazieren gehen?«

»Ich bin Tüftler. Und zwar zähle ich mich zur Gruppe der Allround-Tüftler. Zeigen Sie mir irgendein Problem, einen kaputten Staubsauger, einen defekten Wasserhahn, eine unlösbare Mathe-Aufgabe, ein schwieriges Kreuzworträtsel, ein Strickzeug mit fallengelassenen Maschen, ein undichtes Fenster – ich kriege das alles irgendwie wieder hin. Das macht mir Freude, und meinen Nachbarn auch. Es ist immer schön, wenn man etwas reparieren kann, statt etwas Neues kaufen zu müssen, das dann meistens eine schlechtere Qualität hat als das ältere Stück.«

»Dann hätte ich vielleicht auch etwas für Sie. Es ist mir ein bisschen peinlich, aus zwei Gründen. Erstens müssten Sie mir versprechen, das 100-prozentig vertraulich zu behandeln, und zweitens habe ich Ihre Hilfe schon viel zu viel in Anspruch genommen. Sind Sie immer so hilfsbereit?«

Jetzt lächelte er.

»Nicht immer, obwohl ich mich bemühe. Aber ich gebe zu, dass es damit zu tun hat, dass Sie mir auf den ersten Blick sympathisch waren.«

»Das war, als ich gerade ungeschickt auf die Plastikkästen gestiegen war in der wahnwitzigen Hoffnung, dann über das Tor klettern zu können.«

»Ja, genau! Ich sehe es gern, wenn Frauen sich unmöglichen Aufgaben stellen, statt auf Hilfe zu warten. So ein größenwahnsinniges Herangehen an unüberwindbare Probleme beeindruckt mich jedes Mal, allerdings trifft man das viel zu selten. Wie schon Bernard Shaw sagte, der vernünftige Mensch passt sich der Welt an, der unvernünftige verändert sie.«

Für einen Moment war sie sprachlos. Anscheinend war ihm das ernst. Sie musste alle ihre Sinne zusammennehmen und eine Entscheidung treffen. Sollte sie sich ihm wirklich anvertrauen und ihn um Hilfe bitten? Nein, das wäre zu viel verlangt, sie könnte das nie wiedergutmachen. Aber vielleicht konnte sie ihm doch einen kleinen Zipfel des Problems zeigen, mit dem sie selbst immer noch haderte. Sie zog ihr Handy aus der Tasche und suchte in den Fotos des Textes aus Moritz' Manteltasche die Seite 6 und dunkelte ein paar Stellen ab. Dann hielt sie Hannes Kracht den verbliebenen Text hin: »R. L. Der Vertrag über den Verkauf seiner GmbH an X. Z. zu einem Preis von 10 Millionen CHF ist notariell beglaubigt.«

»Das ist ein Teil meines Problems«, erklärte sie. »Ich muss herausfinden, welche Personen sich hinter den Kürzeln verbergen. Bisher hatte ich noch nicht viel Zeit, darüber nachzudenken. Wüssten Sie, wo man da anfangen könnte?«

Er sah sie vorwurfsvoll an.

»Zu einfach. Wenn Sie ausgeschlafen sind, kommen Sie selbst drauf.«

Sie hasste Geheimniskrämerei. »In Ordnung, Sherlock Holmes«, sagte sie. »Tut mir leid, dass ich Sie mit diesem banalen Problem belästigt habe.«

»Okay, okay, ich habe das nicht so gemeint, und ich sehe ja auch, dass Sie im Moment gerade nicht ausgeschlafen sind. Also hier, Schritt für Schritt, das Vorgehen. Erstens, der Verkaufspreis ist in Schweizerfranken genannt, also würde ich anfangen, in der Schweiz zu suchen. Der Verkauf ist notariell beglaubigt, steht hier, also ist er im Handelsregister eingetragen. Zweitens, das Problem scheint dringend zu sein, also ist der Verkauf möglicherweise noch nicht lange her. Im schlimmsten Fall dauert die Recherche ein paar Stunden. Sie müssen einfach nur die kantonalen Handelsregister durchsuchen, das kann man online machen, dort finden Sie die Namen der Inhaber und den Wert ihrer Firmenanteile. Mit diesen ungewöhnlichen Initialen wird es da sicher nicht allzu viele geben.«

Cressida stöhnte.

»Natürlich, Sie haben vollkommen recht! Vielen Dank! Warum bin ich nicht auf die einfache Lösung gekommen? Das werde ich nachher zu Hause gleich in Angriff nehmen.«

»Gestern Nacht konnten Sie nicht nach Hause gehen. Ist die Gefahr denn jetzt vorbei?«

»Nein, aber ich werde Anna bitten, mit mir zu kommen. Wenn wir zu zweit sind, wird er sich nicht trauen, mich anzugreifen.«

»Also schreiben Sie tatsächlich über echte Kriminalfälle?«

Sie überlegte. Nein, es sprach nichts dagegen, ihn einzuweihen. Sie hatte nicht so viele Helfer, dass sie auf seine Unterstützung verzichten könnte.

»Nein, das tue ich aus Prinzip niemals. Vor zwei Tagen ist ein alter Freund von mir ermordet worden. Vieles spricht dafür, dass er mir die Unterlagen übergeben wollte, aus denen dieser Text stammt, damit ich sie sicher für ihn aufbewahre. Ich befürchte, er wollte jemanden damit erpressen, und wenn das so ist, hat der Erpresste ihn wahrscheinlich umgebracht. Und der Mörder ahnt inzwischen, dass ich die Unterlagen habe und entschlüsseln kann. Deshalb bin ich in Gefahr.«

»Und diese Unterlagen kennt niemand außer Ihnen?«

»Doch, die Polizei hat sie in seiner Manteltasche gefunden. Aber die haben die Papiere nur auf unsichtbare Tinte oder eingebaute Mikrofilme untersucht. Das ist ein 23 Seiten langer Text über die Schweizer Filmwirtschaft, datiert 1992, den hat niemand vollständig gelesen.«

»Niemand außer Ihnen. Gut für Sie. Aber es gibt da ja wirklich nicht viel zu entschlüsseln, und das Wenige reicht nicht aus, um jemanden zu erpressen. Warum sollte jemand nicht seine Firma verkaufen? Also heraus mit der Sprache, was steckt noch dahinter?«

Jemand wie Hannes sollte bei der Polizei arbeiten anstelle dieses lahmen Hauptkommissars Grimm, dachte Cressida.

»In dem Text steht auch noch etwas von Fotos, die die Überweisungsbelege zu dem Verkauf zeigen. Obwohl der Verkauf über zehn Millionen ging, ist nur eine Million tatsächlich gezahlt worden. Ein Fall von Geldwäscherei.

Aber ich habe nirgendwo einen Hinweis gefunden, wo diese Fotos versteckt sein könnten.«

»Und die Polizei wollen Sie nicht um Hilfe bitten?«

»Die Polizei hat mich im Verdacht, meinen alten Freund umgebracht zu haben! Wenn ich denen Informationen gebe, werden die nur verbummelt oder nicht ernst genommen. Ich möchte genau wissen, wer alles ein Interesse an Moritz' Tod haben könnte, bevor ich dann mit dem vollständigen Material zur Polizei gehe.«

»Ein typischer Fall von Fehlern, die Krimi-Heldinnen zu Opfern machen. Im Kino sieht das besonders eindrücklich aus – eine blauäugige Blondine, die sich mit dem Schurken im dunklen Büro verabredet, die Kamera nähert sich von hinten, und nach einem Spannungsmoment wird die Blonde mit einem Halstuch erwürgt. Soweit ich weiß, gibt es sogar einen Fachausdruck dafür: HIBK, had I but known. Haben Sie so etwas nicht schon selbst geschrieben? Wenn Sie das beruflich machen, sollten Sie so was wissen, denke ich.«

Aha, ein Krimikenner, wenn auch keiner ihrer Fans.

»Sie haben vollkommen recht«, antwortete sie. »Das ist überhaupt nicht rational gehandelt. Eher dumm und aus dem Bauch heraus. Ich habe der Polizei nicht alles erzählt, was ich weiß. Aber wenn man mitten in der Nacht von der Polizei aus dem Bett geklingelt wird, kann man nicht immer rational denken. Na ja, denken vielleicht schon, aber die Füße wollen dann in eine andere Richtung. Sie wissen schon, was ich meine.«

Er nickte.

»Und jetzt haben Ihre Füße schon eine ganz schöne Strecke auf dem falschen Weg zurückgelegt, wenn ich das richtig verstanden habe. Zu weit und zu spät zum Umkehren.«

»Ich habe jemanden in Verdacht, mir gestern Abend aufgelauert zu haben, um an diese Unterlagen zu kommen. Dem möchte ich heute Morgen eine Falle stellen, zusammen mit Anna.«

Nun musterte er sie kritisch.

»Ich will Ihnen ja nicht zu nahetreten, aber Sie sehen nicht so aus, als ob Sie eine nahkampferprobte Karate-Sportlerin wären, die einen gefährlichen Mörder mit Gewalt in Schach halten könnte. Und Anna ist das ganz gewiss auch nicht. Diese Strategie sollten Sie lieber noch mal überdenken.«

Natürlich hatte er recht. Bei Tageslicht betrachtet und gestärkt durch eine heiße Schokolade, erkannte sie die Schwäche ihres Plans ganz deutlich. Sie fing an, laut zu überlegen.

»Am besten lasse ich ihn glauben, dass ich den Artikel ausgewertet habe und alle sich daraus ergebenen Beweismittel der Polizei übergeben habe. Es gibt schließlich keinen Grund, warum er mir das nicht glauben sollte!«

»Sie können sehr überzeugend sein«, grinste Hannes.

»Und am besten mache ich das jetzt gleich!« Sie griff zum Telefon und wählte Detlefs neue Telefon-Nummer. Niemand antwortete, und nach zehnmal Klingeln meldete sich die Mailbox. »Hallo, hier ist Cressida«, sagte sie. »Leider musste ich gestern Abend noch mal weg. Ich wollte dich nur auf dem Laufenden halten – diesen Artikel, den Moritz für mich mitgenommen hatte, habe ich ausgewertet und die Hinweise an die Polizei weitergegeben. Aber du weißt sicher noch mehr über Moritz' Pläne, melde dich doch einfach mal bei mir!« Damit legte sie auf.

»Das war nicht richtig gut«, meinte sie selbstkritisch, »aber besser habe ich es so schnell nicht hingekriegt. Wenn

Sie so ein guter Tüftler sind, wie Sie sagen, können Sie dann vielleicht aus meinem Text herausbekommen, wo Moritz die Fotografien der Banküberweisungen versteckt hat?«

»Das fände ich wirklich spannend. Hier ist meine Karte mit meiner Handynummer, schicken Sie mir das Dokument.«

Sie sah sich die Visitenkarte an. Offensichtlich war sie selbstgemacht, das passte zu seinem Image. Auf matter Pappe war ein Kreuzworträtsel aufgedruckt, mit seinem Namen in den waagerechten offenen Kästchen, der Telefonnummer in den senkrechten, unter geschickter Ausnutzung der Buchstaben »acht« in seinem Nachnamen Kracht.

Sie schickte ihm die Fotos des Artikels. Dann überlegte sie.

»Dürfte ich Sie noch um etwas bitten? Könnten Sie die Papierfassung für mich aufbewahren, vorsichtshalber?«

»Natürlich, das mache ich gern. Aber – sind Sie denn wirklich sicher, dass einer der Geldwäsche-Beteiligten der Mörder ist? Vielleicht hat Ihr verstorbener Freund noch andere Leute erpresst, und die Unterlagen darüber nicht an Sie weitergeleitet. Oder es könnte ihn jemand aus Leidenschaft umgebracht haben. Oder aus Rache.«

»Möglich ist das schon. Ich habe zunehmend das Gefühl, dass ich Moritz falsch eingeschätzt habe. Er war immer ein gnadenloser Kritiker, hat in seinen Artikeln jedes Mal schonungslos die Wahrheit aufgedeckt. Aber mir war nicht klar, dass er ein Erpresser war. Geldgierig war er nie.«

Hannes lachte. »Mich müssen Sie damit nicht überzeugen. Ich weiß, dass man auch ohne Geld sehr zufrieden leben kann.«

Doch da kam ihr ein Gedanke.

»Allerdings habe ich nach seinem Tod erfahren, dass er krank war. Krebs. Er hatte wohl nur noch ein paar Monate zu leben. Vielleicht gab es eine teure Therapie, die ihn gerettet hätte? Dann könnte ich es nachvollziehen. Es gibt so vieles, was ich nicht über ihn weiß, und ich fühle mich scheußlich deswegen.«

Erst als sie das gesagt hatte, fiel ihr auf, dass es sehr merkwürdig war, einem Fremden (oder nun nur noch Fastfremden) ihre innersten Gefühle mitzuteilen. Er schien es mit Fassung aufzunehmen. Wahrscheinlich passierte ihm so etwas öfter, er hatte so eine vertrauenerweckende, ruhige Art, so wie ein Weihnachtsmann.

»Sie haben ihn mal geliebt«, stellte er fest.

Das ging jetzt zu weit. Sie nickte, sah auf die Uhr, reichte ihm den Artikel und stand auf.

»Es wird Zeit für mich. Ich werde Anna besuchen und mit ihr zusammen weiterforschen, wer noch etwas gegen Moritz gehabt haben könnte.«

»Sie wollen Anna besuchen? Vor 11 Uhr morgens? Da sind Sie sehr optimistisch.«

Das stimmte, daran hatte sie nicht gedacht, da sie es selbst nicht gewohnt war, so früh schon unterwegs zu sein. In ihre eigene Wohnung wollte sie jetzt nur ungern gehen, denn sie konnte schließlich nicht sicher sein, dass Detlef ihre entlastende Nachricht schon abgehört hatte – vielleicht würde er ihr dort auflauern, und das wollte sie nicht riskieren. Sie nahm ihr Handy und wählte Annas Nummer. Niemand meldete sich. Vorsichtshalber sprach sie auf den Anrufbeantworter, dass sie innerhalb der nächsten Stunde bei ihr eintrudeln würde, aber sehr viel versprach sie sich nicht davon. Wer wusste schon, ob Anna die letzte Nacht überhaupt zu Hause zugebracht hatte. Sie hatte gestern

Reto Langhausen sehr interessierte Blicke zugeworfen, und er hatte sie erwidert, es hatte so ausgesehen wie Leidenschaft auf den ersten Blick.

»Wenn Sie möchten, können Sie bei mir duschen«, sagte ihr Weihnachtsmann. Sie lächelte verlegen. »Sie tun so viel für mich, ich weiß wirklich nicht, wie ich das jemals wiedergutmachen kann. Auf jeden Fall werde ich Sie in nächster Zeit mal zum Abendessen einladen, das ist das Mindeste. Wenn Sie mögen, natürlich.«

»Selbst gekocht?«

»Selbstverständlich.«

Sie gingen gemeinsam zu dem Schrebergarten gegenüber von Annas. Das Häuschen war etwas größer, es hatte zwei Zimmer und eine gut funktionierende Heizung. Das erste Zimmer diente als Küche, mit einer abgeteilten Duschkabine, und in dem zweiten Zimmer standen ein Sofa und eine Werkbank, auf der Hannes Krachts derzeitige Tüftel-Patienten lagerten. Cressida erkannte eine kaputte Keramikvase, ein kleines rotes Spielzeug-Feuerwehrauto, eine Trompete und eine lederne Aktentasche mit silbernem Schloss. Ganz in der Ecke stand ein sehr massig aussehendes Notebook, das konnte aus dem letzten Millennium stammen, aber es war offenbar noch in Betrieb. »Es sieht so aus, als ob Sie eigentlich schon ganz gut mit Arbeit ausgelastet wären«, bemerkte sie.

»Ja, die Arbeit geht mir hier nie aus. Die Nachbarn kennen mich seit Jahren und bringen mir kaputte Lieblingssachen aus ihrem gesamten Familien- und Bekanntenkreis.«

»Wie lange wohnen Sie denn schon hier?«

»Ja, offiziell wohne ich natürlich nicht hier, sondern in einer Wohnung in Zürich, in der ich polizeilich gemeldet bin. Den Garten habe ich seit zehn Jahren, aber tatsächlich hause ich hier erst seit zwei Jahren.«

Ihr selbst würden zwei Jahren in einem Schrebergartenhäuschen sehr lang erscheinen, dachte Cressida, auf so engem Raum, mit so wenigen Sachen auszukommen, das stellte sie sich sehr anstrengend vor.

»Entschuldigen Sie bitte diese sicher sehr naive Frage – aber: Warum wohnen Sie nicht in Ihrer Wohnung? Dort ist es doch wahrscheinlich ein bisschen geräumiger als hier?«

»Tja, das geht leider nicht, denn da wohnt meine Frau.« An Cressidas erstauntem Blick erkannte er wohl, dass das keine hinreichende Erklärung war, deshalb fügte er hinzu: »Es ist eine sogenannte Scheinehe. Ich musste das machen, die arme Frau, aus Kinshasa, war in meiner Lesegruppe, sie hatte hier mit einem deutschen Mann zusammengelebt. Der hat sie dann sitzengelassen, statt sie wie versprochen zu heiraten. Und sie erwartete ein Kind, man hätte sie ausgewiesen, aber da wäre sie wieder in die Hände ihrer Familie gefallen, die sie an einen reichen Mann verschachern wollte, und das Kind hätte sie abtreiben müssen. Es war eine verzweifelte Lage, und ich hatte sowieso nichts weiter zu verlieren. Also haben wir geheiratet, und sie hat ihre Aufenthaltsgenehmigung bekommen.«

»Ach so – dann ist Ihre Wohnung so klein, dass Sie nicht zu dritt darin wohnen können?«

»Zu fünft – sie hat inzwischen ihre jüngeren Schwestern nachkommen lassen.«

»Und bekommen die eine Aufenthaltsgenehmigung?«

»Ja, sie haben Studentenvisa. Aber natürlich kein Geld, deshalb können sie sich keine Wohnung leisten.«

»Verstehe.« Nein, eigentlich verstand sie es nicht. »Das heißt, ich verstehe schon sehr gut, dass Sie helfen möchten, wenn es jemandem schlecht geht. Aber deshalb muss man doch nicht sein ganzes Leben dafür aufgeben! Wollen Sie ewig hier in der Gartenkolonie leben?«

»Ja, warum denn nicht? Allerdings hat meine Frau sich neulich in einen Schweizer verliebt, der auch sehr an ihr hängt. Ich habe den Eindruck, sie will sich bald scheiden lassen. Das wird dann meine zweite Scheidung, sehr viel glücklicher als die erste.«

Das klang nach so viel Unglück, dass Cressida nicht weiter nachfragen wollte. Sie nahm das Handtuch, das er ihr reichte, und verschwand in der Küche. Man konnte die Zwischentür nicht schließen, weil ein Schrank im Weg stand, aber Cressida sah, dass er sich abwandte, als sie sich auszog und die Dusche betrat. Der starke heiße Wasserstrahl tat ihr wohl, belebte sie, und sie wäre gern noch länger darunter stehen geblieben, wenn sie nicht daran hätte denken müssen, wie seine Stromkosten dabei in die Höhe schnellten. Wie viel Geld bekam man wohl monatlich als IV-Rentner? Kaum vorstellbar, dass das für eine Wohnung in Zürich und einen Garten ausreichte. Von einem Hund ganz zu schweigen. Aber der war ja nur noch virtuell vorhanden und kostete keinen Unterhalt mehr. Trotzdem, wahrscheinlich musste Hannes Kracht sich ziemlich anstrengen, um mit seiner Bastelei noch etwas dazuzuverdienen.

Frisch geduscht, mit frisch aufgedrehtem Turban, trat sie wieder in sein Arbeitszimmer. Er saß vor seinem Notebook und tippte etwas. Als er sie hereinkommen hörte, drehte er sich um.

»Den ersten Teil haben wir bereits«, sagte er. »Der Verkauf der Firma hat Anfang dieses Jahres stattgefunden, dadurch war es einfach zu finden, und ich habe in den

Kantonen Zürich und Zug angefangen. Schon im Kanton Zug habe ich den Eintrag entdeckt. Xavier Zeisig hat die Firma *ZZ Films GmbH* Herrn Reto Langhausen abgekauft. Kommen Ihnen diese beiden Namen bekannt vor?«

»Ja, allerdings! Als Moritz ermordet wurde, schaute er sich gerade einen Film von dem Regisseur Reto Langhausen im *Filmpodium* an, der Regisseur war selbst anwesend. Möglich, dass Moritz ihn nach der Vorstellung treffen wollte. Der Produzent ist Xavier Zeisig, und der sollte eigentlich auch zur Präsentation des Films da sein, hatte aber kurzfristig abgesagt. Da haben wir die beiden Verdächtigen. Einer von ihnen war im Kino, also muss er der Hauptverdächtige sein. Trotzdem kann ich es nicht recht glauben.«

»Als Krimi-Spezialistin, oder aus einem Bauchgefühl heraus?«

Cressida gefiel es, wie er die Frage formuliert hatte. Jemand wie Hauptkommissar Grimm hätte sicher irgendetwas von weiblicher Intuition gefaselt.

»Ich glaube, eher aus dem Bauch heraus. Gestern Abend habe ich Reto Langhausen kennengelernt, und obwohl ich mich nicht allzu lange mit ihm unterhalten habe, hatte ich einen guten Eindruck. Er wirkte so unschuldig. So wie ein begeisterter Schuljunge, der Spaß daran hat, seinem Hobby nachzugehen.«

»Hmm, das wird nicht einfach sein, dort weiter zu recherchieren, wenn Sie so voreingenommen sind. Aber Sie wollen ja mit Anna zusammenarbeiten, vielleicht sieht die das Ganze objektiver.«

»Ich befürchte, da ist eher das Gegenteil der Fall! Nein, ich denke, wenn wir das Beweismaterial sichergestellt haben, ist es das Beste, Herrn Langhausen einfach damit zu konfrontieren. Wenn das nicht klappt, können wir immer noch zur Polizei gehen.«

»Wenn das nicht klappte, und wenn es keine anderen Verdächtigen gibt. Was ist denn zum Beispiel mit diesem Detlef, vor dem Sie sich so fürchten, dass Sie letzte Nacht nicht nach Hause gehen wollten?«

»Detlef ist für mich noch ein Buch mit sieben Siegeln. Er ist mir unheimlich, weil er mich verfolgt hat und irgendetwas von mir will. Aber ich weiß nicht, was genau das ist, und wie weit er dafür gehen würde.«

Hannes Kracht schüttelte den Kopf. »Ich denke, Sie sollten sich dringend neue Freunde suchen.«

»Das kann man wohl sagen! Aber auf Anna kann ich mich 100-prozentig verlassen!«

11. NOCH MEHR UNGEKLÄRTES

Heute war es nicht ganz so kalt, fand Cressida, als sie an der Limmat entlanglief. Aber so einen langen Spaziergang wie in der vergangenen Nacht wollte sie diesmal nicht wieder machen, also stieg sie am Fischersteg ins 8er Tram, um dann an der Hardbrücke in den 72er-Bus umzusteigen. Samstagmorgen um 10 Uhr, der Bus war gedrängt voll mit Menschen und Shopping-Trolleys, anscheinend war halb Zürich auf den Beinen, um zum Wochenendeinkauf ins *Sihlcity* Einkaufszentrum zu fahren. Bei dem Anblick fiel ihr auf, dass sie selbst keine Ahnung hatte, ob sich in ihrem eigenen Kühlschrank noch etwas Essbares befand. Das kam davon, wenn man sich immer zum Abendessen oder zur heißen Schokolade einladen ließ. Oder jedenfalls gelegentlich, dachte sie nun, denn ihr Magen knurrte, er hatte in letzter Zeit nur selten etwas bekommen. Aber dagegen ließ sich ja etwas tun. In der Zurlindenstraße kehrte sie kurz in ihrem Lieblingscafé *Kafi Dihei* ein und ließ sich Apfelkuchen und Gipfeli einpacken, einen Kaffee hatte Anna bestimmt parat. Wenn es ihr gelang, Anna wach zu klingeln, was, wie sie aus Erfahrung wusste, nicht immer einfach war. Sie verließ die gemütliche Wärme des Cafés und ging die Stufen hinunter zur Straße, als ihr jemand entgegenkam und nicht zur Seite auswich. Sie schaute hoch und erschrak. Vor ihr stand Detlef!

Sie musste dringend mit ihm sprechen, doch auf diese Art hatte sie nicht mit ihm zusammentreffen wollen. Jetzt musste ihr schnell etwas strategisch Geschicktes einfallen, aber so etwas funktionierte nie dann, wenn sie es dringend brauchte, das wusste sie aus Erfahrung.

»Komm, wir trinken einen Kaffee zusammen«, sagte sie, ging zurück ins Café und hielt ihm die Tür auf. Tatsächlich, er folgte ihr. Das Sofa am großen Tisch neben dem Eingang war noch frei, und sie setzte sich in die entfernteste Ecke. Auch Detlef nahm Platz, und sie registrierte mit Erleichterung, dass er nicht versuchte, ihr zu nahe zu kommen. Sein Gesicht sah blass aus vor dem hochgeschlagenen schwarzen Mantelkragen. Er wirkte nervös, gar nicht mehr wie der lockere, charmante Gesprächspartner, als den sie ihn am Mittwoch kennengelernt hatte.

»Hast du meine Nachricht von heute Morgen bekommen?«, fragte sie.

»Was für eine Nachricht?«

»Ich habe auf deinen Anrufbeantworter gesprochen, hast du den nicht abgehört?«

Er zuckte mit den Schultern.

»Das Budget auf meinem Handy ist aufgebraucht, ich komme da im Moment nicht dran. Was wolltest du mir sagen?«

Jetzt, von Angesicht zu Angesicht, konnte sie ihre Lüge über das Informieren der Polizei nicht wiederholen. Man hätte ihr angesehen, dass sie nicht die Wahrheit sagte, das wusste sie aus schlechter Erfahrung. Sie hatte kein Pokergesicht. Also musste sie es mit einer Halbwahrheit versuchen.

»Also, ich denke, wir sollten Informationen austauschen über das, was wir von Moritz' Aktivitäten wissen, meinst du nicht auch?«

Er nickte.

»Freut mich, dass du das auch so siehst. Du hast ihn also im *Filmpodium* getroffen und dich mit ihm unterhalten?«

Wie kam er nur darauf, dass sie mit Moritz gesprochen hatte? Ah – nun fiel es ihr wieder ein. Nachdem sie am Donnerstag das Kino verlassen hatte, hatte sie aus Wut und Enttäuschung auf Detlefs Handy eine Nachricht hinterlassen, dass sie im Kino mit einem alten Bekannten ins Gespräch gekommen sei. Jetzt musste sie sehr vorsichtig sein. Nichts preisgeben, ohne vorher Informationen erhalten zu haben, ermahnte sie sich.

»Dieses Treffen habt ihr ja raffiniert eingefädelt«, antwortete sie. »War es denn so wichtig, dass niemand etwas von dem Kontakt zwischen Moritz und mir erfuhr?«

»Natürlich war es das!« Er verzog den Mund und hüllte sich tiefer in seinen Mantelkragen ein, so als ob Cressidas Naivität erstens unerträglich und zweitens möglicherweise ansteckend wäre. Schon bei ihrem ersten Treffen hatte Detlef nicht wie ein Männlichkeitsprotz gewirkt, aber im Moment machte er einen ausgesprochen altjüngferlichen Eindruck.

»Warum hätte er dir sonst die Papiere geben sollen, Cressida?«, fuhr Detlef nun fort. »Er hat dir doch sicher erklärt, wie sie zu verwenden sind, auch im Fall, dass ihm etwas zustoßen sollte.«

Aha, dann hatte Moritz den Artikel über die Schweizer Filmwirtschaft also wirklich für sie vorgesehen. Hatte Detlef eine Ahnung davon, was für Informationen dort versteckt waren?

»Papiere? Das war ein ganz alter Artikel, von 1992, wahrscheinlich hatte er versehentlich das falsche Papierbündel eingesteckt, er war schließlich nicht mehr der Jüngste.«

»Moritz war krank, aber nicht im Kopf.« Detlef beugte sich vor und sah sie mit zusammengekniffenen Augen an. »Es gefällt mir nicht, dass du solche Spielchen anfängst. Tu nicht so unschuldig. Du weißt genau, was ich meine. Was hat Moritz zu dir gesagt? Worauf sollst du achten?« Er war ihr so nahe gekommen, dass sie seinen Atem riechen konnte, leicht säuerlich mit einem Hauch von Knoblauch. Wie hatte sie diesen Mann vor ein paar Tagen auch nur annähernd attraktiv finden können?

»Ich muss dich enttäuschen, Moritz hat nichts zu mir gesagt.« Sein Blick zeigte ihr, dass er die Wahrheit nicht glauben wollte, also musste sie schon wieder lügen. »Nichts außer, guten Abend, wir sehen uns beim Hinausgehen. Eine halbe Stunde später saß er nicht mehr auf seinem Platz, und wir haben nie mehr gesprochen. Er war schon tot.« Obwohl sie eigentlich auf Detlefs Reaktion achten sollte, spürte sie plötzlich heiße Tränen in den Augen.

»Aber den Artikel hast du bekommen?«

»Nur eine Kopie, das Original hat die Polizei bei Moritz gefunden.«

»Und in dem Artikel stand nichts, was für Moritz hätte wichtig sein können?«

»Nein, nichts. Du kannst die Polizei fragen, die haben bessere Recherchemöglichkeiten als ich.«

Wie auf das Stichwort öffnete sich in diesem Moment die Tür des Cafés, und drei Polizisten traten ein. Cressida kannte die drei vom Sehen her, sie kamen immer am späten Vormittag, um hier einen Kaffee zu nehmen. Aber Detlef zuckte zusammen und drückte sich tiefer in das Sofa. Als die drei mit dem Rücken zu ihm an der Theke standen, stand er schnell auf und schlüpfte durch die Tür nach draußen. Cressida musste sich an einem Besucher vorbeidrängen, um das Café zu verlassen. Als sie auf der Straße ankam, war von Detlef nichts mehr zu sehen. Es hatte wohl keinen Zweck, jetzt nach ihm zu suchen. Doch warum hatte er so viel Angst vor der Polizei? Soweit sie wusste, wurde er nur als Zeuge für ihre Aussage gesucht, davor musste sich niemand fürchten.

Bei Annas Haus angelangt, ließ sie den Finger lange auf dem Klingelknopf ruhen – ohne irgendein Ergebnis. Glücklicherweise verließ gerade jemand das Haus, sodass sie ins Treppenhaus gehen konnte. Im vierten Stock klingelte sie wieder Sturm. Als das nichts nützte, trommelte sie laut gegen die Tür. Keine Reaktion von innen. Sie nahm ihr Telefon und rief Annas Nummer an. Niemand antwortete, und sie sprach auf den Anrufbeantworter. »Hallo Anna, hier ist Cressida, ich bin bei deiner Wohnung. Muss dich unbedingt sprechen. Bitte ruf mich schnell zurück.«

Mehr konnte sie im Moment nicht tun. Erschöpft setzte sie sich auf den Treppenabsatz und lehnte sich an das Geländer. Sie hätte sich nicht so zu beeilen brauchen, da hatte Hannes Kracht wirklich recht gehabt. Sie fand ihn sehr sympathisch, aber dass er jedes verdammte Mal recht haben musste, ging entschieden zu weit. Es war warm hier im Treppenhaus, die Streben des Geländers waren angenehm rund, sie spürte, wie ihr Kopf langsam schwerer wurde, irgendwann musste man sich auch mal ausruhen dürfen …

»Hey! Cressida! Geht es dir gut? Sitzt du schon lange hier?«

Mit Mühe öffnete Cressida die Augen. Sie fühlten sich verklebt an, und ihr tat der Rücken weh.

»Anna! Wie spät ist es?«

»Oh-oh, das böse Mädchen ist heute Nacht nicht nach Hause gekommen, und jetzt ist Mama böse!«

»Sei nicht albern.« Cressida richtete sich mühsam am Geländer auf und sah auf die Uhr. Kurz nach 12 Uhr, also hatte sie tatsächlich fast zwei Stunden auf der Treppe geschlafen, kein Wunder, dass sie sich so mies fühlte. »Ich muss dringend mit dir sprechen, über Moritz.«

»Aber klar, komm rein.« Anna schien heute besonders guter Laune zu sein, sie schwebte förmlich durch die Wohnung. Als sie den Kaffee auf den Tisch gestellt hatte, sah sie Cressida prüfend an. »Wenn du nicht so deprimiert aussehen würdest, würde ich dich fragen, mit welchem interessanten Herrn du die Nacht zugebracht hast. Wimperntusche zu hastig aufgetragen, schwarze Ringe um die Augen …«

»Das ist alles schwer zu erklären. Also, gestern Nacht wäre ich fast als Mordverdächtige verhaftet worden, und als Hauptkommissar Grimm mich dann endlich doch laufen ließ …«

»Ah, dieser Hauptkommissar Grimm schon wieder! Ich wette, das hat er nur getan, weil er dich wiedersehen wollte.«

»Sei nicht albern. Also, ich habe zufällig gesehen, dass er eine Telefonnummer von Detlef notiert hatte, und das war nicht die Nummer, die Detlef mir gegeben hatte. Also habe ich mir die Nummer gemerkt, und als ich nach Mitternacht endlich wieder zu Hause war, habe ich dort angerufen. Er hat sich sofort gemeldet, und ich habe ihm ganz direkt gesagt, dass er sich wohl nur mit mir im *Filmpodium* verabredet hat, um ein Treffen mit Moritz zu arrangieren. Da wollte er sich sofort mit mir treffen, und bevor ich etwas vorschlagen konnte, hat er gesagt, er würde gleich zu mir kommen, er sei sowieso gerade in der Nähe.«

»Ui, das ist ja so was von scary! Woher hat er deine Adresse gehabt?«

»Eben – er kann sie gar nicht gehabt haben! Sie steht nicht auf meiner Karte und nicht im Telefonbuch. Also kann er sie nur gekannt haben, wenn er mich verfolgt hat.«

»Ein Stalker! Verdammt. Ich hoffe, du hast gleich die Polizei angerufen.«

»Nein, ich traue denen nicht mehr. Wieso hatte dieser Grimm Detlefs Telefonnummer, und wieso hat er mir nichts davon erzählt? Ich hatte doch speziell für ihn ein Fahndungsbild gezeichnet, und er wollte mich auf dem Laufenden halten!«

»Was hast du nun stattdessen angestellt?«

»Ich bin weggelaufen, aber das erzähle ich dir gleich in Ruhe. Erst mal das Neueste: Ich habe Detlef vorhin getroffen, im Café!«

»Nein! Den Mann, vor dem du letzte Nacht weggelaufen bist, triffst du ganz cool im Café?«

»Ich glaube, er hat mir aufgelauert. Er wollte unbedingt wissen, ob ich am Donnerstag im Kino mit Moritz gesprochen habe. Dann kamen Polizisten ins Café, und er ist verschwunden.«

»Schon komisch. Grimm hat Detlefs Nummer, aber Detlef will die Polizei nicht sehen. Das soll mir mal einer erklären. Und jetzt erzähl schon, wohin bist du letzte Nacht gelaufen?«

»Ich habe in deinem Schrebergartenhäuschen übernachtet.« Cressida nahm ein Gipfeli zum Kaffee. Sie hatte eine Stärkung wirklich nötig. »Und ich habe einen Nachbarn von dir getroffen, der mir geholfen hat, das Rätsel von

Moritz' Artikel zu lösen. Man hatte nämlich in Moritz' Manteltasche einen Artikel gefunden. Die Polizei hat mir eine Fotokopie gegeben, und ich habe eine seltsame Stelle im Text entdeckt. Dein Nachbar hat mir geholfen, sie zu entschlüsseln.«

Anna griff nach einem Stück Apfelkuchen, begutachtete es wohlwollend und biss ab.

»Was dein Nachbar dort entdeckt hat, wird dir nicht gefallen«, fuhr Cressida fort.

»Moment mal«, Anna wedelte mit dem Kuchenstück in der Luft, »dieser Nachbar, das kann nur Hannes Kracht gewesen sein. Wie hast du den denn kennengelernt?«

»Er war gerade mit seinem nicht mehr vorhandenen Hund draußen, als ich ankam, und so kamen wir ins Gespräch.« Das war eine sehr elegante Art, die Begegnung zu beschreiben, dachte Cressida und war fast ein bisschen stolz darauf. »Und dann hat er genau herausgefunden, gegen wen Moritz Erpressungsmaterial in der Hand hatte, der Mann ist wirklich genial. Hannes Kracht, meine ich. Und ~~nun weiß~~ ich wirklich nicht, wie ich anfangen soll, dir das zu erzählen, es ist keine schöne Geschichte.«

Anna schluckte.

»Mach es nicht so spannend.«

»Du hast den Abend mit Reto Langhausen verbracht, stimmt's? Warst du die ganze Nacht mit ihm zusammen?«

»Ja, wenn du es unbedingt wissen musst. Und wir haben uns sehr gut verstanden. Bestens verstanden. Könnte überhaupt nicht besser sein. Ich kann es kaum abwarten, ihn wiederzusehen. Und wenn du ihm jetzt irgendetwas Abscheuliches unterstellen willst, rede ich nie wieder mit dir, dass du es nur weißt!«

Cressida schwieg und sah ihre Freundin besorgt an. Diese Entwicklung hatte sie selbst vorausgesehen, warum hatte sie gehofft, es könnte nicht so sein?

»Ich will ihm gar nichts unterstellen.«

»Doch, das willst du, ich sehe es dir genau an!«

»Warte, ich werde dir etwas zeigen.« Cressida kramte ihr Handy aus der Tasche. »Hier, das sind Fotos von dem Dokument, das die Polizei bei Moritz gefunden hat. Und schau mal, hier steht etwas Spannendes, versteckt zwischen alten Statistiken: ›Nach Paragraph 305 StGB in Verbindung mit Paragraph 1 des GwG von 1997 (Stand 2021) haben sich X. Z. und R. L. der Geldwäsche schuldig gemacht.‹ Lies selbst, wie es weitergeht.«

Anna griff nach dem Handy und starrte auf den Text.

»Das heißt noch gar nichts. Das kann sonst wer gewesen sein, mit diesen Initialen, und es kann auch schon ewig her sein. Außerdem, wo sind denn die Beweise? Also wirklich, ich glaube fast, du willst Reto unbedingt einen Strick drehen, und ich frage mich, warum? Findest du ihn denn nicht sympathisch?«

»Doch, natürlich finde ich ihn sympathisch! Aber Tatsache ist, Reto hat seine GmbH Anfang dieses Jahres an Xavier Zeisig verkauft, für zehn Millionen. Offiziell. Aber nur eine Million ist tatsächlich auf seinem Konto angekommen, also wurde da etwas gemauschelt, für viel Geld. Dein netter Nachbar Hannes hat die Einträge im Handelsregister gefunden. Nach dem Ort, an dem die Beweismittel versteckt sind, sucht er noch. Er ist ein wirklich begabter Tüftler.«

»Du, ich glaub das einfach alles nicht.« Anna schüttelte den Kopf. »Ich meine natürlich nicht, dass du das Dokument gefaked hast oder dass das Handelsregister nicht stimmt. Ich meine, der Reto macht so was einfach nicht, dazu ist er gar nicht in der Lage. Der hat überhaupt keine kriminelle Energie, wie sollte er nur auf solche Ideen kommen!«

»Vielleicht hat jemand die Ideen an ihn herangetragen. Jemand, der einen gutgläubigen Geschäftspartner gesucht hat, einen, der dringend Geld für seine Arbeit brauchte, dem er ein lukratives Geschäft vorschlagen konnte, bei dem niemand zu Schaden kommen würde. Money for nothing, wie es so schön heißt. Meinst du nicht, dass das möglich wäre?«

Anna seufzte. »Ich bin sicher, dass Reto nichts Kriminelles tun könnte.«

Sie griff nach ihrem Smartphone, suchte dort einen Moment lang und zeigte dann Cressida das Display. »Da, schau mal, unser Selfie von gestern Abend. Ich sage dir, dieser Mann ist kein Verbrecher, und schon gar kein feiger Mörder, das ist ausgeschlossen!«

»Ich möchte dir das glauben, aber ganz ausgeschlossen ist es nun wieder nicht. Immerhin hat Herr Zimmerli gesagt, dass Reto und Frau von Steinen während des Films manchmal aufgestanden sind, um von verschiedenen Standpunkten Fotos vom Kinosaal zu machen. Also rein alibitechnisch wäre es möglich gewesen.«

»Ich finde dich unmöglich!« Anna standen die Tränen in den Augen. »Schau ihn dir einmal genau an – er ist ein aufrichtiger und anständiger Mensch, das sieht man doch!«

Cressida sah noch einmal genau auf das Display. Das Foto zeigte Reto Langhausen, der seinen Arm um Anna gelegt hatte, am Tresen einer Bar. Beide lächelten begeistert in die Kamera, und sie sahen so fotogen aus, dass dies auch das nächste Filmplakat sein könnte. Allerdings war im Hintergrund noch jemand zu sehen – wer konnte das sein? Cressida zoomte die Stelle näher heran. Jetzt konnte sie es besser erkennen: An der Eingangstür zur Bar stand Marianne von Steinen und blickte in die Richtung dieses attraktiven Paars. Ihr Gesicht war zu einer wutentbrannten Maske verzerrt, fast hätte Cressida sie nicht wiedererkannt.

»Schau, das ist komisch«, sagte sie und hielt Anna das Handy hin. »Ich hatte Frau von Steinen gestern am frühen Abend ins Hotel gebracht, sie sagte, sie bräuchte ihren Schönheitsschlaf. Aber dort steht sie hinter euch an der Tür, das muss doch schon spät gewesen sein.«

»Zeig her.« Anna nahm das Telefon und kniff die Augen zusammen. »Ja, tatsächlich, das ist sie! Aber wir haben sie an dem Abend nicht gesehen, sie muss gleich darauf wieder gegangen sein. Verdammt, wie eifersüchtig sie aussieht, richtig gemeingefährlich!«

»Und ich hatte sie für so cool gehalten! Meinst du, sie hatte mal eine Liebesbeziehung zu Reto?«

»Nein, er hat mir von ihr erzählt, sie ist ihm einfach nur unendlich dankbar, weil seine Filme ihre Karriere gerettet haben. Obwohl sie das nach außen natürlich nie zugeben würde. Er sieht sie als eine liebevolle mütterliche Freundin und gleichzeitig als grandiose Schauspielerin. Ich glaube, einmal hat er sogar gesagt, sie würde alles für ihn tun.«

»Alles? Das hört sich gefährlich an. Morgen will sie mich besuchen, dann werde ich ein bisschen bohren. Vielleicht finde ich dann mehr über diese Beziehung heraus – wenn er sie als mütterliche Freundin betrachtet, heißt das noch lange nicht, dass sie das genauso sieht.«

»Ja, stimmt, darüber würde ich auch gern mehr wissen. Vor allem, denk mal, alibitechnisch steht sie mindestens genauso schlecht da wie Reto. Ich hoffe, dass du jetzt endlich aufhörst, ihn zu verdächtigen. Er ist da anscheinend in so eine Geldsache reingerutscht, wirklich blöd, aber mehr ist da nicht. Der lässt sich nicht erpressen, der würde höchstens sagen, blöd gelaufen für mich, kann man nichts machen.«

»Ich hoffe, du hast recht. Wo wir gerade von Verdächtigen sprechen: Du wolltest doch gestern Mittag deinen Bekannten im Hotel *Baur au Lac* interviewen. Ihn fragen, ob Moritz sich dort mit irgendjemandem getroffen hat. Hast du da etwas herausbekommen?«

»Du meinst Freddy? Ja, den habe ich getroffen, und es war ganz schön schwierig, ihn mir vom Leib zu halten, keine Ahnung, warum der so scharf auf mich ist, der hat so viele Verehrerinnen.«

»Vielleicht, weil du dich so schön sträubst?«

»Ja, das wird es wohl sein. Jedenfalls haben wir dann doch noch in Ruhe geredet. Dein Moritz hat in der Hotelhalle einen Mann um die 30 getroffen, mit dem er gut bekannt zu sein schien. Freddy meinte, das könnte ein Ex-Lover und Vertrauter gewesen sein, und er hat Detlef nach deiner Beschreibung wiedererkannt. Die beiden sind dann gemeinsam irgendwohin unterwegs gewesen, also konnte er nicht mehr dazu sagen.«

»Das ist schade. Wäre schön, wenn wir mehr darüber wüssten.«

»Immerhin hat Freddy noch beobachtet, wie Moritz an einem Abend, das muss so drei Wochen her sein, mal ziemlich deprimiert aussah und in die Hotelbar gegangen ist. Dort saß schon ein Gast, kein Hotelgast, sondern ein Besucher von außen, der auch nicht gerade glücklich wirkte, und dann haben die beiden wohl den ganzen Abend zusammen getrunken. Sie schienen sich richtig gut zu verstehen. Der Barkeeper musste dann mal kurz nach draußen, und als er wiederkam, zahlten beide, getrennt, und verabschiedeten sich vollkommen unterkühlt. Da musste etwas vorgefallen sein, dachte er sich. Aber in dem, was er von ihrem Gespräch mitbekommen hat, ging es wohl nur um Kino.«

»Das ist ja spannend! Konnte Freddy beschreiben, wie der Besucher aussah?«

»Ich habe ihn natürlich gefragt und ihm angesehen, dass er sich wirklich den Kopf zermartert hat. Viel ist nicht dabei rausgekommen. Ein ganz normaler Typ um die 40, Brille, trug einen Ehering, Schweizer, sah nicht schlecht aus, aber auch kein Schönling. Das war alles, was ihm aufgefallen ist, und er hat ihn danach nicht wiedergesehen.«

»Hmm, das könnte ungefähr auf ein Viertel der Zürcher Bevölkerung zutreffen! Vielleicht finden wir noch mehr dazu raus, das war schon mal ein guter Anfang. Vielen Dank für deine Hilfe!«

»Was hast du denn jetzt vor, Cressida? Beweise gegen Reto sammeln?«

»Darum kümmert sich Hannes Kracht, sorry, das hört sich blöd an, aber wir müssen genauer wissen, was Moritz vorhatte. Nein, was mich irgendwie beunruhigt, ist das Verhalten der Polizei. Warum hat Grimm mir nicht erzählt, dass er mit Detlef Kontakt aufgenommen hat? Hat er durch ihn eine heiße Spur entdeckt? Ich muss unbedingt mehr darüber herausfinden.«

»Und wie willst du das anstellen?«

»Ich werde ihm unauffällig nachgehen, wenn er das Büro verlässt. Meine einzige Chance, denke ich. Von sich aus wird er mir nichts erzählen. Am besten rufe ich ihn an, um festzustellen, wo er ist, und dann folge ich ihm unauffällig.«

Anna gluckste vor Lachen. »Du willst ihn beschatten? Im Ernst? Und das in deiner schönsten Sonntagsaufmachung, die deine liebe Freundin Anna dir geschenkt hat?«

Vorsichtig nahm Cressida den grünen Turban mit den lila Elefanten ab und betrachtete ihn liebevoll. »Ich mag diesen Turban, wirklich. Aber du hast natürlich recht, so richtig unauffällig bin ich damit nicht. Hast du aus deinen Beutezügen bei Caritas & Co vielleicht noch irgendwelche anderen Kopfbedeckungen, mit denen ich im Straßengewühl ein bisschen untertauchen könnte?«

Anna stand auf und öffnete den Kleiderschrank. Eigentlich sah man jetzt nicht viel mehr als vorher bei geschlossenen Türen, dachte Cressida. Der Schrank war bis zum Bersten vollgepackt mit Kleidungsstücken, man sah die Bügel kaum, sodass man nur ganz schmale senkrechte Farbstreifen erkennen konnte. Trotzdem zeigte Anna keine Unsicherheit bei der Auswahl. Mit sicherem Griff zog sie etwas Schwarzes zwischen den Bügeln hervor.

»Täterätää! Hier ist dein neues Outfit. Ich hab's selbst noch nicht ausprobiert, deshalb wäre es nett, wenn du es mir irgendwann wiederbringst. Zieh es mal an, ich bin schon gespannt, wie es dir steht.«

Auf den ersten Blick wirkte dieses Stück ungewöhnlich konservativ, sogar für Menschen, die nicht über Annas ausgefallenen Geschmack verfügten. Es war ein gefütterter schwarzer Parka mit Kapuze, ungefähr knielang, mit großen Taschen und einem soliden Reißverschluss. Wo war hier der Haken, fragte sich Cressida, wohnten im Innern vielleicht irgendwelche pinkfarbenen Gremlins, die dann über den Kragen versuchen würden zu entkommen? Aber auch das Innenfutter war in Ordnung, aus schwarzem Stoff und ohne Löcher. Was also hatte Anna zum Kauf verführt? Sie drehte den Parka um, und dann sah sie es. Auf dem Rücken stand mit leuchtend weißer Schrift: »We all live in a yellow submarine«.

»Was ist denn das für ein Unsinn?«, fragte sie. »Der Parka ist schwarz, die Schrift ist weiß – warum yellow? Warum submarine?«

»Das ist ironisch, das verstehst du nicht«, erklärte Anna. »Der Punkt ist ja, dass es auf diesem Parka kein bisschen Farbe gibt. Und in dem Beatles-Song geht es nur um Farben.«

»Ja, eben, das macht keinen Sinn.«

Anna seufzte. »Ich sag doch, du verstehst es nicht. Aber das macht nichts, du kannst dir die Kapuze über den Kopf ziehen, und dann bist du praktisch unsichtbar.«

»Diese weiße Schrift auf dem Rücken ist so grell! Die sieht so aus, als ob sie im Dunkeln leuchten würde!«

»Cressida! Was ist das oberste Gebot beim Beschatten einer Person?«

»Natürlich, dass man nicht gesehen wird. Und das zweitoberste ist, die Zielperson möglichst nicht aus den Augen zu verlieren. Willst du mit mir ein Examen abhalten?«

»Und was macht man, um diese beiden Gebote einzuhalten? Man behält sie im Auge, natürlich! Man dreht ihr nicht den Rücken zu!«

Cressida gab auf. Es machte keinen Sinn, Anna zu erklären, dass man sich manchmal umdrehen musste, wenn die Zielperson plötzlich die Gehrichtung wechselte und keine Deckung in Sicht war.

»Danke, Anna«, sagte sie.

Dann griff sie nach ihrem Telefon. Sie wusste noch nicht genau, was sie Hauptkommissar Grimm sagen sollte, wenn sie ihn erreichte. Aber spontan sein lag ihr, damit hatte sie schon einige Erfolge erzielt. Und einige Niederlagen eingesteckt, natürlich, die dienten schließlich dem Lernprozess. Sie wählte seine Nummer und war überrascht, als er sich sofort meldete. Sie stellte den Lautsprecher an, damit Anna mithören konnte.

»Hallo, Herr Grimm, hier ist Cressida Kandel. Sie können sich sicher schon denken, warum ich anrufe – ich mache mir Sorgen über Detlef Jorgensen. Haben Sie inzwischen herausgefunden, wie man ihn erreichen kann?«

»Tut mir leid, Frau Kandel, da habe ich leider keine Neuigkeiten für Sie.« So ein Lügner, dachte Cressida. Laut sagte sie: »Das ist schade, ich mache mir solche Sorgen. Vielleicht war er es, der mich neulich überfallen hat, habe ich mir überlegt.«

»Das ist aber wirklich sehr weit hergeholt! Glauben Sie mir, wir ermitteln ununterbrochen weiter, und wir melden uns bei Ihnen, wenn wir mehr wissen. So viel schon mal vorab: Wir haben Detlefs Bruder gesprochen, Robert Jorgensen, und er hat uns unmissverständlich zu verstehen gegeben, dass er mit Detlef seit Jahren nichts mehr zu tun hat. ›So ein Weichei, damit kann man sich doch nicht abgeben‹, waren seine genauen Worte.«

»Vielen Dank«, sagte Cressida, »das ist ja immerhin was.«

»Passen Sie auf sich auf, Frau Kandel, und hüten Sie sich, noch einmal auf eigene Faust zu ermitteln! Lassen Sie die Finger davon!«

»Danke, das werde ich tun. Ciao!«

Genau das würde sie natürlich nicht tun. Sie sah zu

Anna hinüber. Wie hatte die diese Unterhaltung aufgenommen? Aus ihrem Gesichtsausdruck konnte man ausnahmsweise nichts ablesen.

»Komisch«, sagte Anna schließlich, »in unserer ›Kaufgerauscht‹-Selbsthilfegruppe fand ich ihn wirklich sympathisch, da hat er sich nicht so aufgespielt, als ob er der einzige Experte auf der ganzen Welt wäre. So ein Verhalten passt überhaupt nicht zu ihm. Cressida, ich habe den Verdacht, dass er sich ernsthaft Sorgen um dich macht und sich das um keinen Preis der Welt anmerken lassen möchte. Er mag dich, ganz bestimmt!«

»Falls er das tut, hat er eine sehr ungewöhnliche Art, das zu zeigen.« Cressida legte den karierten Pantoffel-Mantel ab und schlüpfte in den schwarzen Parka. »Hast du vielleicht auch noch Stiefel für mich?«

Wortlos zog Anna ein Paar neongrüne Gummistiefel aus dem Schrank. Cressida schüttelte den Kopf. Es musste auch ohne Stiefel gehen, auch in Kitten Heels konnte man jemanden beschatten.

»Dann gehe ich jetzt in die Kasernenstraße und schaue, wann Hauptkommissar Grimm das Büro verlässt. Irgendwann wird er sich für Recherchen auf den Weg machen, dafür habe ich einen sechsten Sinn.«

Anna ließ sich nicht anmerken, was sie von Cressidas sechstem Sinn hielt. »Vielleicht geht er vom Büro aus nur nach Hause«, sagte sie.

»Das werde ich dann sehen. Im Moment kann nur er mir zu weiteren Spuren verhelfen.«

»Na dann viel Glück! Hier, nimm noch ein Stück Apfelkuchen mit, du wirst viel Stärkung brauchen!«

12. AUF DEN STRASSEN VON ZÜRICH

Als Cressida auf die Straße hinaustrat, stellte sie erfreut fest, dass inzwischen die Sonne herausgekommen war. Gleich sah alles viel freundlicher aus. Das verbliebene Herbstlaub leuchtete senfgelb an zarten Ästen, im nassen Asphalt spiegelte sich der blaue Himmel. Bei diesem Wetter würde sie es gut aushalten, draußen auf ihr Beschattungsopfer zu warten. Am Uferweg gegenüber der Kantonspolizei in der Kasernenstraße war eine der roten Holzbänke unbesetzt, und sie machte es sich auf der Rückenlehne gemütlich. Natürlich wäre es sehr viel schöner gewesen, auf die Sihl hinunterzuschauen und nach Fischreihern Ausschau zu halten. Aber Anna hatte recht: Sie durfte ihrem Beobachtungsobjekt nicht den Rücken zudrehen. Jederzeit könnte Hauptkommissar Grimm dort zur Tür herauskommen.

»Geiler Parka«, sagte jemand neben ihr. Erstaunt blickte sie sich um. Neben ihr stand ein schlanker, kleiner, gekrümmter Mann mit offensichtlich frisch gewaschenem langem Haar, es war noch feucht und duftete nach Rosen. »Yellow Submarine, echt geil. Bist du Beatles-Fan?«

Seine Augen sahen seltsam aus, mit winzigen Pupillen, und sie schienen nicht wirklich geradeaus blicken zu können. Verdammt, dachte sie. Hoffentlich würde dieser angeschlagene Beatles-Fan sie nicht in eine längere Unterhaltung verwickeln wollen.

»Geht so«, antwortete sie, in der Hoffnung, damit angedeutet zu haben, dass sie keine Lust auf eine Musikdiskussion hatte.

»Hey, mir haben sie nur dieses Ding gegeben.« Er zupfte an den Aufschlägen des dunkelgrünen Trenchcoats, der ihm bis über die Schuhe reichte. »Einen Frauenmantel! Ey, ist das zu glauben? Kein Gefühl für die Würde eines Mannes!«

Offensichtlich erwartete er eine Antwort. Sie spürte deutlich, dass er erst gehen würde, wenn sie etwas gesagt hatte.

»Ich finde den Trenchcoat cool«, bemerkte sie.

»Hey! Das ist ein Deal! Wir tauschen, das finde ich echt in Ordnung!« Er zog den Mantel aus und hielt ihn ihr hin. Was sollte sie tun? Der Pullover und die Jeans, die er anhatte, sahen pikobello sauber aus, wahrscheinlich hatte er die gerade erst bekommen, also würde der Mantel auch in Ordnung sein. Warum also nicht? Einen Moment lang zwickte sie das schlechte Gewissen – schließlich hatte sie Anna ganz fest versprochen, den Parka wiederzubringen. Aber hier musste man Prioritäten setzen, beschloss sie resolut, Anna musste zurückstecken. Wenn dies alles vorbei war, würde sie Anna zu einer Shoppingtour einladen, durch sämtliche Charity Shops des Landes. Sie zog den Parka aus und reichte ihn ihrem würdebewussten Gesprächspartner. Sein Trenchcoat passte ihr hervorragend, und wenn sie den breiten Mantelkragen hochschlug, waren ihre dunkelblauen Haare wenigstens teilweise verdeckt.

In dem Moment bemerkte sie, dass sich die Eingangstür der Kantonspolizei öffnete. Hauptkommissar Grimm trat heraus. Mit so viel Glück hatte sie gar nicht gerechnet.

In ihrer Vorstellung hatte sie sich auf eine stundenlange Wartephase eingestellt. Nun musste sie sich sputen, nicht seine Spur zu verlieren.

»Ciao, ich muss jetzt weiter«, sagte sie zu ihrem Kleidertauschpartner. »Viel Spaß mit der Yellow Submarine!« Sie überquerte die Kasernenstraße und folgte Herrn Grimm, der schnellen Schrittes die Militärstraße hochlief. Um ein Versteckspiel brauchte sie sich noch nicht zu kümmern. Er schien ein festes Ziel zu haben, und außer ihr befanden sich viele andere Leute auf der Straße. Es war kurz nach 14 Uhr, vielleicht war er zu einer späten Mittagspause unterwegs. Aber: Gab es dort im Haus keine Kantine, musste er zum Essen außer Haus gehen? Ja, vielleicht, überlegte sie dann, viele Menschen gingen mittags aus dem Haus, um Besorgungen zu machen, für die sie abends keine Zeit haben würden. Allerdings war dies keine typische Einkaufsgegend, es sei denn, man wollte teures Zeichengerät, billiges Bier oder langmähnige Perücken kaufen, und nichts davon traute sie Herrn Grimm zu. Also war er wahrscheinlich doch in polizeilichen Ermittlungen unterwegs, und es mussten Ermittlungen in der Nähe sein, denn sonst hätte er sicher einen Wagen genommen. Inzwischen hatte er schon die Langstraße überquert. Konnte es sein – ja, tatsächlich – er betrat die *Lotusbar*!

Diesem gefährlichen Ort hatte sie sich eigentlich nicht so schnell wieder nähern wollen. Sie stellte sich vor eine Schaufensterauslage von bunten afrikanischen Kleidern und versuchte, den Eingang zur Bar im Auge zu behalten. Aber jetzt strömte gerade eine Horde von Studenten über den Bürgersteig, offensichtlich hatte die nahe gelegene Sprachschule gerade Mittagspause. Sie hatte Mühe, den E-Trottinetten auszuweichen, und ein Mann, der aufgeregt in sein Smartphone brüllte, hätte sie umgerannt, wenn sie sich nicht schnell zwischen zwei parkende Autos geflüchtet hätte. Als sie wieder auf den Bürgersteig wollte, stieß sie ein E-Bike-Fahrer an.

»Hey, bisschen aufpassen, gell, Alte?«, rief er ihr zu und fuhr weiter.

Sie spürte den leichten Druck einer Hand auf ihrer Schulter.

»Frau Kandel.« Vor ihr stand Hauptkommissar Grimm. Offensichtlich war er sehr viel aufmerksamer, als sie ihm zugetraut hätte. Er sah auch nicht besonders wütend oder sonst wie empört aus, sondern wirkte im Moment so geduldig, wie sie ihn noch nie gesehen hatte. Hatte sie ihn bisher völlig falsch eingeschätzt? Hatte Anna recht, wenn sie sagte, dass er auch nur ein leidender Mensch sei, der gut mit anderen mitfühlen konnte? Sie wollte es gern glauben, aber seine Stimmungsumschwünge waren ihr immer noch unerklärlich. Vielleicht musste sie ihn besser kennenlernen, um das beurteilen zu können.

»Als ich eben den Tumult auf der Straße bemerkte, habe ich Sie im Gedränge entdeckt. Es war doch sicher kein Zufall, dass Sie sich in meiner Nähe befanden?«

»Nein, das war es nicht«, gab sie zu.

»Am besten gehen wir gemeinsam irgendwo hin, wo wir uns in Ruhe unterhalten können«, schlug er vor. »Wie wäre es mit dem *Starbucks* Café an der Sihlpost?«

Sie war froh, dass er das vorgeschlagen hatte. Dieses Café war ein angenehm neutraler Ort, ohne irgendwelche persönlichen Assoziationen, und keiner ihrer Freunde oder Bekannten würde sich jemals dorthin verirren.

»Ja, das ist gut«, antwortete sie. »Wir sollten reden.«

Trotz dieser Ankündigung gingen sie schweigend die Militärstraße zurück, bogen in die Reitergasse ein und durchquerten die Europa Allee Passage. Bei *Starbucks* verließen die Mittagsgäste gerade das Lokal, und es gab einen freien Tisch im hintersten Winkel des Cafés. Herr Grimm bestellte sich etwas zu essen, anscheinend war er tatsächlich noch nicht zum Mittagessen gekommen, und Cressida ergriff die Gelegenheit, sich einen Kaffee und einen Blaubeermuffin zu gönnen. Kaffee und Kuchen waren gute Mittel gegen Stress, in der Vergangenheit hatten sie sich immer hervorragend bewährt. Sie selbst war seit Jahren nicht mehr in der Kaffeehaus-Kette gewesen und war angenehm überrascht, dass sich die Qualität des Blaubeermuffins gebessert hatte. Er war nicht, wie früher, mit einer süßen Konfitüre gefüllt, sondern mit frischen Blaubeeren. Herr Grimm gehörte zu den seltenen Menschen, die sich beim Essen nur auf das Essen konzentrierten und nicht versuchten, nebenbei eine Unterhaltung zu führen. Er wurde ihr zunehmend sympathischer.

»Also gut, Frau Kandel«, sagte Herr Grimm, als er sein Brötchen aufgegessen hatte. »Sie haben mich eben verfolgt. Darf ich fragen, aus welchem Grund?«

Sie beschloss, ihm mit zumindest teilweiser Ehrlichkeit zu begegnen.

»Es stimmt, was ich Ihnen vorhin am Telefon gesagt habe. Ich mache mir Sorgen darüber, was Detlef Jorgensen noch alles anstellen könnte. Als ich gestern bei Ihnen war, habe ich zufällig auf Ihrer Schreibtischunterlage die Notiz über Detlefs Telefonnummer gesehen, und ich habe mich gefragt, warum Sie die vor mir geheim gehalten haben. Ich fühle mich von Detlef bedroht, und ich muss unbedingt herausfinden, was für Pläne er hat. Und da Sie mir ja nichts verraten wollen, blieb mir nichts anderes übrig, als Ihnen nachzugehen, in der Hoffnung, dass Sie mich auf die richtige Spur führen würden.«

Von ihrer kurzen Begegnung mit Detlef heute früh brauchte er wirklich nichts zu wissen, befand sie und lehnte sich erschöpft zurück, schließlich hatte sie da ja nichts Neues erfahren.

Jetzt hatte sie sich tatsächlich in Rage geredet, obwohl sie sich doch vorgenommen hatte, ganz ruhig und souverän zu bleiben. Herr Grimm legte seine Hand auf ihre, und sie zog ihre nicht zurück, weil sich seine Berührung so wohlwollend anfühlte, einfach nur freundlich, ohne irgendwelche Nebenabsichten.

»Das habe ich Ihnen nur zu Ihrem Schutz verschwiegen, Frau Kandel. Robert, Detlef Jorgensens Bruder, hat mit gefährlichen Leuten zu tun, die schon lange im Fokus der Drogenfahndung stehen. Leider ist die Tarnung eines Undercover-Beamten der Drogenfahndung vor Kurzem aufgeflogen, und deshalb sind diese Leute zurzeit besonders nervös. Ich konnte mir vorstellen, dass Robert Jorgensen etwas mit dem Überfall auf Sie zu tun haben könnte. Sind Sie am Mittwochabend auf Detlefs Vorschlag hin in die *Lotusbar* gegangen?«

»Nein, das war meine Idee.« Sie lachte. »Er wollte eigentlich nach Hause gehen, aber wie Sie wissen, kann ich sehr überzeugend sein. Ich hatte schon lange mal ausprobieren wollen, wie es dort ist, aber ich hatte keine Lust, ohne männliche Begleitung hinzugehen. Und da ich gerade eine hatte, wollte ich die Gelegenheit ausnutzen.«

»Detlef hatte seit Jahren keinen Kontakt mehr zu seinem Bruder, also wusste er wahrscheinlich nicht, dass dieser mit dem Drogenhandel aus der *Lotusbar* in Verbindung stand. Dem Barkeeper muss es sehr seltsam vorgekommen sein, dass Detlef plötzlich vor ihm stand, er sieht Robert wirklich sehr ähnlich.«

»Schon, aber wusste er denn etwas über das Verhältnis von Detlef zu seinem Bruder?«

»Genau das wollte ich eben herausfinden. Wissen Sie was – ich mache einfach mal eine Ausnahme. Wir gehen jetzt beide gemeinsam in die *Lotusbar* und stellen den Barkeeper zur Rede. Dann wird dort das Bewusstsein dafür geweckt, dass die Polizei ein Auge auf diese Bar hat, und niemand wird sich mehr trauen, Ihnen zu nahe zu kommen.«

Sie konnte kaum ihren Ohren trauen. Herr Grimm wollte wirklich mit ihr zusammenarbeiten? Das war doch nicht zu fassen. Gab es einen Haken dabei? »Aber«, wandte sie ein, »wird sich die Bande denn daraufhin nicht besonders zurückhalten in den Drogenaktivitäten, und wird dadurch nicht die Arbeit der Drogenfahndung erschwert?«

»Die wissen ohnehin, dass sie im Fokus der Ermittlungen stehen, da können wir nichts mehr verderben. Wir können jedoch dafür sorgen, dass Ihnen nichts mehr geschieht. Allerdings kann ich das nur garantieren, wenn ich alles erfahre, was Sie bisher herausgefunden haben.«

Cressida nickte und bemühte sich, eifrig auszusehen. Der Moment der Wahrheit war vorbei, nun musste sie hart am Wind segeln. Wenn sie ihm erzählen würde, dass sie nur wenig Fortschritte gemacht hätte, würde sie auch von ihm nichts weiter in Erfahrung bringen. Andererseits wollte sie ihm auch nicht den tatsächlichen Stand der Nachforschungen erzählen, denn dann würde er alles an sich reißen, um es auf seine Art weiterzuverarbeiten, und dabei wahrscheinlich wichtige Punkte übersehen. Also versuchte sie es, beim Reden würden ihr schon die passenden Formulierungen einfallen. Wahrscheinlich. Hoffentlich. Das Lügen musste sie noch viel mehr üben. Vielleicht konnte sie das mal als Party-Spiel mit Freunden perfektionieren, wenn dies alles vorbei war. Aber seltsam, in ihren eigenen Kriminalromanen hatten die Figuren nie Probleme damit, die Unwahrheit zu sagen, frech zu lügen oder entscheidende Teile der Wahrheit wegzulassen. Einige ihrer Heldinnen waren wahre Weltmeister im Lügen. Sie sollte sich ein Beispiel daran nehmen.

»Ich habe mir den Artikel genauer angesehen, den Moritz Stemming in der Manteltasche trug«, fing sie an. Diese Information war wahrscheinlich nötig, um sein Interesse zu wecken; was sollte sie ihm sonst erzählen? Dass sie inzwischen wusste, in welchem Hotel Moritz gewohnt hatte und was man dort beobachtet hatte, behielt sie am besten für sich; es würde sie nur als lästige Schnüfflerin darstellen, und Hauptkommissar Grimm musste diese Details außerdem schon selbst kennen. Nein, am besten blieb sie bei dem Artikel und drückte sich möglichst vage aus. »Es gibt da einfach an manchen Stellen Argumente im Text, die nicht ganz folgerichtig sind. Aber ich kann darin kein Muster erkennen. Vielleicht ist es nur schlampig geschrieben, obwohl ich das von Moritz Stemming überhaupt nicht kenne. Möglicherweise war er betrunken oder stand unter Drogen, ich weiß es nicht.«

Herr Grimm hatte sich während ihrer Worte weit über den Tisch zu ihr hingeneigt. Sie hatte seine ungeteilte Aufmerksamkeit, und das gefiel ihr eigentlich überhaupt nicht. So spannend hatte sie die Sache nicht machen wollen. Konnte sie das wieder rückgängig machen? Wahrscheinlich nicht, aber versuchen musste sie es.

»Ich kann mich da jedoch getäuscht haben. Gestern war ich ja selbst nicht mehr so ganz zurechnungsfähig, nach allem, was passiert war. Und wie gesagt, es gab da kein Muster, es waren nur bedeutungslose Sätze in einem Text über die Schweizer Filmwirtschaft. Wissen Sie, ich habe schon überlegt, ob Moritz diesen Artikel vielleicht nur als Tarnung mitgenommen hat, anstelle eines wirklich heißen Textes, den er irgendwo versteckt hatte. Ist denn in seinem Apartment in London nichts Interessantes gefunden worden?«

Hauptkommissar Grimm runzelte die Stirn. Anscheinend goutierte er Cressidas Mutmaßungen nicht besonders.

»In dem Londoner Apartment haben wir viele interessante Unterlagen gefunden, aber wir sind der Meinung, dass sein Tod mit etwas zusammenhängt, was sich in den letzten drei Wochen hier in Zürich zugetragen hat.«

»Was mir noch eingefallen ist«, sagte Cressida, um ihn von seinem übertriebenen Interesse an dem Dokument abzulenken, »hängt mit seiner Homosexualität zusammen. Also, Moritz konnte Frauen und Männer lieben, aber soweit ich weiß, hatte er meistens einen männlichen Dauerpartner oder Lebensabschnittspartner, oder wie man das gerade nennt. Wäre es nicht möglich, dass Detlef Moritz Stemmings Partner und damit in seine Pläne eingeweiht war?«

»Sie haben doch einen Abend mit ihm verbracht, Frau Kandel – kam er Ihnen schwul vor?«

Darüber hatte sie auch schon nachgedacht.

»Also, nicht direkt, aber ehrlich gesagt habe ich nicht darauf geachtet. Ich fand es einfach nur nett, mich mit jemandem über Stummfilme unterhalten zu können. Hoffentlich erwartet er nicht mehr von mir, habe ich noch gedacht, aber eher theoretisch, wenn Sie wissen, was ich meine. Eine erotische Anziehung zu ihm habe ich nicht gespürt. Und je länger ich darüber nachdenke, desto mehr denke ich, dass er genau Moritz Stemmings Typ gewesen sein muss. Gut gebaut, aber überhaupt nicht tuntenhaft. Moritz mochte das Auffällige nicht, da war er empfindlich. Sehr empfindlich war er auch, wenn jemand Schwulenwitze erzählte oder homophobe Bemerkungen machte. Dann konnte er richtig rachsüchtig werden, obwohl er doch sonst so ein ruhiger und besonnener Mann war.«

»Das ist ja alles gut und schön«, sagte Hauptkommissar Grimm in einem Ton, der andeutete, dass er es alles andere als gut und schön fand, was sie da vorgebracht hatte, »aber es bringt uns im Moment nicht weiter. Um Detlef Jorgensen werde ich mich kümmern. Kommen wir zurück auf den Artikel. Wissen Sie noch, auf welchen Seiten Sie die zusammenhangslosen Sätze gefunden haben?«

Cressida hätte sich selbst treten können. Warum hatte sie nur damit angefangen? Jetzt würde er nie wieder lockerlassen. Sie überlegte. Auf gar keinen Fall durfte sie die Seite 6 erwähnen, schließlich hatte sie keinen Grund, ihm zu trauen. Vorsichtshalber legte sie ihre Stirn in Falten, damit es so aussah, als forste sie ganz tief in ihrem Gedächtnis.

»Ich glaube«, begann sie, unterbrach sich aber, als sie aus Herrn Grimms Blick ablas, dass er vom Glauben, jedenfalls in diesem Zusammenhang, überhaupt nichts hielt, »also, ich erinnere mich, dass solche Sätze gegen Ende des Textes vorkamen. Auf den letzten fünf Seiten, würde ich sagen, aber ich kann es nicht genau abgrenzen, denn es war nicht immer eindeutig zu erkennen, ob ein Satz logisch auf das vorangegangene Argument folgte.

Journalisten schreiben gern blumig, wissen Sie, lassen gern ein bisschen ihre Wortkunst spielen, bevor sie endlich auf den Punkt kommen.«

Er nickte.

»Auf den letzten fünf Seiten, sagen Sie also.«

»Ja, ich muss mir das noch mal genauer anschauen. Manchmal erschließt sich etwas ja erst, wenn man mehrmals draufgeschaut hat. Geschachtelte Meta-Mustererkennung, so würde ich das nennen.« Ein blöder Ausdruck, dachte sie, so nannte das bestimmt niemand, aber ihr war so schnell nichts anderes eingefallen.

»Also gut, dann lassen Sie es mich doch bitte wissen, wenn Sie weitere Muster erkennen. Und nun, wie sieht es aus – sind Sie bereit, mit mir noch einmal in die *Lotusbar* zu gehen?«

»Sehr gern!« Als sie ihren neu eingetauschten Trenchcoat hochhob, sah sie darin das Preisschild von Caritas: »Größe 36, Gürtel fehlt, 20.- CHF«. Sie wartete, bis Herr Grimm sich zur Tür gewandt hatte, dann riss sie das Schild ab und ließ es in den Mülleimer fallen. Es war wirklich nicht nötig, dass jemand bemerkte, wie billig sie sich kleidete, Gürtel fehlt, wenn ihr das gleich aufgefallen wäre, hätte sie nicht getauscht. Und so, wie die Dinge sich entwickelt hatten, hätte sie sowieso nicht zu tauschen brauchen.

»Kommen Sie?« Herr Grimm stand schon am Ausgang. An diesem Nachmittag schien er auf ihre Zusammenarbeit geradezu versessen zu sein. Sie schlüpfte in den Mantel und folgte ihm.

In der *Lotusbar* war es an diesem Nachmittag recht leer. Ein asiatisch aussehendes Pärchen machte Selfies vor dem Surfboard an der Wand. Zwei junge Frauen saßen in einer dunklen Ecke und tranken Bier. Es roch nach feuchtem Fußboden, als ob hier gerade frisch aufgewischt worden wäre. Der Bartender war nirgendwo zu sehen. Herr Grimm ging voran und setzte sich auf einen Barhocker am Ende des Tresens, und Cressida nahm neben ihm Platz. Sie war gespannt, ob die Polizei über spezielle Techniken verfügte, um an einer Bar bedient zu werden, ohne sich gleich als Polizei outen zu müssen. Sie hatte schon öfter beobachtet, dass es Leute gab, in erster Linie Männer, die den Service geradezu anzogen. Sie brauchten kaum aufzutauchen, schon sprangen von allen Seiten Kellner, Verkäufer, Gepäckträger und Taxifahrer auf sie zu, um ihnen ihren Dienst anzubieten. Cressida wartete ab, aber Herr Grimm gehörte anscheinend auch nicht zu den Glücklichen. Schon wieder wurde er ihr ein Stück sympathischer. Er schien noch immer die gleichen Kleider zu tragen wie vor zwei Tagen, als sie ihn zum ersten Mal getroffen hatte, das kleinkarierte Hemd kam ihr sehr bekannt vor. War diese schwarze Kunstlederjacke nicht ein bisschen zu dünn für dieses spätherbstliche Wetter? Sie roch seltsam, nach Spiritus, das war ihr vorher gar nicht aufgefallen, aber jetzt, da sie so dicht neben ihm saß, nahm sie mehr Dinge wahr. Hatte er vielleicht in letzter Zeit im Garten gegrillt und dabei dem Feuer mit Spiritus ein wenig nachgeholfen? Beim Gedanken an Gärten fiel ihr Hannes Kracht ein, der Tüftler mit dem ehemaligen Hund Dillinger. Der könnte bestimmt auch ohne Spiritus ein Grillfeuer am Leben halten, dachte sie. Aber er hatte ja Übung in praktischen Dingen und musste seine Tage nicht im Büro verbringen.

Aus den rückwärtigen Räumen der Bar ertönten Schritte,

und Billy tauchte auf. Cressida sah an seinem Blick, dass er sie gleich erkannt hatte, trotz des fehlenden grünen Turbans mit den lila Elefanten, und er wirkte nicht gerade begeistert, sie so schnell wiederzusehen.

»Guten Tag, Herr Schrader«, sagte Hauptkommissar Grimm. Aha, Billy hatte also auch einen Nachnamen, und Grimm war schon mal hier gewesen. Alles sehr interessant. »Wir haben ein paar Fragen an Sie.«

Billy sah sich unruhig nach allen Seiten um.

»Ich habe überhaupt keine Zeit. Schließlich muss ich arbeiten, Geld verdienen, klar? Wenn ich nicht arbeite, wirft mein Boss mich raus.«

»Wenn Ihnen das lieber ist, lade ich Sie gern in mein Büro bei der Kantonspolizei vor. Wie wird Ihrem Boss so etwas gefallen?«

»Also gut.« Billy stellte sich dicht vor sie an die Bar. »Aber bitte nicht so laut, es braucht ja nicht jeder mitzukriegen, dass ich mich mit der Polizei unterhalte. Also, was wollen Sie von mir?«

»Wann haben Sie Detlef Jorgensen zum letzten Mal gesehen?«

»Detlef? Was haben auf einmal alle mit Detlef? Den habe ich seit Jahren nicht mehr gesehen, seit er damals nach London gezogen ist.«

»Dann geben Sie also zu, dass Sie Detlef und auch seinen Bruder, Robert Jorgensen, kennen?«

Billy fuchtelte mit den Händen in der Luft. »Was soll denn das schon wieder heißen, ›Sie geben also zu‹, ich gebe überhaupt nichts zu, schließlich habe ich kein Verbrechen begangen! Könnt ihr mich nicht einfach alle in Ruhe lassen?« Entgegen seinem eigenen Ratschlag war er laut geworden, und das asiatisch aussehende Pärchen schaute interessiert zu ihm hinüber. »Verdammt noch mal, glotzt nicht so blöd!«, rief er den beiden zu, und sie wandten sich erschrocken ab.

»Sie haben ja ein ganz schönes Temperament«, bemerkte Herr Grimm. »Wer so laut protestiert, muss doch etwas zu verbergen haben. Ist Ihnen bekannt, dass Robert Jorgensen, der bis vor Kurzem hier gearbeitet hat, im Gefängnis war, wegen Drogenhandel?«

Billy gab sich jetzt wieder ziemlich cool. Mit dieser Frage konnte er offenbar umgehen.

»Na, ich schätze, das ist der Grund, warum er nicht mehr hier arbeitet«, sagte er. »Der Boss wird das rausgefunden haben, hat ihn sicher deshalb gefeuert. Dieser Laden hier ist nämlich clean, falls Sie das noch nicht bemerkt haben sollten.«

Hauptkommissar Grimm blieb hartnäckig. »Da haben wir eben so unsere Zweifel«, sagte er. »Und das ist auch der Grund dafür, dass wir weiterermitteln müssen. Wir haben verdächtige Personen beobachtet, die ein- und ausgegangen sind. Wenn Sie also etwas darüber wissen, tun Sie sich selbst einen Gefallen und geben Sie uns ein paar Hinweise. Wenn wir die Hauptakteure überführen, und das werden wir, wird sich so eine Aussage zu Ihren Gunsten auswirken.«

»Ich habe wirklich keine Ahnung, wovon Sie reden.«

»Das Mindeste, was Sie für sich und für uns tun können, ist, dass Sie uns sagen, wo wir Detlef Jorgensen finden. Wahrscheinlich versteckt er sich, aber Sie können ihm ausrichten, dass wir ihn schützen können. Sie wissen ja sicher, das haben wir schon einmal getan, als er damals gegen seinen Bruder ausgesagt hat. Es war nicht unser Versagen, dass die Geschichte danach ihre Runde gemacht hat,

Detlef hat es im Totalrausch einem Kumpel erzählt. Auf uns kann er sich verlassen.«

Cressida konnte kaum glauben, was sie da hörte. Erstens, weil sie nicht gewusst hatte, dass Detlef mal seinen eigenen Bruder verpfiffen hatte – das wenigstens hätte Grimm ihr doch sagen können! Aber der zweite Punkt, der sie bewegte, war viel gravierender. So, wie Grimm die Sache gegenüber Billy dargestellt hatte, war klar, dass Detlef jetzt als der unzuverlässigste Mensch der Welt und als der mieseste Verräter von allen dastehen musste. Hoffte Grimm etwa, dass Billy, falls der wirklich in Drogengeschäfte verwickelt war, nun aus Rache Detlef der Polizei ausliefern würde? Das machte überhaupt keinen Sinn. Denn wenn Detlef der Polizei überlassen würde, würde er doch, um seine eigene Haut zu retten, auch die allerkleinste Kleinigkeit ausplaudern, die er über diese Drogengeschäfte wusste. Was zum Teufel bezweckte Grimm mit seinen Worten?

Erreicht hatte er jedenfalls erst einmal nichts. Billy, nun wieder ganz ruhig geworden, zuckte nur mit den Schultern.

»Wie ich Ihnen schon gesagt habe, Detlef habe ich seit Jahren nicht mehr gesehen.«

Das war das Stichwort für Cressida.

»Und was war am Mittwochabend? Da habe ich mindestens eine Stunde mit Detlef hier an der Bar gesessen, und Sie beide haben sich sogar unterhalten!«

»Da täuschen Sie sich, Lady. Sie waren mit einem Typen hier, klar, aber den kannte ich nicht. Wie oft muss ich Ihnen das noch sagen?«

Gegen so einen unverfrorenen Lügner kam man einfach nicht an. Das sah anscheinend auch Hauptkommissar Grimm so, denn er stand auf und sagte zu Cressida, »Kommen Sie, das hat keinen Sinn.«

Sie verließen die Bar. Draußen auf der Straße legte Hauptkommissar Grimm kurz seinen Arm um Cressidas Schulter.

»Vielen Dank, dass Sie mich unterstützt haben, das war wirklich sehr mutig von Ihnen. Wir werden als Nächstes eine offizielle Fahndung nach Detlef Jorgensen in Gang bringen, er kann ja nicht vom Erdboden verschluckt sein. Irgendjemand wird ihn gesehen haben, und Sie glauben gar nicht, wie gern uns Leute auf solche Fahndungen hin Hinweise geben.«

»Dann kommen Sie also im Moment auch nicht weiter.«

»Nein, wir müssen die Ergebnisse der Fahndung abwarten.«

»Und was ist mit Detlefs neuer Handynummer, lässt die sich weiterverfolgen?«

»Leider nicht. Er hatte uns kurz angerufen, um zu fragen, ob Moritz einen Briefumschlag bei sich hatte, der angeblich ihm gehörte und den er gern abholen wollte. Beschreiben konnte er den Umschlag aber nicht. Dann fragte er noch, wie er Sie am besten erreichen könne. Das haben wir ihm natürlich nicht gesagt, und er hat dann gleich aufgelegt. Als wir zurückgerufen haben, war das Handy ausgeschaltet.«

»Verdammt, das ist alles sehr entmutigend.«

»Sie sollten von nun an sehr vorsichtig sein, aber zu Hause haben Sie sicher nichts zu befürchten. Er wird es nicht wagen, sich dort sehen zu lassen. Kommen Sie, ich bringe Sie jetzt nach Hause, dann schaue ich, ob alle Fenster und Türen sicher verriegelt sind, und danach schließen Sie ordentlich hinter mir ab.«

Es war seltsam friedlich, neben ihm herzugehen. Er hatte die gleiche Schrittgeschwindigkeit wie Cressida, also musste sie sich weder beeilen noch bremsen, und er hatte kein Bedürfnis nach Small Talk. Es gab so viele Leute, denen Schweigen unheimlich war und die deshalb ständig etwas vollkommen Offensichtliches ausführlich kommentieren mussten. Cressida war froh, dass Grimm nicht zu denen gehörte. Ob er wohl immer noch Mitglied dieser »Kaufgerauscht«-Selbsthilfegruppe war, von der Anna ihr erzählt hatte? Seine Kaufsucht, falls wirklich vorhanden, schien sich wirklich ausschließlich auf technische Gadgets zu beziehen, denn für sein Aussehen und für seine Verpflegung gab er wohl nicht besonders viel Geld aus. Sie wüsste gern, wie es in seiner Wohnung aussah. Vielleicht vollgestellt mit Riesen-Lautsprecherboxen, Alexas auf jedem Tisch, dazu Hightech-Plattenspieler, Home Cinema Equipment, Virtual-Reality-Brillen, sehr kleine Computeranlagen, eine Smartphone- und Smartwatch-Sammlung? Möglicherweise trat er in eine perfekte, coole Lifestyle-Welt, wenn er seine Wohnung betrat. Ein geschiedener Mann, der sein Leben so einrichtete, wie es ihm gefiel, ohne Rücksicht auf Verluste, mit Mut zum Risiko – aber gleichzeitig erfüllt von traditionellen männlichen Vorurteilen und Wertvorstellungen, die er voller Überzeugung vertrat. Was für eine ungewöhnliche Mischung, wahrscheinlich in sich völlig ausgewogen und austariert, aber es war völlig ungewiss, wie er sich entwickeln würde, wenn unerwartet ein starker Einfluss von außen auf ihn zukam. Wie es wohl sein mochte, im Zweiergespann durchs Leben zu laufen, in einer Dauerpartnerschaft, manche soziale Funktionen ausgelagert, untereinander aufgeteilt, so wie die Good Cop – Bad Cop-Formation im Krimi, sie würde immer sarkastisch sein dürfen, er immer ohne Sentimentalitätsverdacht überfreundlich und einfühlsam, oder auch umgekehrt, man könnte das immer wieder aushandeln untereinander, jedenfalls zu Anfang der Beziehung, bevor alle Handlungen in Gewohnheiten versteinert wurden, dann bröckelte das Gestein, und man musste sich jemand neuen zum Aushandeln suchen, damit der halbleere Zweierkarren nicht aus dem Gleichgewicht kam …

»Wann genau haben Sie zum letzten Mal eine E-Mail von Moritz Stemming bekommen?« Hauptkommissar Grimm unterbrach ihren Gedankenfluss, ohne auch nur im Entferntesten zu ahnen, dass er eben probeweise in ein imaginäres Zweiergespann einbezogen worden, dann aber wegen möglicher Fossilisierungsgefahr wieder entlassen worden war.

Cressida überlegte.

»Das ist lange her. Zu Weihnachten letztes Jahr. Wenn Sie möchten, leite ich sie Ihnen gern weiter. Es steht nichts Interessantes drin, nichts über die Schweiz, nichts über seine Recherchen.«

»Trotzdem, schicken Sie sie mir bitte. Vorsichtshalber, man weiß ja nie. Unsere Kryptografie-Experten werfen dann mal einen Blick darauf.«

Schweigend gingen sie weiter. Seltsam, wie schnell sich die Stimmung ändern konnte, dachte Cressida. Eben hatte sie Herrn Grimm noch als Menschen gesehen, sogar als Mann, und jetzt war er wieder einfach nur ein Vertreter der Zürcher Kantonspolizei, den sie als nicht besonders clever und nicht besonders effizient einschätzte. Selbst in einen Kriminalfall verwickelt zu sein, war nicht nur im wörtlichen Sinn lebensgefährlich, sondern auch tödlich für ihr Sozialleben.

Inzwischen waren sie in die Ernastraße eingebogen. Cressida liebte dieses kleine Quartier mit den traditionellen Wohnhäusern und kleinen Vorgärten. Sie hatte wirklich Glück gehabt, hier eine Wohnung zu finden, durch Vermittlung einer Freundin, die ins Ausland gezogen war – auf den freien Wohnungsmarkt kamen solche Wohnungen nie. Als Herr Grimm und sie die knarrenden Stufen des altmodischen Treppenhauses zum vierten Stock hochstiegen, musste sie daran denken, dass sie in diesem Haus noch nie in Begleitung eines Mannes nach Hause gekommen war. Was war es nur an Herrn Grimm, dass er ihr solche Überlegungen in den Kopf setzte?

Sie schloss auf und bat ihn herein. Er sah sich interessiert um.

»Sie haben viele Umzugskartons hier«, sagte er. »Sind Sie gerade erst eingezogen, oder packen Sie für Ihren nächsten Umzug?«

»Auspacken ist immer so schwierig«, gab sie widerstrebend zu. Umziehen machte ihr immer Freude, das gab neue Ausblicke, neue Empfindungen, eine andere Art, das Leben zu sehen, Menschen kennenzulernen, neues Licht, neue Schatten, plötzlich kochte man anders, weil der Herd und der Kühlschrank an einer anderen Ecke standen, plötzlich fing man jeden Morgen mit Gymnastik an, weil das Licht schon um 7 Uhr durch das Schlafzimmerfenster fiel. Aber auspacken! Bei jedem Stück, das man aus dem Karton zog, kam Enttäuschung auf, die Kleider zerknittert und schmutzig, das Geschirr angeschlagen, der kleine Kelim, der früher so erfrischend bunt aussah, wirkte nun schäbig und billig. Die Gewohnheiten aus der alten Wohnung, von denen man immer schon entkommen wollte, streckten ihre Krallen aus, und man wusste genau, bald würden sie sich wieder auf alte Art festgekrallt haben. »Wenn ich das Auspacken hinauszögere«, sagte sie, »kann ich die Illusion des Neuanfangs noch eine kleine Zeit lang am Leben erhalten.«

»Die Illusion eines Neuanfangs!« Herr Grimm trat zum Fenster und sah hinaus. »Ja, das ist das Beste, was man sich im Alltag erhoffen kann, nicht wahr? Aber manchmal muss man sich zusammennehmen und aus dem Alltag aussteigen, etwas wagen.«

Da kam also die unkonventionelle Seite von Hauptkommissar Grimm zum Vorschein. Etwas wagen – was er wohl darunter verstand? War seine Kaufsucht, von der sie nichts wissen durfte, Ausdruck eines solchen Wagnisses, oder zeigte sie eher eine Illusion eines Neuanfangs? Schade, dass sie ihn das nicht fragen durfte.

Er drehte sich wieder vom Fenster weg und sah sich im Wohnzimmer um.

»Ich werde jetzt also Ihre Wohnung daraufhin überprüfen, ob sie einbruchsicher geschützt ist. Das Schloss an der Wohnungstür, das der Notschlosser gestern für Sie angebracht hat, ist nicht gerade die sicherste Variante, da sollten Sie sich von einem Spezialisten beraten lassen. Dieses Fenster hier mit den Doppelscheiben, ist in Ordnung. Ich schaue mir mal die anderen an.«

Cressida versuchte sich zu erinnern, in welchem Zustand sie ihr Schlafzimmer zurückgelassen hatte. Sie hatte sich in letzter Zeit so selten und nur so kurz dort aufgehalten, dass ihr die Erinnerung wirklich Mühe machte. Als die beiden Polizisten sie in der letzten Nacht aus dem Bett geklingelt hatten, war sie aufgesprungen und hatte kurz etwas übergezogen, ohne sich umzusehen. Wahrscheinlich lag nur der deutsche Krimi, der sich als so unerwartet langweilig erwiesen hatte, neben dem Bett, nichts anderes, was sie eventuell in einem schlechten Licht erscheinen lassen könnte. Sie folgte ihm, als er vom Wohnzimmer ins Schlafzimmer ging. Vielleicht hätte sie doch ihr bequemes Großmutter-Nachthemd wegräumen sollen, es standen ja genügend Kartons zum Reinpacken herum. Aber er würdigte es kaum eines Blickes, ging vom Schlafzimmer ins Bad, vom Bad in die Küche, öffnete kurz alle großen Kartons, sah in die Ecken und inspizierte überall die Fenster.

»Alles in Ordnung?«, fragte Cressida schließlich.

»Ja, wenn Sie sich um das Schloss gekümmert haben, ist alles gut und sicher. Aber – da ich schon einmal hier bin – könnte ich mir Ihre Kopie des Artikels von Moritz Stemming mit Ihren Anmerkungen zu den nicht folgerichtigen Stellen einmal ansehen?«

Hartnäckig schien sein zweiter Vorname zu sein. Allmählich ging Cressida sein Interesse an dem Artikel wirklich auf die Nerven, sie hätte gar nicht erst damit anfangen sollen. Sie würde ihm die Ergebnisse schon weiterleiten, aber bitteschön erst dann, wenn sie selbst – mit der Hilfe von Hannes Kracht – alles ausgewertet hatte. Bis dahin würde er sich eben gedulden müssen. Ein Risiko ging sie dabei nicht ein, da war sie sicher.

»Welche Anmerkungen?«, fragte sie unschuldig. »Ich habe mir zu dem Artikel überhaupt keine Notizen gemacht. Als ich mir den Text gestern vorgenommen habe, war ich gar nicht in der Lage für eine hieb- und stichfeste Analyse. Das war nur so eine Art Voruntersuchung, um festzustellen, welche Seiten ich mir genauer ansehen sollte. Heute Abend will ich mich daransetzen, aber ich kann noch nicht sagen, wie schnell ich dabei vorankomme, das kann vielleicht ein paar Tage dauern. Ich melde mich auf jeden Fall, sobald ich einen konkreten Hinweis habe.« Diese Antwort kam ihr selbst schon ziemlich lahm vor. Das war nicht das Vorgehen einer Frau, die sogar einen Kriminalbeamten beschattete, um möglichst schnell mehr zu erfahren. Zu larifari, zu unmotiviert. Also setzte sie schnell hinzu: »Textanalyse ist eine sehr aufwendige und zeitraubende Tätigkeit, das schafft man nicht so eben nebenbei. Aber als Schriftstellerin bin ich natürlich in solchen Dingen geschult, ich werde systematisch daran arbeiten.«

Sein Blick wirkte immer noch skeptisch.

»Und die Kopie des Artikels, die ich Ihnen angefertigt habe, die haben Sie auch hier in der Wohnung?«

Was wollte er mit dieser Frage bezwecken? Wollte er sichergehen, dass sie die Wohnung nicht verlassen musste, um an der Artikelanalyse zu arbeiten, weil er sich Sorgen um ihre Sicherheit machte, oder würde er gleich verlangen, diese Kopie zu sehen, weil er ihr nicht glaubte, dass sie dort nichts angestrichen hatte? Während sie noch über eine passende Antwort nachdachte, klingelte es an der Wohnungstür. Cressida öffnete, ohne vorher durch den Spion zu schauen, was sie sonst nie tat, aber Hauptkommissar Grimm hatte sie wirklich durcheinandergebracht.

Vor der Tür stand Anna.

»Ach Cressida!« Anna fiel Cressida um den Hals und drückte sie. »Du glaubst ja gar nicht, was für Sorgen ich mir um dich gemacht habe!«

Cressida war überrascht. Warum machte Anna sich plötzlich so übertriebene Sorgen um sie? Das sah ihr überhaupt nicht ähnlich, sie war doch immer so fröhlich, optimistisch und unbeschwert. Da bemerkte Cressida, dass Anna einen schwarzen Parka trug, der ihr irgendwie bekannt vorkam. Oh verdammt. Wie sollte sie Anna das nun erklären? Das konnte peinlich werden, aber sie verließ sich darauf, dass ihr beim Reden etwas einfallen würde.

»Anna, ich kann dir das erklären.«

Anna schniefte und boxte sie in die Seite.

»Du blöde Kuh, ich dachte schon, du wärest tot! Oder mindestens halbtot! Und stattdessen treibst du dich in aller Seelenruhe in deiner Wohnung herum – mit Herrenbesuch, wie ich sehe!«

»Anna, es tut mir so leid, dass du dir Sorgen um mich gemacht hast! Das war wirklich eine dumme Sache – während ich vor der Kantonspolizei wartete, hat mich ein Randständiger angesprochen, der wollte unbedingt seinen Mantel mit mir tauschen, weil er deinen Parka so cool fand, und weil er selbst nur einen Damenmantel hatte, das hat ihn in seiner Würde als Mann verletzt …«

»Und ich habe ihm jetzt noch etwas anderes verletzt!« Anna ballte kriegerisch die Faust, sodass Cressida sich nicht vorstellen mochte, wie der arme Mann nun wohl aussah. »Und wer ist das, willst du mich nicht mal vorstellen?« Anna zeigte auf Hauptkommissar Grimm, der anscheinend gerade in einer ihrer Umzugskisten kramte – was dachte der Mann sich nur dabei? Und sie selbst sollte von nun an sehr vorsichtig sein, es war wie auf Eierschalen gehen. Denn einerseits musste sie so tun, als ob sie nicht wüsste, dass Anna und Herr Grimm sich kannten, schon gar nicht, woher. Andererseits wäre es gut, wenn sie ganz spontan und natürlich wirkte, so als ob sie überhaupt nicht über diese gegenseitige Vorstellung hätte nachdenken müssen. Dafür war es eigentlich zu spät, aber sie wollte es versuchen.

»Herr Grimm?« Immerhin sah er einigermaßen schuldbewusst aus, als er sich von ihrer Aktenkiste aufrichtete. »Ich möchte Ihnen gern Anna Bergmann vorstellen. Sie ist die modebewussteste Frau, die ich kenne, und sie hat diesen wunderbaren grünen Turban mit den lila Elefanten ausgesucht, in dem Sie mich neulich so bewundert haben. Anna, dies ist Hauptkommissar Grimm, der netterweise nachschaut, ob sich in meinen Umzugskartons ein Einbrecher versteckt hält.« Cressida hoffte, mit diesem leichten Tonfall die angespannte Stimmung etwas auflockern zu können, aber es gelang nicht, im Gegenteil. Hauptkommissar Grimm blickte Anna an, als ob sie die böse Hexe aus dem Märchen wäre, und sie erwiderte seinen entsetzten Blick mit Basiliskenaugen. Dann ließ die Spannung allmählich nach.

»Freut mich«, sagte Anna schließlich. »Cressida hat mir schon viel von Ihnen erzählt, und ich war gespannt, Sie mal persönlich kennenzulernen. Ich hoffe nur, dass Sie diesen grässlichen Detlef bald erwischen. Wirklich, Cressida, ich kann immer noch nicht verstehen, wie du dich jemals mit so einem verabreden konntest.«

»Du hast recht, wie immer«, antwortete Cressida. »Aber ich habe ihn da gar nicht als Mann gesehen, sondern als Film-Buff, mit dem man sich gut unterhalten konnte. Da habe ich ja noch nicht geahnt, dass er womöglich gewalttätig sein könnte. Er sah so harmlos aus!«

»In deinem Alter sollte man nicht mehr so naiv sein!«

»Fang jetzt nicht mit meinem Alter an!«

Hauptkommissar Grimm lachte, wenn auch nur schwach. Doch die Auflockerungsaktion schien insgesamt geglückt zu sein. »Ich werde dann in mein Büro zurückkehren und sehen, wie es mit der Suche nach Detlef Jorgensen vorangeht. Passen Sie gut auf Ihre Freundin auf, Frau Bergmann, und lassen Sie sie nicht bei Nacht durch den Kreis Cheib spazieren!«

»Ganz sicher werde ich da aufpassen!«, rief Anna. Herr Grimm verabschiedete sich und wandte sich gerade zum Gehen, als es an der Tür läutete. Diesmal schaute Cressida zuerst durch den Spion, bevor sie öffnete. War das möglich? Dort draußen im Flur stand Frau von Steinen, die doch eigentlich heute in Venedig sein sollte.

»Frau von Steinen, was für eine Überraschung. Kommen Sie bitte herein. Hauptkommissar Grimm wollte gerade gehen, glaube ich.«

»Ach, Herr Grimm, was für ein glücklicher Zufall, dass ich Sie hier treffe! Ich wäre sonst nachher zu Ihnen ins Büro gekommen. Sie werden sich freuen – ich habe bei meinen Fotos aus dem *Filmpodium* am Donnerstag, Sie wissen schon, bei der gewissen Vorführung, eine wichtige Spur entdeckt, die Ihnen garantiert weiterhelfen wird. Ist das nicht wunderbar?« Frau von Steinen strahlte ihn an. »Hier, man kann das Foto auf meinem Handy gut erkennen, ich schicke es Ihnen nachher in guter Auflösung.«

Herr Grimm, Cressida und Anna drängten sich um Frau von Steinen. Sofort warf diese Anna einen hasserfüllten Blick zu, der aber an Annas lächelndem Gesicht wirkungslos abprallte. Das Foto auf dem Display des Handys war überwiegend schwarz. Wenn man allerdings länger hinschaute, konnte man einige helle Stellen entdecken. Das war der untere Rand einer Filmleinwand, dort waren zwei milchig erleuchtete Streifen zu erkennen. Davor sah man ein paar schwarze Silhouetten von den ersten Sitzreihen im Kinosaal.

»Da, schauen Sie, ich zoome das mal näher heran, ich habe genau die Mitte der Sitzreihen aufgenommen!« Die Silhouetten wurden größer. Über dem Sitz in der Mitte konnte man den oberen Teil des Sitzenden erkennen. Links neben ihm bewegte sich eine dunkle Gestalt, beziehungsweise ahnte man die Bewegung aus den verwischten Konturen.

»Da, Herr Hauptkommissar! Sehen Sie das? Ich hatte zufällig genau den Sitzplatz von Moritz Stemming im Visier, und das da links von ihm – das muss der Mörder sein!«

Hauptkommissar Grimm beugte sich über das dargebotene Smartphone und musterte das Foto eingehend.

»Vielen Dank, dass Sie damit zu mir kommen, und ja bitte, schicken Sie mir alle Fotos, die Sie an diesem Abend gemacht haben, in guter Auflösung zu. Ich werde die Fotos vergrößern und genau untersuchen. Allerdings verspreche ich mir nicht allzu viel von diesem Fotomaterial, so wertvoll es auch ist. Die Figur neben dem Mann im Sitz, wahrscheinlich können wir verifizieren, dass der Sitzende tatsächlich Moritz Stemming ist, also die Figur daneben könnte irgendjemand sein. Man kann noch nicht einmal die Körpergröße abschätzen, weil die Person leicht gebückt zu sehen ist, man sieht keine Texturen, weiß nicht, ob es sich um einen Mann oder eine Frau handelt. Außerdem ist nicht klar, ob Moritz Stemming zu der Zeit noch gelebt hat.«

»Sie übersehen da etwas Wichtiges.« Frau von Steinen konnte sehr selbstbewusst auftreten, das hatte sie als Schauspielerin in ihrer langen Karriere sicher oft geübt. »Wir wissen genau, wann dieses Foto aufgenommen worden ist, es gibt einen Time Stamp. Und Sie wissen auch recht genau, wann Moritz Stemming gestorben ist, stimmt das nicht, Herr Hauptkommissar?«

»Natürlich wissen wir das. Der Todeszeitpunkt war zwischen 21 Uhr und 21.30 Uhr. Aber was hat das mit Ihrem Foto zu tun?«

»Mein Foto ist von 21.10 Uhr, also genau in diesem Zeitintervall geschossen. Und es ist ja sehr unwahrscheinlich, dass sich in diesen 30 Minuten zwei Menschen dem Sitz von Herrn Stemming von links genähert haben, und dazu noch beide so unauffällig, dass es Frau Kandel nicht auffiel. Der Mensch auf dem Foto muss der Täter sein!«

Hauptkommissar Grimm klatschte ostentativ Beifall.

»Gratuliere, Frau von Steinen, das war sehr präzise! Und ich freue mich, dass wir jetzt schon zwei talentierte Privatdetektivinnen haben, die sich die Aufklärung des Falles zur Herzenssache gemacht haben, da können wir von der Kantonspolizei uns nur glücklich schätzen! Ganz im Ernst, selbst wenn wir aus den Fotos das maximal Mögliche herausholen – man kann den Täter, wenn es sich denn tatsächlich um den Täter handelt, einfach nicht erkennen. Das Einzige, was diese Fotos überzeugend zeigen, ist die Wahrscheinlichkeit, dass der Fotograf selbst nicht der Täter ist. Aber wer der Fotograf war, wissen wir damit noch nicht, nicht wahr, Frau von Steinen? Sowohl Sie als auch Herr Langhausen sind während des Filmes aufgestanden und haben Fotos geschossen, dieses Foto könnte von jedem von Ihnen stammen, also ist es noch nicht einmal ein gutes Alibi. Im Gegenteil, hätte ich fast gesagt, denn Sie und Herr Langhausen gehörten zu den insgesamt drei Zuschauern, die Herrn Stemming persönlich kannten. Vielleicht hatten Sie ja einen ganz persönlichen Grund, ihn tot zu wünschen? Vielleicht hat er …«

»Aber! Ich muss doch sehr bitten!« Frau von Steinen machte eine energische Handbewegung, als wollte sie nicht nur Herrn Grimms Redefluss, sondern auch seinen Hals abschneiden. Cressida und Anna sahen sich entsetzt an, aber Frau von Steinen schien die Assoziation zu Moritz

Stemmings durchgeschnittener Kehle gar nicht bewusst zu sein. Dabei war sie sogar Linkshänderin, beobachtete Cressida. Das ergab ein passendes Szenario, die ergebene Schauspielerin rettete ihren geliebten Regisseur vor dem Ruin, dafür brachte sie sogar einen alten Freund um, leidenschaftliche Frauen taten so etwas. Medea hatte ihre eigenen Kinder umgebracht, um sich zu rächen. In der Rolle der Medea wäre Frau von Steinen bestimmt großartig. »Ich verbitte mir solche Unterstellungen!«, fuhr sie fort. »Und ich verlange, dass diese Fotos nach allen Regeln der Kunst genauestens untersucht werden, genauso wie dieses Handy, mit dem ich sie geschossen habe. Hier ist es, fassen Sie es bitte nur mit Handschuhen an. Falls ich irgendwelche Nachlässigkeiten feststellen oder auch nur vermuten muss, wende ich mich direkt an den Oberstaatsanwalt, das ist ein alter Freund von mir.«

Wow, da hatte sie richtig zugeschlagen. Diese Frau wollte man nicht zur Feindin haben. Besorgt sah Cressida zu Anna hinüber. Würde Anna sich vor Frau von Steinens Eifersucht schützen können? Sie hoffte es sehr. Anna und Reto Langhausen hatten auf diesem Selfie so glücklich ausgesehen, das war ihnen wirklich zu gönnen.

Hauptkommissar Grimm zog einen Latex-Handschuh aus der Tasche und packte das Handy vorsichtig an.

»Wir untersuchen alle Spuren sorgfältig, und Sie sollten sich vorsehen vor verleumderischen Unterstellungen. So etwas kann strafrechtlich verfolgt werden. Außerdem ist mir nicht klar geworden, warum Sie mir dieses Handy erst jetzt bringen. Es ist inzwischen Samstagnachmittag, und Sie wussten schon bei unserer ersten Vernehmung am Donnerstagabend, dass Sie während der Vorstellung Fotos gemacht haben, auf denen Teile des Zuschauerraums abgebildet waren. Es wäre doch eine Selbstverständlichkeit gewesen, alle Ihre Fotos sofort der Polizei zu übergeben. Bitte sorgen Sie dafür, dass ich so schnell wie möglich auch die Fotos erhalte, die Herr Langhausen in der Mordnacht im *Filmpodium* gemacht hat.«

So unauffällig und harmlos er aussah, Hauptkommissar Grimm ließ sich nicht so leicht ins Bockshorn jagen, das stand fest. Frau von Steinen blieb unbeeindruckt, stand ihm immer noch in der Medea-Pose gegenüber.

»Selbstverständlich«, sagte sie. »Ich werde Herrn Langhausen entsprechend informieren.«

»Tun Sie das.« Damit verabschiedete Hauptkommissar Grimm sich endgültig. Als sich die Wohnungstür hinter ihm geschlossen hatte, standen die drei Frauen beieinander, unschlüssig darüber, wie die Situation zwischen ihnen sich weiterentwickeln sollte. Frau von Steinen fasste sich als Erste.

»Wie Sie sich sicher schon gedacht haben, Frau Kandel, habe ich meinen Termin in Venedig auf einen anderen Tag verlegt. Diese schreckliche Geschichte mit Moritz ist mir zu wichtig, da habe ich nicht den Kopf frei für geschäftliche Dinge. Ehrlich gesagt habe ich gehofft, dass ich mich mit Ihnen allein und ganz ungestört über Moritz unterhalten könnte.«

Sie schaute dabei nicht direkt auf Anna, aber die Aufforderung war aus ihren Worten deutlich abzulesen. Ganz offensichtlich wünschte sie, dass Anna sofort verschwand und sie mit Cressida allein ließ. Dazu würde es nicht kommen, das würde Cressida zu verhindern wissen! Für jemanden, der Informationen suchte, konnte es nur von Vorteil sein, wenn der Gesprächspartner emotional aufgewühlt war, und Anna schien wunderbar geeignet, Frau von Steinen aus der Fassung zu bringen. Cressida ergriff die Initiative und öffnete die Tür zur Küche.

»Am besten setzen wir uns alle drei gemütlich an den Küchentisch und trinken einen Ingwertee, das tut gut bei diesem Wetter. Und dann sehen wir gemeinsam weiter, was zu tun ist, um diese grauenhafte Tat aufzuklären.«

Die beiden folgen ihr widerstrebend in die Küche. Anscheinend war keine von ihnen begeistert von dem Gedanken, den Abend in dieser Konstellation zubringen zu müssen; jede wäre lieber mit Cressida allein gewesen. Frau von Steinen startete erneut einen entsprechenden Versuch.

»Frau Kandel, wir als alte Freundinnen von Moritz Stemming sollten doch wirklich ganz unter uns sein, wenn wir Erinnerungen austauschen, meinen Sie nicht auch?«

Cressida antwortete nicht, sondern setzte das Teewasser auf und zerschnitt eine Knolle frischen Ingwer.

»Frischer Ingwer ist immer das Beste für das Immunsystem in der kalten Jahreszeit. Möchte noch jemand einen Schnitz Zitrone dazu? Oder etwas Honig?«

»Ich möchte beides, bitte.« Anna hatte es sich am Küchentisch bequem gemacht. Sie griff in ihre riesige *Freitag*-Tasche (wirklich erstaunlich, was man heutzutage alles in Charity Shops finden konnte, dachte Cressida, jedenfalls in einer reichen Stadt wie Zürich) und holte einen Block und einen Kugelschreiber heraus. »Ich melde mich hiermit freiwillig als Protokollführerin, das macht ja sonst keiner gern, aber ich kann das wirklich gut. Schaut mal, ich habe zwei Spalten angelegt: ›Was wir über Moritz Stemming wissen‹ und ›Was wir über Moritz Stemming nicht wissen‹. Das ist doch klug von mir, oder?«

Frau von Steinen sah offenbar ein, dass sie Anna an diesem Abend nicht loswerden konnte, und setzte sich auch. Sitzend wirkte sie nicht mehr so imposant wie im Stehen, stellte Cressida fest. Es gab nicht nur Sitzriesen, sondern auch Sitzzwerge, und zu denen gehörte anscheinend Frau von Steinen, ihre Beine waren sehr lang im Verhältnis zu ihrem Oberkörper. Sie schien das selbst genau zu wissen, denn sie bemühte sich, sehr aufrecht zu sitzen. Ganz klar auf ein Rollenfach festgelegt, dachte Cressida, während sie die Teekanne auf den Küchentisch stellte. Für Frau von Steinen gab es nur dominierende oder geheimnisvolle Frauencharaktere, nichts anderes konnte sie verkörpern.

»So!«, sagte Anna, als Cressida den Tee eingeschenkt hatte. »Als verantwortliche Teebereiterin bist du die Präsidentin unserer Runde und darfst die Diskussion eröffnen. Oder, wenn du nicht willst, fange ich eben an, mit meiner ersten Spalte. Was wissen wir über Moritz Stemming?«

Cressida beschloss, nach diesem Schema mitzuspielen, und zählte schnell auf, was ihr in den Sinn kam.

»Erstens, er war Journalist, spezialisiert auf Enthüllungsgeschichten. Zweitens, er liebte das Kino. Drittens, er war schwul. Viertens, aber nicht immer. Fünftens, er konnte über blöde Schwulensprüche wirklich wütend werden. Sechstens, er blieb gern mit seinen Freunden in Verbindung. Siebtens, er hatte Krebs. Hast du das alles in deiner Spalte untergebracht, Anna?«

»Ja, hat alles reingepasst. Und jetzt Sie, Frau von Steinen, haben Sie was Zusätzliches für die Spalte ›Wissen‹?«

Frau von Steinen rang mit sich, dann gab sie sich einen Ruck.

»Ja, ich weiß noch mehr über seine Erkrankung. Er litt unter Lymphdrüsenkrebs, das ist eine besonders heimtückische Krebsart, und keine der Behandlungen, die er mitgemacht hat, brachte eine nennenswerte Besserung. Die einzige Heilungsmöglichkeit, die ihm noch offenstand, wäre eine DNA-Behandlung gewesen, und die kostet ein Vermögen. Etwa eine halbe Million pro Behandlungsschritt, und eine einzige Behandlung reicht da nicht aus.«

Anna schrieb mit.

»Das ist wirklich tragisch«, sagte sie. »Und war er ein kampfbereiter, optimistischer Mensch? Hätte er diese Behandlung gern ausprobiert?«

»Ja, auf jeden Fall!«

»Gut, dann schreibe ich das in die ›Wissen‹-Spalte: Er wollte leben, deshalb brauchte er Geld. Wissen wir sonst noch etwas Wichtiges über ihn?«

Frau von Steinen runzelte die Stirn.

»Er war ein sehr empathischer Mensch. Jedenfalls, solange er einen Menschen nicht hasste. Wenn jemand einmal seine Sympathien verspielt hatte, konnte er extrem nachtragend sein.«

»Das kann ich aus meiner Erfahrung bestätigen«, sagte Cressida. »Es war manchmal befremdlich anzusehen, wie aus einem verständnisvollen, sanften Zuhörer plötzlich ein wütender Löwe wurde. Aber er hatte eben ein paar wunde Punkte, die musste man im Umgang mit ihm möglichst vermeiden.«

»Gut, ich schreibe: liebevoll, aber rachsüchtig. Wissen wir irgendwelche konkreten Sachen, nicht nur so psychologisches Zeug?« Annas ›Wissen‹-Spalte war fast vollgeschrieben.

»Ja«, sagte Cressida. »Wir wissen, dass Detlef Jorgensen sein Vertrauter war. Wie weit Moritz ihm vertraut hat, wissen wir leider nicht. Detlef ist eine sehr verdächtige Person.«

Frau von Steinen setzte sich noch aufrechter hin.

»Sind Sie da ganz sicher – Detlef Jorgensen? In den war er mal schwer verliebt, vor etwa zwei Jahren, die beiden haben in London sogar eine Zeit lang zusammengewohnt. Moritz hatte immer eine Vorliebe für unauffällige Typen, hat sich gut mit ihm verstanden. Aber dann hat sich das Verhältnis wohl abgekühlt, und soweit ich weiß, hat Moritz sich von ihm getrennt. Und Detlef lebt doch in London, wie kann er in Moritz' Tod verwickelt sein?«

»Detlef ist vor ein paar Wochen nach Zürich zurückgezogen, seine Heimatstadt. Er hat mich überhaupt erst dazu gebracht, am Donnerstag ins *Filmpodium* zu gehen, wahrscheinlich im Auftrag von Moritz.«

»Das ist ja interessant – Detlef in Zürich, das habe ich nicht gewusst. Haben Sie seitdem Kontakt mit ihm gehabt? Wissen Sie, wie man ihn erreichen kann?«

»Ich habe ihn kurz getroffen, aber da hat er nur versucht, mich auszufragen. Er wollte wissen, ob Moritz im *Filmpodium* mit mir geredet hat. Dann kamen ein paar Polizisten zufällig vorbei, und er ist sofort verschwunden. Keine Ahnung, wie man ihn erreichen kann. Die Handynummern, die ich von ihm habe, sind nicht mehr aktiv.«

Frau von Steinen seufzte.

»Also gibt es keine Gelegenheit, mit ihm zu sprechen, das ist schade. Vielleicht hätte er uns noch etwas über Moritz' letzte Wochen sagen können. Wann haben Sie das letzte Mal eine Nachricht von Moritz bekommen, Frau Kandel?«

Komisch, diese Frau stellte die gleiche Frage wie Herr Grimm. Hatte Moritz denn so viele Geheimnisse, die er hüten musste, bevor er ausgewählte Opfer damit erpresste?

»Ich habe die letzte Nachricht von ihm letztes Jahr zu Weihnachten bekommen«, antwortete Cressida wahrheitsgemäß.

»Und nach seinem Tod, hat er Ihnen da etwas zukommen lassen?«

»Eine persönliche Nachricht für mich? Nein, leider nicht.« Wörtlich genommen, war das natürlich auch die Wahrheit. Grimm und sie waren sicher, dass der Artikel über die Schweizer Filmwirtschaft für sie bestimmt gewesen war, aber das war nicht eindeutig bewiesen. »Alles, was Moritz hinterlassen hat, an Papieren oder Sonstigem, befindet sich im Besitz der Polizei. Wenn Sie Hauptkommissar Grimm fragen, kann er Ihnen bestimmt Auskunft darüber geben.«

Frau von Steinen lachte unfroh.

»Bestimmt – am St. Nimmerleinstag! Dieser Mann ist nicht gerade charmant und entgegenkommend. Haben Sie denn etwas für den Fall Relevantes von ihm erfahren?«

»Nein, nichts.« Von dem Verdacht über Reto Langhausen würde sie der Frau auf gar keinen Fall etwas erzählen, man sollte keine schlafenden Hunde wecken. Aber was Anna in ihren Hotel-Recherchen herausgefunden hatte, konnte Frau von Steinen unbesorgt erfahren. »Trotzdem, wir sind noch nicht ganz fertig mit dem, was wir wissen. Anna, ich glaube, du musst sogar eine zweite Seite anfangen. Wir wissen, dass Moritz sich mit Detlef innerhalb der letzten drei Wochen getroffen hat. Und wir wissen, dass er in dieser Zeit einen Abend in einer Bar in Zürich zugebracht hat, mit einem unscheinbar aussehenden Mann um die 40, mit dem es wohl später zum Streit gekommen ist. Wir wissen nicht, wer dieser Mann war oder worum es ging. Und wir wissen auch nicht, mit welchen anderen

Menschen Moritz sich in den letzten drei Wochen getroffen hat. Drei Wochen, in der Zeit kann viel passieren, und wir wissen so gut wie nichts über diese Zeit in Moritz' Leben. Er könnte sonst wen getroffen haben. Waren Sie in der Zeit mit ihm verabredet, Frau von Steinen? Oder vielleicht Herr Langhausen?«

»Nein, Moritz hat sich nicht bei mir gemeldet, ich wusste gar nicht, dass er in Zürich war. Und Reto kannte ihn überhaupt nicht. Wenn er sich mit Moritz getroffen hätte, wüsste ich das! Wir haben keine Geheimnisse voreinander.«

Cressida fing Annas Blick auf. Ja, Frau von Steinen protestierte ein wenig zu laut, das fand Cressida auch.

»Also, ich schreibe«, sagte Anna. »Wir wissen nicht, wen Moritz getroffen hat in Zürich. Außer Detlef, von dem wissen wir es. Wir wissen, dass wir viele unbekannte Verdächtige haben.«

»Wir wissen, dass Reto Langhausen nicht der Mörder sein kann«, ergänzte Frau von Steinen.

»Genau!«, rief Anna. »Da bin ich ganz Ihrer Meinung!«

Cressida sah die beiden erstaunt an. Sie hatte nicht erwartet, dass diese Frauen einmal ein und derselben Meinung sein würden.

13. MEHR ALS NUR EIN SCHRECKEN IN DER NACHT

Es war dunkel. Es war Nacht, in der Nacht hatte es dunkel zu sein, alles war gut. Alles war, wie es sein sollte. Cressida drehte sich um. Nein, nicht alles war gut. Etwas störte, sie wusste nicht genau, was es war, aber sie wollte unbedingt wieder einschlafen, bevor sie dazu kam, darüber nachzudenken, was falsch sein könnte, denn wenn man einmal angefangen hatte nachzudenken, dann war man eigentlich schon wieder richtig wach und konnte nicht wieder einschlafen, dabei sollte man nachts schlafen, dazu war die Nacht da, das war gesund, sonst sah man am anderen Morgen furchtbar aus und musste Schichten um Schichten von Make-up über die dunklen Augenringe streichen, aber da hatte sie auch schon wieder zu viel nachgedacht, da, jetzt hatte sie es schon wieder gehört, ein Klingeln. Vielleicht war das eine Art Phantomläuten, weil sie in letzter Zeit so oft mitten in der Nacht aus dem Bett geholt worden war, dass sie es im Moment vermisste, so wie Menschen, die einen Arm oder ein Bein verloren hatten, darin trotzdem noch Schmerz empfinden konnten, die mussten dann zu einer Schmerztherapie, vielleicht musste sie nun zu einer Klingeltherapie gehen, damit sie es nicht mehr hörte, aber sie hörte es ganz deutlich, wenn sie das Kissen von ihrem Ohr wegnahm, wurde es tatsächlich unerträglich laut.

Das Läuten war echt. Da stand jemand vor ihrer Wohnungstür und betätigte den Klingelknopf. Sie sah auf die

Uhr. 5.30 Uhr. Das war mal eine ganz neue Zeit, sie konnte sich nicht erinnern, wann sie das letzte Mal um 5.30 Uhr aufgewacht war. Genau genommen war es inzwischen natürlich nicht mehr Nacht. Es gab viele bedauernswerte Menschen, die um diese Zeit sogar arbeiten mussten: Tram- und Busfahrer, Zeitungsausträger, Bäcker, Krankenhauspersonal, bestimmt gab es noch mehr Berufe, nur fielen ihr die zurzeit gerade nicht ein, und es gab auch keinen Grund, warum sie sich morgens um 5.30 Uhr Gedanken über Frühaufsteher-Berufe machen sollte, genauso wie es keinen Grund gab, dass sie selbst morgens um 5.30 Uhr wach sein sollte. Aber das Klingeln hörte nicht auf. Das Klingeln war echt. Dagegen musste sie etwas unternehmen.

Sie stand auf und zog sich an, aus inzwischen alter Erfahrung: Wer in der Nachtruhe gestört wurde, durfte in der Regel danach nicht gleich wieder ins Bett gehen. Also konnte sie sich ebenso gut gleich ausgehfertig machen. Wenn der Mensch an der Türklingel in der Zwischenzeit aufgeben sollte, weil es ihm zu lange dauerte, umso besser.

Das Klingeln dauerte an. Erst als Cressida ihre Ohrringe angelegt hatte (man musste schließlich gut gestylt in den Tag gehen), schaute sie durch den Spion in der Wohnungstür. Nein, nicht schon wieder! Dieser Beruf hatte ihr bei ihrer Frühaufsteher-Liste vorhin gefehlt: Polizeibeamte! Was wollten Kommissar Bircher und Wille denn diesmal von ihr? War sie etwa in der Bestenliste der Verdächtigen wieder ganz nach oben gerutscht? Sie öffnete die Tür.

»Guten Morgen, meine Herren! Sie sehen so aus, als ob Sie mich gleich wieder mitnehmen wollten. Habe ich recht?«

Kommissar Bircher schmunzelte vorsichtig.

»Ich befürchte, das ist so, Frau Kandel. Sind Sie bereit, mit uns mitzukommen?«

Cressida nahm ihren neuen, wenn auch etwas illegal eingetauschten Trenchcoat und ihre große Tasche vom Haken.

»Ich bin so weit, wir können gehen. Sehe ich das richtig, dass Sie mir wieder nicht verraten möchten, worum es geht und wofür Sie mich brauchen?«

»Doch, diesmal schon«, sagte Kommissar Bircher erstaunlicherweise. »Wir fahren Sie nicht zur Kantonspolizei, sondern zur Rechtsmedizin. Wir möchten, dass Sie jemanden identifizieren. Oder eben nicht identifizieren, je nachdem.«

Wenn er sich so vage ausdrückte, dann handelte es sich ganz bestimmt nicht um jemanden aus ihrem Freundeskreis, das war sehr beruhigend. Sie atmete tief durch.

»Allerdings müssen wir Sie leider darauf vorbereiten, dass der Tote recht abschreckend aussieht. Er ist offenbar Opfer eines Gewaltverbrechens geworden. Machen Sie sich auf einen sehr unschönen Anblick gefasst.«

Wie gut, dass er ihr das so rechtzeitig vorher sagte, dachte Cressida. So hatte sie während der Autofahrt ausreichend Zeit, sich versehrte Opferkörper vorzustellen: zerquetscht, an unterschiedlichen Stellen aufgeschnitten, mit Löchern, an denen sich vorher Organe befunden hatten, mit Brand-, Stich- oder Sägewunden … Aber natürlich sollte sie sich darüber nicht beschweren, nicht wirklich. Verstümmelte Opferkörper waren ja sozusagen ihr tägliches Brot, in ihren Krimis musste sie so etwas oft beschreiben. Es gab zwar Kriminalromane ohne Mord, vor allem unter den klassischen, ihr fielen da welche von Dorothy Sayers und Michael Innes ein, aber das war heute nicht mehr in Mode, das Krimipublikum verlangte nach

Blut. Cressida hielt sich da immer sehr zurück, in ihren eigenen Krimis blieb der Body Count einstellig. Die sogenannten Skandinavischen Krimis, in denen es meistens sehr unattraktiv aus aufgeschlitzten Bäuchen tropfte, hatte sie noch nie zu Ende lesen können, es war einfach zu furchtbar. Sie war gespannt, was sie jetzt zu sehen bekommen würde. Natürlich war sie im Rahmen ihrer Recherchen öfter in der Rechtsmedizin gewesen und hatte sich dort tote Menschen angeschaut, die gerade aus dem Sektionsraum kamen, aber dabei waren keine besonders auffälligen Verletzungen zu sehen gewesen. Der Rechtsmediziner hatte ihr erklärt, heutzutage seien bei Tötungsdelikten einfache Messerstiche am häufigsten. Auch der Anblick von Moritz' Körper war einigermaßen auszuhalten gewesen, die Sektionsgehilfen hatten ihn ja schon wieder sozusagen salonfähig zusammengenäht.

Als sie in der Leichenhalle ankam, wartete Hauptkommissar Grimm schon auf sie. Er sah erschöpft aus, mit dunklen Ringen unter den Augen. War dieser Mann eigentlich immer im Dienst? Gab es bei der Kantonspolizei keine Überstundenregelungen? Das konnte doch nicht gesund sein! Doch das sollte nicht ihre Sorge sein.

Der Rechtsmediziner öffnete die Tür zu den Kühlfächern und zog eine Bahre heraus. Obwohl noch mit einem Leintuch bedeckt, wirkte dieser Tote ganz anders als Moritz' Körper, den sie am Freitag hatte sehen müssen. Er war größer, aber genauso schmal, und seine Nase schien weniger spitz. Als der Rechtsmediziner das Laken wegzog, hielt sie den Atem an – würde es der sein, den sie zu sehen erwartete? Ja, er war es. Obwohl er so unsäglich zugerichtet war, hatte sie ihn auf den ersten Blick erkannt. Das war

Detlef Jorgensen, der echte Detlef Jorgensen, nicht sein Bruder, das sah sie am Schnitt seines Gesichtes und an seinen buschigen Augenbrauen. Auch an seinen Händen, fiel ihr auf, die bei ihrem Treffen in der *Lotusbar* immer so nervös mit dem Bierdeckel gespielt hatten, er hatte lange Finger mit knochigen Gelenken. Erst als sie wieder hinsah, nahm sie das auf, was sie beim ersten Anblick automatisch weggedrückt hatte, eine grausige Information, mit der sie sich eigentlich lieber nicht beschäftigen wollte, aber jetzt starrte sie ihr blutig entgegen. Anscheinend war Detlef mit einem Hammer bearbeitet worden, am ganzen Körper, immer und immer wieder, manchmal mit mehr, manchmal mit weniger Kraft. Der Hieb auf die Stirn musste besonders kräftig gewesen sein, denn er hatte sogar den Knochen durchschlagen. Überall war dem Mann der Buchstabe »T« eingehauen worden. Sie fühlte sich flau und wandte sich ab.

»Sind Sie in Ordnung?«, fragte Hauptkommissar Grimm und führte sie in den Vorraum. »Soll ich Ihnen ein Glas Wasser bringen?«

Sie nickte und versuchte, sich zusammenzunehmen. Schließlich konnte sie hier nicht ohnmächtig werden wie ein Fräulein aus dem 19. Jahrhundert.

Dankbar nahm sie das Wasser entgegen und trank einen Schluck.

»Ja«, sagte sie schließlich. »Das ist Detlef Jorgensen. War Detlef Jorgensen, meine ich. Wie lange ist er schon tot, weiß man das?«

»Der Rechtsmediziner schätzt, seit etwa zwölf Stunden, Genaueres wissen wir nach der Autopsie.«

Cressida schauderte. Als Hauptkommissar Grimm und sie gestern am frühen Nachmittag in der *Lotusbar* waren, hatte er also noch gelebt. Vielleicht hätten sie an anderer

Stelle suchen sollen. Was genau Detlef von ihr gewollt hatte und was er selbst wusste, würde sie nun wahrscheinlich nie erfahren. Er als Vertrauter oder Teil-Vertrauter von Moritz musste doch über viel mehr Informationen zu Moritz' Projekten verfügt haben als sie selbst!

»Wo hat man ihn gefunden?«, fragte sie.

»Er lag auf dem Fußweg an der Sihl, gegenüber der Kantonspolizei. Ein Mitarbeiter der Stadtreinigung hat ihn dort am frühen Morgen gefunden.«

Cressida fragte sich, ob die Stadtreinigung wohl öfter solche Funde machen musste. Für so einen Job musste man sicher starke Nerven haben.

»Haben Sie das eingeschlagene ›T‹ erkannt?«, fragte Hauptkommissar Grimm. »Das Zeichen für ›Traitor‹, Verräter, das ist uns in den letzten Monaten leider öfter begegnet. Die Bande von Drogenhändlern, denen wir auch in der *Lotusbar* auf der Spur waren, verwendet das anscheinend als ihr Markenzeichen zur Abschreckung. Ich gehe davon aus, dass der Barkeeper dort Sie für eine Undercover-Agentin der Drogenfahndung gehalten hat und den Überfall auf Sie organisiert hat. Als man bei Ihnen nichts gefunden hat, was nach belastenden Informationen aussah, hat man wohl Detlef für einen Verräter gehalten, der die Aufmerksamkeit der Polizei auf diese Bar gelenkt hatte. Wir suchen derzeit nach Robert Jorgensen, um ihn zu befragen.«

Etwas an dieser Geschichte kam Cressida nicht logisch vor. Wenn Hauptkommissar Grimm und sie gestern Nachmittag nicht in der *Lotusbar* nach Detlef gefragt hätten, wäre dann der Barkeeper vielleicht gar nicht auf die Idee gekommen, dass Detlef ein Verräter war? Ein furchtbarer Gedanke. Nein, das konnte nicht sein, Grimm hatte ihr ja schon gesagt, dass die Bar unter ständiger Beobachtung der Polizei war. Obwohl – sie zögerte – vielleicht hatte ihr Besuch den Druck doch erhöht?

»Es ist furchtbar«, sagte sie, »jemanden, mit dem man vor Kurzem noch gesprochen hat, in so einem Zustand wiederzusehen. Ich weiß nicht, wie ich damit umgehen soll. Vor allem, weil ich denke, ich hätte etwas von diesem Mann erfahren können. Natürlich hat er mich verfolgt, weil er sich Informationen von mir erhoffte, aber er als alter Freund von Moritz hätte eine Menge beitragen können zu dem Wenigen, das wir über den Mord wissen. Und jetzt ist er selbst ein Opfer.«

»Er trug seinen Hotelschlüssel bei sich«, sagte Hauptkommissar Grimm. »Ich werde gleich hingehen und schauen, ob er dort Unterlagen hinterlassen hat. Und nein, Frau Kandel, Sie dürfen nicht mitkommen! Irgendwo in dieser Stadt läuft ein Mörder herum, der es vielleicht auf Sie abgesehen hat. Sie sollten nun nach Hause gehen und möglichst dort bleiben.« Er schaute sie besorgt an. »Versprechen Sie mir, dass Sie nicht weiter auf eigene Faust ermitteln werden.« So fürsorglich war seit dem Tod ihrer Mutter niemand mehr zu ihr gewesen. Aber es fiel ihr schwer, das dankbar anzunehmen. Oder es als liebevoll anzunehmen. Sie stand auf.

»Ich kann ein bisschen Ruhe jetzt gut vertragen, danke. Aber sagen Sie mir: Nehmen wir einmal an, dass die Drogenhändler Detlef umgebracht haben, dann bleibt die Frage offen, wer der Mörder von Moritz war. Darüber wissen wir immer noch nicht mehr.«

»Ich halte es für durchaus möglich, dass Detlef der Mörder von Moritz war.« Auf Cressidas erstaunten Blick hin führte Hauptkommissar Grimm weiter aus. »Es ist sehr wahrscheinlich, dass Moritz Stemming mehrere Menschen erpresst hat, um Geld für eine teure Krebstherapie zu bekommen. Detlef war ihm dabei zwar behilflich, aber nur am Rande eingeweiht. Wäre es nicht möglich, wenn nicht sogar wahrscheinlich, dass Detlef diese Erpressungen lieber selbst und auf eigene Rechnung durchführen wollte? Außerdem war er bestimmt verletzt, weil Moritz die Liebesbeziehung zu ihm abgebrochen hat. Also könnte es gut ein Verbrechen aus Leidenschaft gewesen sein, verbunden mit einem starken finanziellen Interesse.«

Ein Verbrechen aus Leidenschaft? Cressida erinnerte sich daran, wie sie sich gefühlt hatte, als Moritz sie betrogen hatte. Sie selbst hätte in diesem Moment von der Brücke springen mögen, aber andere Menschen trugen ihre Aggression nach außen, und wenn gerade zwischen Moritz und Detlef etwas Aufwühlendes vorgefallen war, wäre das Kehledurchschneiden vielleicht im Bereich von Detlefs Reaktionen gewesen, falls er eine Neigung zu Gewalttaten hatte. Um das einschätzen zu können, kannte sie ihn zu wenig.

Cressida verabschiedete sich von Hauptkommissar Grimm und fuhr mit dem Tram nach Hause. Sie hoffte, sie würde trotz dieses grausigen Fundes etwas Schlaf nachholen können.

14. KRYPTISCHES UND KRYPTOGRAFISCHES

Da war ein seltsames Geräusch, das sich in das samtige Dunkel ihres Schlafes drängte. Kein scharfes Kreischen oder Klingeln, sondern eher etwas Melodisches, La-dü-la-dü-di-da, das sich eindringlich wiederholte, immer lästiger wurde. Dieses Geräusch war fremd, gehörte nicht zu ihr, nicht zu ihrer Wohnung, dieses Gefühl der Fremdheit holte sie langsam von der Schlaftiefe zur Oberfläche zurück. Sie war wach. Ihr Schlafzimmer war heller als sonst, Licht schien durch die dichten Vorhänge. Der Blick auf die Uhr zeigte: schon 10 Uhr, heller Vormittag. Diesmal konnte sie jedenfalls nicht sagen, dass sie mitten in der Nacht aus dem Schlaf gerissen wurde. Nun wurde ihr auch klar, woher das penetrant wieder holte Geräusch stammte: Es war der Klingelton ihres neuen Handys.

Sie schaute auf das Display. Die Nummer kannte sie nicht, aber sie nahm den Anruf an.

»Ja bitte?«, sagte sie vorsichtig.

»Frau Kandel? Hier ist Hannes Kracht. Ich wollte Ihnen sagen, dass ich das Geheimnis Ihres Textes entschlüsselt habe. Das würde ich Ihnen gern zeigen. Haben Sie jetzt gerade Zeit, zu mir zu kommen?«

Und ob sie Zeit hatte! Endlich war die Aufklärung in Sicht, auf die sie so lange gewartet hatte. Kurz überlegte sie, ob sie Anna anrufen sollte, um ihr zu erzählen, dass sie auf dem Weg zu Hannes Kracht war. Aber nein, entschied sie, das wäre zu viel der Vorsicht. Anna würde sie später anrufen, wenn sie das Ergebnis kannte.

»Kommen Sie rein!« Hannes Kracht strahlte sie an. Jetzt, in ihrem ausgeschlafenen Zustand, fiel ihr auf, dass er goldbraune Augen und leicht schiefe Zähne hatte. »Schade, heute ohne Turban, aber die blauen Haare stehen Ihnen auch sehr gut!«

In seinem gut geheizten Arbeitsraum stand ein eingeschaltetes Notebook auf dem Tisch, daneben lag ein Stapel Papier, teils mit handschriftlichen Notizen bedeckt, teils mit ausgedrucktem Text. »Nehmen Sie Platz, ich möchte Ihnen zeigen, was in diesem Text alles verborgen ist!«

Sie setzte sich neben ihm auf das Sofa.

»Ich habe das Dokument eingescannt und noch mal ausgedruckt, um ein bisschen damit zu experimentieren«, begann er. Die Art, wie er das Wort »experimentieren« aussprach, zeigte ganz deutlich, dass dies seine Lieblingsbeschäftigung war.

»Zu Beginn habe ich die Textpassage, die nicht zu den anderen passt, durch ein paar Krypto-Analyseverfahren laufen lassen, und es war gar nicht so aufwendig, wie ich gedacht hatte. Zwei Stunden, dann hatte ich einen Ergebnisvorschlag, der realistisch wirkte: Eine Internetadresse für einen Cloud-Account, dic übrigens dic Zeichenfolge ›2022_Fall5‹ enthält, schauen Sie mal!«

Cressida rutschte näher heran, dabei bemerkte sie, dass sie auf einer zusammengefalteten Decke saß, die sich bei ihrer Bewegung in Falten warf. Sie zog die Decke unter sich hervor.

»Oh, Entschuldigung«, sagte Hannes Kracht schnell

und nahm ihr die Decke aus der Hand. »Das ist noch Dillingers Hundedecke, habe ich vergessen wegzupacken.«

Cressida lachte.

»Dillinger, danach wollte ich Sie gestern schon fragen, das ist ein ungewöhnlicher Name für einen Hund. War er Terrorist?«

»Nein, aber ein gefährlicher Räuber. Er hat mich immer genau beobachtet. Sobald ich nicht hingesehen habe, hat er mir die Wurst vom Teller geräubert.«

»Und wenn Sie gearbeitet haben, hat Dillinger auf seiner Decke neben Ihnen gesessen und Ihnen interessiert dabei zugesehen?«

»Ja, er fand das Schreiben auf der Tastatur sehr spannend, manchmal hat er selbst mit einer Pfote ein bisschen darauf getippt. Ich hatte immer den Verdacht, dass er in die Internetkriminalität einsteigen wollte, oder wenigstens mit meiner Kreditkarte ein paar Steaks bestellen.«

So viel Nähe, dachte Cressida, kein Wunder, dass Dillinger ihm fehlte. Ihr fiel auf, dass sie selbst sehr dicht an ihn herangerückt war, sie spürte seine Körperwärme. Sie versuchte, sich wieder auf den Bildschirm zu konzentrieren.

»Das sind also die Adresse und der Benutzername. Benutzername Max&Moritz, das hört sich gut an. Braucht man nicht auch noch ein Passwort?«

»Damit kommen Sie gleich zum schwierigsten Teil! An dem Passwort bin ich fast verzweifelt. Ich habe ein Programm nach dem anderen ausprobiert, ohne Erfolg, und schließlich war ich die Bildschirmarbeit mal wieder richtig leid und habe mich daran erinnert, dass ich eigentlich viel lieber mit den Händen arbeite.«

Seine breiten Hände lagen auf der Tastatur, aber man sah ihnen an, dass sie öfter mit gröberem Gerät zu tun hatten, an den langen Fingern waren feine weiße Linien von alten Narben zu erkennen.

»Und dann, als ich im Garten das Laub zusammenharkte, kam mir plötzlich etwas in den Sinn, was ich vorher nicht beachtet hatte, nämlich der Hinweis: vergleiche Seite fünf! Was wäre, wenn das Wort ›vergleiche‹ sich nicht auf den Inhalt, sondern auf die Form bezog? Also ging ich wieder an den Arbeitstisch und sah mir Seite fünf genauer an. Dort sind überwiegend Balkendiagramme abgedruckt, es gibt nur wenige Zeilen Text. Ich habe ein Stück Pergamentpapier genommen und die Umrisse der Textzeilen durchgepaust, dann das Blatt über die Seite sechs gelegt. Und tatsächlich, der Text, der dann in den umrandeten Stellen auftauchte, enthielt genau das Passwort!«

»Genial!«, sagte Cressida. »Darauf muss man erst mal kommen! Sie sind wirklich unglaublich!«

Er grinste.

»Freut mich immer, wenn ich so ein Problem knacken kann. Hier auf diesem Bildschirm sehen Sie die Dateien auf Moritz Stemmings Cloud-Account. Schauen Sie selbst.«

Er schob ihr die Maus zu, und sie öffnete die beiden Dateien hintereinander. Die erste war eine Enttäuschung, denn sie enthielt genau das Dokument, das sie schon in den Händen hielt. Aber bei der zweiten Datei, einem PDF-Dokument, wurde sie fündig. Sie enthielt Fotos von Banküberweisungen, die über Reto Langhausens Firmenkonto liefen, mit allen Folgedokumenten. Obwohl man da sicher näher hinschauen musste, wurde schnell klar, dass von den zehn Millionen, die Xavier Zeisig dort hingeleitet wurden, nur eine Million auf dem Konto verblieben war. Der Rest war über offensichtlich fiktive Dienstleistungsrechnungen gleich wieder an andere Zahlungsempfänger abgeflossen, eine Million davon sogar über verschiedene Mittelsfirmen auf ein Nummernkonto, das Reto Langhausen persönlich gehörte.

»Spannend!«, sagte sie. »Was mich wundert, ist die Bezeichnung ›2022_Fall5‹. Das lässt ja vermuten, dass es noch andere Fälle gibt, nämlich mindestens vier. Gibt es eine Möglichkeit herauszufinden, wo diese Fälle abgelegt sein könnten?«

»Wenn ja, dann nicht mit den Angaben aus diesem Dokument, da bin ich ziemlich sicher. Die Angaben zu anderen Fällen muss er woanders verschlüsselt haben, da bräuchten wir mehr Anhaltspunkte.«

Das war es also. Moritz hatte offenbar in diesem Jahr in großem Stil Erpressungen durchgeführt. In diesem Fall wollte er sicher damit drohen, die Finanztransaktionen aufzudecken und den Behörden zu melden, und jemand sollte dafür zahlen. Aber – würde man für eine Million jemanden umbringen? Ja, dachte Cressida, es wurde schon für sehr viel weniger gemordet. Trotzdem, jemandem wie Reto Langhausen würde sie das eigentlich nicht zutrauen. Cressida überlegte. Wenn Moritz dringend Geld brauchte, hatte er doch wahrscheinlich noch andere Erpressungsopfer. Und zu denen wollte er ihr nichts anvertrauen, anscheinend fühlte er sich nur in dieser Affäre bedroht. Es wäre wichtig, dass sie mehr Informationen bekam über Moritz' andere Aktivitäten. Hauptkommissar Grimm war überzeugt, dass Detlef der Mörder war, aus Rache und Geldgier. Aber Cressida vermutete, dass es mehr zu entdecken gab. Was sollte sie tun? Sie musste etwas unternehmen. Jetzt kam ihr die alte Hercule-Poirot-Strategie wieder in den Sinn – sie würde alle Verdächtigen einladen, sie mit Vorwürfen konfrontieren und darauf warten, dass sich jemand verriet. Nicht gerade vielversprechend, musste sie sich eingestehen, aber es würde bestimmt ein interessantes Treffen werden.

»Für diesen Fall ist das genau das Material, nach dem ich gesucht habe«, sagte sie zu Hannes Kracht. »Wie kann ich das jemals wiedergutmachen? Ich meine, ich zahle natürlich sowieso den üblichen Stundensatz, Sie müssen mir nur sagen, wie viel. Unabhängig davon bin ich wirklich unsagbar dankbar, wie engagiert Sie sich um mein Problem gekümmert haben.«

»Auf gar keinen Fall!« Er sah sie entsetzt an. »Ich würde doch von Ihnen kein Geld annehmen! Wenn ich das gewollt hätte, hätte ich es natürlich vorher angekündigt. Nein, ich habe mich auch mit diesem Problem beschäftigt, weil ich die Herausforderung spannend finde. Was halten Sie nur von mir?«

Andererseits wäre es unhöflich gewesen, das nicht einmal anzubieten, dachte Cressida. Wieder einmal war es schwierig, sich durch das tägliche Leben zu lavieren, ohne jemanden zu beleidigen, und gerade zu Hannes Kracht hätte sie gern ein freundschaftliches Verhältnis gehabt, hoffentlich war es dafür nicht zu spät.

Er musste ihr die Verzweiflung am Gesicht abgelesen haben, denn er legte seinen Arm um ihre Schultern.

»Tut mir leid, da habe ich wahrscheinlich ein bisschen überreagiert. Ich habe es nicht so gemeint. Tatsache ist, ich begegne immer nur Menschen, die mir zu viel oder zu wenig anbieten, keiner macht es richtig. Und weil keiner es richtig macht, liegt der Verdacht nahe, dass es vielleicht doch an mir liegt. Wenn Sie mir etwas Gutes tun möchten, können Sie ja mal was für mich kochen, das würde mich freuen.«

Das hörte sich sehr versöhnlich an, und Cressida beschloss, ihn gleich auf die Probe zu stellen.

»Das war doch sowieso schon versprochen! Ich koche sehr gern – darf ich Sie vielleicht gleich zweimal zum Abendessen einladen? Einmal heute für eine Art Arbeitsessen, und dann noch einmal an einem Tag Ihrer Wahl, nur für Sie allein?«

»Ein Arbeitsessen für einen Tüftler?« Er lachte. »Wie soll das aussehen? Möchten Sie vielleicht wissen, ob ich die Zutaten alle herausfinde? Ist es ein Quiz-Abend?«

»Nein, ich befürchte, es ist etwas Ernsteres.« Sie spürte, wie er seinen Arm von ihrer Schulter nahm, und erst jetzt fiel ihr auf, dass er schon eine Weile dort gelegen hatte, es hatte sich so natürlich angefühlt. »Für heute Abend möchte ich alle einladen, die irgendwie mit Moritz zu tun hatten, und zusätzlich Menschen, zu deren Urteilsfähigkeit ich großes Vertrauen habe.«

»Dann kann ich mich wohl zu den Letzteren zählen, danke für das Kompliment! Sie wollen doch wohl nicht etwa eine große Aufklärungsrunde mit allen Verdächtigen nach dem Muster von Agatha Christie veranstalten und wie Hercule Poirot oder Ariadne Oliver den Mörder zu einem unwillkürlichen Eingeständnis seiner Schuld bringen? Ich möchte Sie ja nicht entmutigen, aber ich hatte bis jetzt immer den Eindruck, dass so etwas nur im Roman oder im Kino funktionieren kann.«

Natürlich hoffte sie das insgeheim, auch wenn sie das nie zugeben würde, und es war nicht nett von ihm, sie auf die geringe Erfolgswahrscheinlichkeit in der Realität hinzuweisen.

»Nein, so optimistisch bin ich nun auch wieder nicht«, behauptete sie, »aber wenn ich alle Betroffenen zusammenbringe und ihnen die Fakten vorlege, kommen sicher ein paar neue, interessante Gesichtspunkte ans Licht.«

»Sollte ich als alter Soldat, also als Captain Hastings, eine Waffe mitbringen? Oder wartet die Polizei hinter dem Vorhang?«

»Nein, die Polizei bekommt die Informationen erst hinterher, die würden nur alles verderben, da bin ich sicher. Wie sieht es aus, mögen Sie dabei sein? Wenn Sie lieber nicht kommen möchten, kann ich das gut verstehen, Sie können es mir unbesorgt sagen.«

»Wäre denn außer mir noch jemand dabei, zu dessen Urteilsvermögen Sie volles Vertrauen haben?«

»Ja, ich werde Anna einladen.«

»Anna! Ja, das wird lustig, das möchte ich auf gar keinen Fall verpassen. Um welche Zeit soll ich kommen?«

»Ab 19.30 Uhr gibt es einen Apéro, und um 20 Uhr wird gegessen.«

»Alles klar. Ich bin dabei.«

15. UNTERWEGS IN ZÜRICH

Wenn sie für diesen Abend Leute zum Essen einladen wollte, musste sie das bald planen, und vor allem etwas Essbares einkaufen. Für die Mahlzeit an sich war nicht allzu viel Planung notwendig. Schließlich gab es nur ein Gericht, das sie richtig gut kochen konnte, das war ein Gemüsecurry. Beim *Coop* am St. Annahof würde sie wahrscheinlich alles Nötige bekommen, überlegte Cressida. Sie stand an der Haltestelle Hardbrücke, das passte gut, mit dem 8er Tram konnte sie bis zum Paradeplatz fahren. Am besten kümmerte sie sich auch gleich um die Einladungen. Es war gerade 11 Uhr, und sie hoffte, dass Anna heute um diese Zeit schon an ihr Telefon gehen würde.

Sie öffnete ihr Smartphone und wollte gerade Annas Nummer heraussuchen, als sie von der Seite am Ärmel gezupft wurde.

»Handys machen das Klima krank«, sagte neben ihr ein etwa vierjähriges Mädchen und versuchte, ihr das Telefon aus der Hand zu nehmen. Cressida gelang es mühelos, dem Griff auszuweichen.

»Ach! Woher weißt du das?«, fragte sie.

»Das hat Papa mir erzählt. Mein Papa weiß nämlich alles.«

Cressida musterte das Mädchen. Es trug einen pinkfarbenen Plüschmantel mit Teddy-Ohren an der Kapuze. Ein Papa war weit und breit nicht zu sehen, überhaupt stand niemand an dieser Tramhaltestelle außer ihnen beiden.

»Und wo ist dein Papa jetzt?«

»Papa treibt sich rum.«

Aha. Interessant. Sollte dieses kleine Mädchen ganz allein an einer Tramhaltestelle stehen? Cressida beschloss, sie während ihres Telefonats im Auge zu behalten.

»Glaub mir, dein Papa weiß auch nicht alles.« Unter dem misstrauischen Blick des Mädchens rief sie Anna an, und Anna antwortete fast sofort, das war sehr ungewöhnlich.

»Ach du bist es, Cressida! Was hast du schon wieder angestellt?«

»Anna, ich habe einen wirklich guten Plan. Ich lade für heute Abend alle Leute zum Essen ein, die mal mit Moritz zu tun hatten. Und dazu dich und Hannes Kracht. Was hältst du davon?«

»Das ist bestimmt kein schlauer Plan, so eine Konfrontationsrunde einzuladen. Was willst du damit erreichen? Hast du vor, Reto und seine Firma zu erpressen, dass sie deinen nächsten Krimi verfilmen? Oder willst du, dass Robert Jorgensen dich in den Drogenhandel einführt?«

»Anna, ich bin doch keine Erpresserin! Das war ein wirklich schlechter Scherz von dir! Ich möchte alles auf den Tisch legen, was wir über Moritz wissen, dann kann jeder damit anstellen, was er will. Von da an ist das Thema für mich vom Tisch, soll die Polizei auf ihre Art weiterermitteln, ich mache dann nichts mehr.«

»Versprochen?«

»Ja, versprochen. Könntest du für mich Reto und Frau von Steinen einladen, für heute Abend um 19.30 Uhr bei mir, und wenn es geht, auch Herrn Zeisig?«

»Also gut. Ich werde mir Mühe geben. Bis später, und lass dich nicht wieder überfallen!«

Als Cressida aufgelegt hatte, bemerkte sie eine große blonde Frau, die die Hardbrücke hochhetzte. Die Frau trug einen pinkfarbenen Plüschmantel mit Teddyohren an der Kapuze, so wie das kleine Mädchen, nur ungefähr fünfmal so groß.

»Ist das deine Mama?«, fragte Cressida.

»Sag ich nicht.« Das Mädchen presste die Lippen aufeinander.

»Entschuldigen Sie«, keuchte die rosa Plüschfrau, »haben Sie hier in der Gegend irgendwo ein Handy herumliegen sehen, in einer Roségoldhülle?«

So etwas hätte sie wirklich nicht übersehen können.

»Nein, tut mir leid. Wo genau haben Sie es denn verloren?«

»Wenn ich das nur wüsste!« Die Frau warf dem Mädchen einen wütenden Blick zu. »Meine Tochter hat es einfach aus meiner Tasche genommen und weggeworfen! Das finde ich jetzt nie wieder!«

»Sie könnten es mit einem anderen Handy anrufen, dann hören Sie doch, wo es liegt.«

»Ich hatte es auf stumm geschaltet, damit Lisa sich nicht immer so aufregt!«

Das 8er Tram fuhr ein, und Cressida stieg ein, gefolgt von der Frau und dem Mädchen. Sie setzten sich ihr gegenüber.

»Mama, die Frau da ist eine Erpresserin.«

Der junge Mann auf der anderen Seite des Ganges ließ sein Handy sinken und schaute interessiert herüber.

»Lisa, das sagt man nicht! Wie kommst du bloß auf so was?«

»Hat sie selbst gesagt!«

Cressida tat so, als ob sie nichts gehört hätte. Robert

Jorgensen würde sie nachher in Ruhe von zu Hause aus anrufen. In Zürich waren zu viele gefährliche Menschen unterwegs, das fing schon im Kindesalter an.

16. CRESSIDA BEKOMMT SCHON WIEDER BESUCH

»Wirklich Wahnsinn, dass alle zugesagt haben, findest du nicht?« Anna konnte es kaum fassen. Cressida war sehr froh, dass Anna früher kommen konnte, allein hätte sie diesen Riesenberg an Gemüse nicht kleinschneiden können. »Ich finde, das habe ich richtig gut gemacht.«

Tatsächlich hatten alle versprochen, zum Essen zu kommen: Reto Langhausen, Frau von Steinen, Herr Zeisig und Robert Jorgensen.

»Hattest du nicht erzählt, dass die Polizei nach Robert Jorgensen sucht? Und dann kommt der einfach zu dir zum Essen?«

»Ich habe mich auch gewundert, anscheinend haben die sich das anders überlegt und halten ihn doch nicht für verdächtig. Es war ganz einfach: Robert Jorgensen steht im Telefonbuch. Ich habe ihn angerufen, er hat meine Einladung angenommen. Anscheinend bin ich in letzter Zeit sehr gut darin, Leute zu überzeugen!«

»Wie hast du das denn hingekriegt, obwohl er dich überhaupt nicht kennt?«

»Ich habe ihm, angeblich ganz im Vertrauen, gesagt, dass ich geheime Informationen gefunden habe, die Moritz Stemming gesammelt hat, und dass ich das in einer Runde von Betroffenen diskutieren möchte. Dass wir darüber sprechen sollten, was mit den jeweiligen Originaldokumenten passiert, damit sie nicht zum Schaden der Opfer von irgendjemandem ausgenutzt werden können.«

»Aber dann hat er doch sicher gefragt, was geht mich das an?«

»Klar hat er das gefragt, es hätte sehr seltsam gewirkt, wenn er das nicht getan hätte. Und ich habe dann gesagt, es betrifft nicht Sie persönlich, aber jemanden aus Ihrem näheren Bekanntenkreis. Da ist es in jedem Fall besser, über alles informiert zu sein.«

Anna, die gerade Paprika in Schnitze zerteilte, hielt ihr warnend ein rotes Stück vor die Nase. »Cressida, ich hätte nicht gedacht, dass ich das mal zu dir sagen würde, aber: Du bist noch viel verrückter als ich! Dir ist hoffentlich klar, was jetzt alle von dir denken. Du solltest dir so schnell wie möglich eine Riege von gut bewaffneten Bodyguards zulegen!«

»Ja, ich weiß. Alle müssen mich für eine skrupellose Erpresserin halten. Einige werden kommen, um herauszufinden, ob sie mich bei der Polizei anzeigen können, andere, um herauszufinden, was mein Preis ist.«

»Und einige werden nach einer Gelegenheit suchen, dir Gift ins Essen zu streuen. Verdammt, Cressida, du lebst wirklich gern gefährlich.« Sie steckte den Paprika-Schnitz in den Mund und schnippelte weiter.

»Dann bringe ich jetzt einen gefährlichen Teil gleich zu Ende, obwohl du mit einem Messer bewaffnet bist.«

Anna hielt das Rüstmesser hoch.

»Stimmt. Sehr scharf, und mit Reißzähnen bestückt. Also, was ist es?«

»Hannes Kracht hat tatsächlich Fotos der belastenden Bankdokumente gefunden, die beweisen, dass beim Verkauf von Reto Langhausens Film-GmbH Geldwäsche im großen Stil betrieben wurde. Die Zahlungen liefen zum großen Teil über Reto Langhausens Konto, er muss davon gewusst haben.«

Anna hackte wild auf das Gemüse los.

»Wie oft muss ich dir das noch sagen? Reto hat vielleicht gewusst, dass da etwas nicht ganz legal war, aber ich glaube nicht, dass er das wirklich ernst genommen hat. Oder dass er es schlimm fand. Ich meine, ein bisschen Steuerhinterziehung, das macht jeder mal, da kommt man doch nicht gleich ins Gefängnis.«

»Es ist ein ziemlicher Unterschied zwischen ein bisschen Steuerhinterziehung und einer Geldwäsche von zehn Millionen, die möglicherweise aus gewerblicher Kriminalität stammen. Die Anfangszahlung, also die Überweisung von zehn Millionen an Retos Geschäftskonto, wurde von einer Bank auf den Bahamas getätigt, auf der unter anderem Mafia-Gelder verwaltet werden. Das ist allgemein bekannt, konnte aber bisher noch nicht hieb- und stichfest nachgewiesen werden. Und dann hat Reto für irgendwelche angeblichen Dienstleistungen gleich danach neun Millionen wieder ausgegeben.«

»Nicht nachgewiesen, du sagst es! Und Retos Gläubiger werden eben schon lange auf ihr Geld gewartet haben, deshalb hat er sofort bezahlt.«

»Du glaubst doch selbst nicht, dass Reto neun Millionen Schulden hatte, bevor er seine Firma verkaufte! Außerdem ist einer von diesen Rechnungsbeträgen auf seinem eigenen Konto gelandet, sieht das nicht ein bisschen verdächtig aus?«

»Ja schon. Aber trotzdem, Reto ist keiner, der jemanden umbringen würde. Schon gar nicht wegen Geld. Ihn interessiert nur seine Kunst, und da nimmt er an Förderung halt mit, was sich so bietet.«

»Und was, meinst du, würde er tun, wenn ihn jemand erpresst?«

»Er würde einfach abwarten, ob das wieder vorbeigeht. Dieser Mann ist total entspannt, das kannst du dir gar nicht vorstellen.«

»Aber es wäre der Ruin für ihn und seine Firma, wenn das rauskäme.«

»Trotzdem, glaub mir, er würde nichts tun. Aber wart mal – ich weiß schon, wer sich dadurch total bedroht fühlen würde: Frau von Steinen! Sie ist nur deshalb noch ein Star, weil Reto sie in seinen Filmen immer groß rausbringt. Wenn er untergeht, ist ihre Karriere auch zu Ende. Außerdem betet sie ihn an. Und sie ist eine sehr leidenschaftliche Frau, das hast du sicher auch beobachtet. Vielleicht hat Moritz sich direkt an sie gewandt. Oder an Xavier Zeisig, der sein Geld in der Firma gewaschen hat.«

»Frau von Steinen, ja, zugegeben, ich würde ihr das zutrauen. Nach allem, was du mir erzählt hat, würde sie für Reto alles tun. Und was ist mit Xavier Zeisig? Der war an dem Abend überhaupt nicht im Kino, obwohl er angekündigt war.«

»Er hat abgesagt, weil er angeblich was anderes vorhatte, hast du erzählt. Aber du warst doch selbst oft genug im *Filmpodium*. Wenn man sich da kurz vor oder kurz nach der Vorstellung ohne Karte einschleichen möchte, findet man schon eine Gelegenheit. Das Kino geht davon aus, dass alle Menschen ehrlich sind, das finde ich wunderbar, aber manchmal gibt es eben Leute mit sehr viel krimineller Energie.«

»Also gut, ich stelle Reto auf meiner Prioritätenliste der Verdächtigen auf die letzte Stelle! Und es gibt anscheinend noch mehr Kandidaten. Die Bezeichnung der Cloud-Datei, auf der Hannes Kracht die belastenden Dokumente gegen Retos Firma gefunden hat, enthält die Worte ›2022_Fall5‹. Daraus schließe ich, dass es mindestens vier andere Fälle gegeben haben muss. Zum Beispiel könnte Robert Jorgensen, Detlefs Bruder, wegen seiner Aktivitäten im Drogenhandel erpresst worden sein – vielleicht hatte Moritz mit Hilfe von Detlef genügend Beweismaterial gesammelt, um der Polizei eine Anklage und einen lohnenden Fund zu ermöglichen.«

»Aber du hast leider keine Ahnung, wo man die Beweise dafür finden könnte.«

»Nein, wie du sagst, keine Ahnung. Als Krimischriftstellerin könnte ich mir natürlich viele Verstecke vorstellen – Detlef könnte einen USB-Stick auf dem Schwimmer im Wasserkasten seines Hotel angebracht haben oder unter einen Barhocker in der *Lotusbar* geklebt oder auf seinen Schenkel tätowiert haben …«

»Hör auf, hör auf, bevor es noch schlimmer wird!« Anna lachte und schlitzte mit dem Rüstmesser eine Aubergine auf. »Wir fassen zusammen – du bist nicht nur verrückt, sondern auch tollkühn. Deshalb mag ich dich ja so. Wie lange haben wir noch, bis die ersten Gäste kommen?«

»Ich habe allen gesagt, so ab 19.30 Uhr können sie für einen Aperitif kommen, also haben wir noch 20 Minuten – oh verdammt, das wird knapp!« Sie streute reichlich Kurkuma, Kreuzkümmel, Koriander und Chilipulver in das brutzelnde Fett der riesigen Pfanne. »Ich hoffe, dass alle ein scharfes Gemüsecurry mögen und mein Essen die Gäste redefreudiger macht!«

Es läutete an der Tür.

»Viel zu früh«, murmelte Cressida verärgert vor sich hin, »Gäste dürfen nicht zu früh kommen, das ist streng verboten!« Sie nahm die Schürze ab und ging zur Tür. Als sie durch den Türspion sah, überkam sie schon wieder ein Déjà-vu. Dort standen zwei Polizisten, nämlich die Kommissare Bircher und Zimmerli. Es war doch wohl nicht möglich, dass die beiden schon wieder vorhatten, sie zu einem Verhör vorzuladen! Cressida nahm sich vor, ruhig zu bleiben.

»Guten Abend, meine Herren, was kann ich diesmal für Sie tun?«, fragte sie.

Kommissar Bircher räusperte sich. Er trat nicht so selbstbewusst auf wie sonst, bemerkte sie.

»Guten Abend, Frau Kandel. Dürften wir wohl für einen Augenblick hereinkommen?«

»Natürlich, gern, wir sind gerade beim Kochen. Dies ist meine Freundin Anna Bergmann – Anna, das ist Kommissar Bircher, das ist Kommissar Zimmerli, wir kennen uns inzwischen durch einige Verhöre ziemlich gut. Möchten Sie einen Aperitif?«

»Oh nein, vielen Dank, wir sind im Dienst. Wir sind persönlich vorbeigekommen, weil es gerade auf unserer Strecke lag, und wollten Sie nur fragen, ob Sie uns von Ihrer Kopie des Artikels von Moritz Stemming eine Kopie machen könnten?«

»Eine Kopie der Kopie? Natürlich, das mache ich gern. Kann ich Ihnen das am späteren Abend per E-Mail zuschicken? Ich erwarte gleich Gäste, und ehrlich gesagt bin ich mit dem Kochen ein bisschen spät dran. Aber ich schicke es bestimmt!«

»Vielen Dank! Heute Abend reicht vollkommen aus. Am besten an diese E-Mail-Adresse.« Er reichte ihr eine Karte.

»Geht klar. Aber Moment mal, was ist denn mit Ihrem

eigenen Exemplar passiert? Ist es unerwartet in Flammen aufgegangen, als Sie es einscannen wollten?«

»Wir vermuten, dass ein Besucher es vom Schreibtisch von Hauptkommissar Grimm hat mitgehen lassen, als der gerade nicht im Raum war. Leider können wir ihn zurzeit nicht erreichen, er hat sein Handy ausgeschaltet. Nach so vielen Stunden im Dienst ja auch kein Wunder, der Kollege muss völlig erschöpft sein. Vielen Dank im Voraus, Frau Kandel, noch gutes Gelingen!«

»Gleichfalls!«

»Mannomann«, sagte Anna, als Cressida die beiden hinausbegleitet hatte, »dieses Dokument muss es ja wirklich in sich haben! Kommen jetzt die Zwiebeln in die Pfanne oder erst das Tomatenmark?«

»Erst die Zwiebeln, dann das Tomatenmark, dann das Gemüse, dann die Kokosmilch. Super, wie du das machst. Und schön, dass du wieder Pfefferminze mitgebracht hast, die können wir in den Joghurt tun, den es zum Abkühlen als Beilage gibt.«

Cressida deckte den Tisch im Wohnzimmer für sieben Personen.

»Am liebsten würde ich Platzkarten hinstellen«, sagte sie. »Dann könnte man verhindern, dass Leute, die unter einer Decke stecken, sich gegenseitig mit den Füßen Signale geben.«

»So wie Reto und ich, meinst du? Du schreibst zu viele Kriminalromane, glaube ich!«

Noch fünf Minuten, bis die ersten Gäste zu erwarten waren. Das Curry brodelte vor sich hin, die Getränke waren kaltgestellt, mehr konnten sie im Moment nicht tun.

Gerade wollten sie es sich bequem machen, da läutete es an der Tür. Diesmal waren es drei Gäste, die gleichzeitig ankamen: Reto Langhausen, Marianne von Steinen und ein Mann, den Cressida nicht kannte. Ein unauffälliger kleiner Mann mit auffällig abstehenden Ohren, der sich selbst vorstellte. »Guten Tag, Frau Kandel, wie Sie sehen, bin ich Ihrer freundlichen Einladung gefolgt. Mein Name ist Xavier Zeisig. Meinen Regisseur und seine Hauptdarstellerin kennen Sie ja schon.«

Frau von Steinen kam lächelnd auf Cressida zu.

»Frau Kandel, wie schön, und Sie haben für uns gekocht, das finde ich wunderbar. Ich habe gehofft, dass wir uns unter vier Augen unterhalten würden, aber das können wir sicher später nachholen.«

Von Reto Langhausen bekam Cressida eine Flasche Wein und einen freundlichen Händedruck, bevor er sich Anna zuwandte. Sie begrüßten sich mit Küsschen und Umarmung.

Gerade wollte Cressida in die Küche gehen, um nach dem Curry zu sehen, da läutete es schon wieder an der Tür. Robert, Detlefs Bruder, war einer von den beneidenswerten Menschen, die sämtliche Gefühlsregungen hinter einem Pokerface verbergen konnten. Sie selbst war wieder erschrocken darüber, wie ähnlich er seinem Bruder sah. Was mochte zwischen den beiden vorgefallen sein, dass sie sich so sehr hassten?

»Guten Abend«, sagte er und warf einen schnellen Blick in die Runde der Anwesenden. »Danke für die Einladung.« Es hörte sich aber nicht besonders dankbar an.

»Bitte, nehmen Sie doch Platz! Als Erstes gibt es ein Cüpli als Aperitif. Anna, könntest du ausschenken? Nach dem Essen können wir uns alle in Ruhe unterhalten.«

Cressida eilte in die Küche und rührte das Curry um. Verdammt, die Auberginen waren noch immer ein wenig gummiartig, die hätte sie vorher in den Backofen tun sollen, immer fielen ihr solche Dinge zu spät ein. Wenn sie einmal speziell für Hannes Kracht kochen sollte, würde sie noch ein bisschen üben müssen. Wo blieb er eigentlich? Es war schon 19.50 Uhr. Sie schaute in den Reistopf – ja, glücklicherweise war wenigstens der gelungen, weich gekocht, aber körnig. Fast hätte sie vergessen, den Joghurt anzurühren! Jetzt noch schnell die Pfefferminzblätter zupfen und waschen, untermischen, ein paar Blätter als Dekoration, fertig. 20 Uhr, gerade geschafft. War die Aubergine inzwischen weicher geworden? Ja, es ging, aber dafür wirkten die Okra-Schoten schon etwas schleimig. Egal, nun wurde kurz abgeschmeckt, etwas Ingwer dazu, fertig zum Servieren. Cressida füllte drei Schüsseln, stellte sie auf ein Tablett und trug sie ins Wohnzimmer.

»Ah, das duftet sehr gut«, sagte Frau von Steinen, höflich wie immer. »Mit frischem Koriander, das ist so ein schönes Aroma.«

Alle bedienten sich aus den Schüsseln, das war ein gutes Zeichen, dachte Cressida, immerhin zeigte das doch ein Minimum an Kooperationsbereitschaft.

Gerade wollte sie sich selbst etwas Reis auf den Teller tun, da läutete es an der Wohnungstür. Endlich, es war ja auch Zeit, dass Hannes Kracht auftauchte, dachte sie und öffnete die Tür. Aber vor ihr stand statt des erwarteten Gastes Hauptkommissar Grimm.

»Herr Grimm! Was verschafft mir die Ehre?« Sie war wirklich überrascht, ihn zu sehen – hatten seine Kollegen nicht vorhin gesagt, dass er sich nach einer viel zu langen Schicht endlich einmal ausschlafen wollte? Er wirkte tatsächlich so, als ob er eine Erholung dringend nötig hätte. Die dunklen Ringe unter den Augen waren tiefer geworden, sein Gesicht war gerötet, sein Hemd schien verschwitzt. Dieser Fall schien ihn zwanghaft zu beschäftigen.

»Frau Kandel, tut mir leid, dass ich Sie so unangemeldet störe, aber ich möchte Sie um etwas bitten. – Oh, ich sehe, Sie haben gerade Besuch!« Er blickte durch die offene Wohnzimmertür, wo er sicher den Rücken von Reto Langhausen und den gedeckten Tisch erkennen konnte. »Uns ist nämlich das einzige Exemplar von Moritz Stemmings Artikel verloren gegangen, bevor wir dazu gekommen sind, es einzuscannen. Würden Sie mir vorübergehend Ihr Exemplar überlassen? Ich bringe es Ihnen morgen zurück.«

Er sah so verzweifelt aus, dass er ihr leidtat.

»Kommen Sie, essen Sie mit uns zu Abend«, sagte sie. »Den Artikel brauchen Sie nicht in Papierform mitzunehmen. Ihre Kollegen waren vorhin hier und haben mir schon von dem Verlust erzählt, und ich habe ihnen versprochen, den Artikel per E-Mail zu schicken. Damit waren sie einverstanden.«

»Die Mühe brauchen Sie sich nicht zu machen, das sind ja so viele Seiten«, antwortete er. »Wenn ich den Artikel mitnehme, kümmere ich mich schon um alles. Ich will Ihnen wirklich nicht zur Last fallen, am besten nehme ich ihn gleich mit und gehe wieder.«

»Nein, nein, das kann ich nicht zulassen! Sie sehen so aus, als ob Sie eine Stärkung dringend nötig hätten. Kommen Sie!« Eigentlich hatte sie die Polizei erst nach diesem Treffen einschalten wollen. Aber inzwischen waren ihr doch Zweifel gekommen. Erstens hatten Annas Worte in ihr nachgewirkt, dass sie tollkühn sei und mit ihrem Leben spiele. Außerdem fühlte sie sich nicht mehr so stark wie vorhin. Momentan bestand ihre eigene Verstärkung nur noch aus Anna, und ihr standen vier Verdächtige gegenüber. Sie musste sich ein bisschen mehr absichern, auch wenn das die Erfolgsaussichten verringerte. »Es ist nur ein Abendessen, das wird Ihnen guttun.«

Zögernd folgte Hauptkommissar Grimm ihr ins Wohnzimmer. Als er eintrat, wurde die Stimmung im Raum spürbar frostig. Robert Jorgensen fasste sich als Erster.

»Wenn ich gewusst hätte, dass dies ein offizielles Verhör wird, hätte ich meinen Anwalt mitgebracht«, sagte er. »Muss ich mir über irgendetwas Sorgen machen?«

»Keine Sorge, Herr Grimm ist überhaupt nicht offiziell hier, ich habe nicht mit ihm gerechnet. Aber da er nun einmal hier ist und hungrig aussieht, habe ich ihn zum Essen eingeladen. Er braucht eine Stärkung, bevor er sich wieder auf den Weg macht.« Cressida erkannte, dass ihre Begründung nicht besonders überzeugend wirkte, aber welche Geschichte hätte besser gewirkt? Ihr fiel im Moment nichts Besseres ein.

»Frau Kandel, ich glaube, es ist wirklich besser, wenn ich gehe, ich sehe, ich störe Ihre Gesellschaft.« Der Ton von Hauptkommissar Grimm war kläglich, man sah ihm an, dass er sehr gern sofort verschwinden würde. Doch genau das stachelte Cressidas Widerspruchsgeist an. Es war gerade so eine interessante elektrisch aufgeladene Stimmung entstanden, auf die wollte sie nicht verzichten.

»Sie sind mein Gast«, beschied sie Herrn Grimm, »und ich hoffe, dass Ihnen mein Essen schmeckt.« Sie bat ihn an den letzten unbesetzten Platz. Anscheinend war mit Hannes Kracht nicht mehr zu rechnen, dachte sie, und gleichzeitig ärgerte sie sich, dass sie darüber so enttäuscht war.

Die übrigen Gäste taten so, als ob nichts passiert wäre, und wandten sich ihrem Essen zu. Sie hatte die Kari-Blätter vergessen, bemerkte Cressida jetzt, überhaupt war das Essen zu wenig scharf gewürzt, damit konnte man niemandem einheizen.

»Dann ist dies also dein Moritz Stemming-Gedächtnisessen?« Anscheinend wollte Anna ein Gespräch in Gang bringen. »Du hast ihn mal sehr gern gehabt, stimmt's? Bevor er dich so verletzt hat, meine ich?«

Cressida war nicht begeistert davon, dass ihre privatesten Gefühle nun Gegenstand der allgemeinen Unterhaltung sein sollten. Aber andererseits war das ein geschickter Schachzug von Anna. Wenn Cressida selbst Schwächen zeigte, hatten die anderen vielleicht weniger Hemmungen, ihre eigenen zu offenbaren.

»Ja, ich hatte ihn gern, obwohl er so ein schwieriger Mensch war. Er hat an sich selbst gelitten, und deshalb musste man ihm immer wieder verzeihen, aber er konnte wirklich rücksichtslos sein.«

Reto Langhausen nickte zustimmend.

»Ich habe ihn zwar nur mal flüchtig auf einem Empfang getroffen, aber ich hatte auch den Eindruck, dass dies ein Mensch mit einem schwierigen Schicksal war, jemand, der nirgendwo seinen Platz finden konnte. Über so ein Leben müsste man einen Film machen, habe ich gedacht.«

»Du denkst immer so gut von allen Menschen!«, rief Frau von Steinen. »Auch oder besonders von denen, die es nicht verdient haben. Also zu Moritz Stemming habe ich eine eigene Meinung. Er konnte sehr liebenswert sein, aber nur, wenn er wollte. Ich weiß, dass er im letzten Jahr sehr krank geworden ist und dringend viel Geld für eine teure Behandlung brauchte. Aber deshalb muss man doch nicht andere Menschen ins Unglück stürzen!«

»Was meinst du damit?«, fragte Reto Langhausen. Anna

hatte recht, dachte Cressida, dieser Mann musste wirklich sehr unschuldig sein.

»Auch wenn das an dir vorbeigegangen sein sollte – Moritz Stemming hat sich in den letzten Wochen seines Daseins als besonders skrupelloser Erpresser betätigt. So, jetzt habe ich es wenigstens einmal ausgesprochen!«

Die Rechnung ging auf, dachte Cressida. Unter normalen Umständen hätte Frau von Steinen nie zugegeben, dass sie von Moritz' Erpressungen wusste, denn das brachte sie selbst ja auf die Liste der Verdächtigen. Im Moment schien ihr das jedoch gleichgültig zu sein.

»Als Erpresser? Aber das hat er bestimmt nicht ernst gemeint. Er war sicher nur verzweifelt und in Todesangst«, erwiderte Reto Langhausen.

Anna mischte sich ein.

»Wenn er ein Erpresser war und dringend viel Geld brauchte, hat er sicher vielen Menschen gedroht. Und irgendwie haben wir doch alle etwas zu verbergen, oder nicht? Nur raus damit, sodass es nicht mehr wehtut! Cressida, wie war das bei dir?«

Cressida beschloss mitzuspielen.

»Ich habe ihm einen sehr bitteren Liebesbrief vor ein paar Jahren geschrieben, nachdem er mich betrogen hatte. Diesen Brief möchte ich auf keinen Fall in einem Artikel oder in den sozialen Medien sehen. Am liebsten hätte ich ihn gleich zurückgezogen, nachdem ich ihn geschrieben hatte, aber es war natürlich zu spät.«

»Ja, das Briefeschreiben!« Anna schien sich gut zu unterhalten. »Und wie sieht das bei Ihnen aus, Herr Jorgensen?«

Robert Jorgensen trank ungerührt sein Bier aus. »Ich habe keine Ahnung, was das hier alles soll. Ich kannte diesen Moritz Stemming nicht, und ich habe auch nichts zu verbergen.«

»Auch nicht ein kleines bisschen? Etwas mit Drogen zum Beispiel, waren Sie nicht mal im Gefängnis?«

Er stellte sein leeres Bierglas so bewusst vorsichtig auf den Tisch, dass alle den Atem anhielten. Aber es folgte nicht der erwartete Ausbruch, sondern eine ruhige Antwort. »Ja, ich war schon mal im Gefängnis. Und Sie?«

Anna errötete. Anscheinend hatte sie mit dieser Frage nicht gerechnet. Doch sie reagierte schnell. »Ja«, sagte sie, »ich war auch schon im Gefängnis. Wegen Ladendiebstahls. Und ich habe meine Strafe abgesessen.«

Das hatte Anna ihr nie erzählt! Wenn sie wegen so einer Kleinigkeit im Gefängnis gewesen war, musste sie Wiederholungstäterin gewesen sein. Deshalb also die Selbsthilfegruppe »Kaufgerauscht«, von der sie erzählt hatte! Dieser Abend wurde aufschlussreicher, als Cressida gedacht hatte.

Reto Langhausen legte seine Hand auf Annas Schulter.

»Wie du schon gesagt hast, wir haben alle etwas zu verbergen. Ich bin sicher, dass die Steuerbehörde nicht so genau auf meinen Firmenverkauf schauen darf, aber diese Art von Vergehen hat schließlich überhaupt kein Opfer, ich meine, die Kaufhäuser sind gegen Diebstahl versichert, die Steuern werden von der Regierung ohnehin auf nutzlose Projekte verschwendet, es kommt dabei doch nicht wirklich jemand zu Schaden!«

Offenbar fiel ihm nicht auf, dass Xavier Zeisig, der neben ihm saß, ihn mit sehr unfreundlichen Blicken bedachte.

»Ich möchte bei dieser Gelegenheit klarstellen«, sagt Herr Zeisig, »dass von meiner Seite beim Kauf Ihrer Firma alles einwandfrei in Ordnung und 100-prozentig sauber abgelaufen ist! Die Behörden können jederzeit in meine Bücher sehen.«

»Siehst du das wirklich alles so locker?«, fragte Frau von Steinen an Reto gewandt. Seit seine Hand auf Annas Schulter lag, war ihr Gesichtsausdruck sehr streng geworden. »Es ist nicht ohne, von jemandem erpresst zu werden. Ein Erpresser kann ein ganzes bürgerliches Leben zerstören, denn wenn eine Straftat aufgedeckt wird, verliert der Erpresste meist seinen gesamten Lebensinhalt, seine Stellung, seine Familie, seine Freunde, sein Einkommen, seine Wohnung. Es gibt Menschen, die sich aufgrund einer Erpressung das Leben genommen haben.«

Anna beugte sich vor.

»Genau! Das sind alles arme Schweine, genau genommen. Man kann so leicht in schlimme Geschichten reinrutschen.«

»Ja, Sie müssen es ja am besten wissen!«

Anna ließ sich durch Zickigkeiten nicht aus der Ruhe bringen. »Selbst hier in der Schweiz, wo alles so geordnet und gesittet zugeht, gibt es viele Menschen, die in so etwas reingeschlittert sind, das kann man jeden Tag in der Zeitung lesen. Bestechung, zum Beispiel, das gibt es nicht nur in Afrika, wie manche meinen, sondern auch bei uns! Hier mal eine kleine Gefälligkeit, da mal eine freihändige Auftragsvergabe …« Sie stockte, weil ihr Blick gerade dem von Hauptkommissar Grimm begegnet war. Cressida staunte. Fühlte der sich etwa angegriffen? Oder befürchtete er, dass Anna den Vereinskontrakt brechen und von seiner eigenen Mitgliedschaft bei »Kaufgerauscht« erzählen würde? Tollkühn, dachte Cressida, jetzt war die Zeit gekommen, wirklich tollkühn zu sein.

»Ja, haben Sie so etwas vielleicht in Ihrer eigenen Behörde erlebt, Herr Grimm?«, fragte sie. »Mir sind die schönen neuen Computeranlagen aufgefallen, die in Ihrem Büro stehen, hat da jemand die Ausschreibung überprüft?«

Hauptkommissar Grimm sah sie an, als ob er gerade auf eine Klapperschlange getreten wäre. Er stand auf.

»Solche Reden muss ich mir nicht bieten lassen. Geben Sie mir bitte den Artikel, damit ich ihn auswerten kann, dann gehe ich.«

»Nein.«

»Was meinen Sie damit, nein?«

»Damit meine ich, dass ich den Artikel an Ihre Kollegen mailen werde, wie ich es mit denen abgesprochen habe. Es gibt keinen Grund, warum ich Ihnen den Artikel in die Hand geben sollte.«

»Sie geben ihn mir, und zwar sofort.«

»Nein.«

»Ich werde Sie festnehmen wegen Behinderung der Polizeiarbeit!«

»Dann komme ich gern mit Ihnen zur Kantonspolizei.«

»Wo ist der Artikel?« Er zog seine Dienstpistole aus dem Halfter und hielt sie ihr vor die Brust.

Cressida war überrascht, wie klar sie die Lage inzwischen beurteilen konnte.

»Sie möchten den Artikel gar nicht untersuchen. Nein, Sie möchten alle Exemplare davon vernichten, damit er nicht mehr ausgewertet werden kann! Denn Sie befürchten, dass Einzelheiten über Ihre Bestechungsgeschäfte dort hinterlegt sind. Als Leiter der Ermittlung haben Sie bisher sicher ein leichtes Spiel gehabt, wenn Ihre Kollegen nicht vor Ort waren. Aber nun haben Sie Pech. Ich habe den

Artikel schon weitergegeben, und ihn außerdem fotografiert und per Handy weitergeschickt.«

»Sie lügen, und Sie machen der Polizei die Arbeit schwer. Geben Sie mir den Artikel.«

Reto Langhausen hatte dem Geschehen mit großen Augen zugesehen.

»Aber Herr Grimm, bleiben Sie doch ganz ruhig!«

»Ich rufe die Polizei an!«, rief Anna und holte ihr Smartphone aus der Tasche.

»Lassen Sie das! Ich bin die Polizei!«, rief Hauptkommissar Grimm und schwenkte die Pistole in Annas Richtung. Als Reto Langhausen das bemerkte, reagierte er schnell – er warf die Schüssel mit dem heißen Curry in Grimms Richtung. Leider traf er ihn nur am linken Knie. Das Curry rann sein Hosenbein hinunter über seinen Schuh auf das Parkett, und die Schüssel zerschellte laut auf dem Boden. Dreieckige blaue Keramikscherben stachen aus der leuchtend safranfarbenen Sauce, Haie im gelben Meer, dachte Cressida, bevor sie wieder in die Realität zurückfand. Das war lieb gemeint gewesen von Reto Langhausen, aber kontraproduktiv. Dieser Angriff machte Grimm nur noch wütender. Er drückte Cressida beide Arme auf den Rücken, ehe sie sich wehren konnte.

Cressida drehte den Kopf nach hinten.

»Vorsicht, er hat eine Waffe!«, rief sie über seine Schulter.

Hauptkommissar Grimm lachte bitter.

»Auf diesen Trick falle ich nicht herein.« Er dachte nicht daran, sich umzudrehen.

Das hatte sie gehofft, denn sie hatte tatsächlich einen Luftzug von der Tür gespürt. Anscheinend hatte sie nicht abgeschlossen, und jemand betrat jetzt die Wohnung. Sie konnte nur hoffen, dass dieser Jemand auf ihrer Seite stand.

Eine dunkle Gestalt näherte sich rasch von der Tür und ließ etwas krachend auf Hauptkommissar Grimms Schädel fallen. Dieser sackte ohne einen Laut zusammen und blieb am Boden liegen.

»Hoffentlich ist er nicht wieder kaputtgegangen«, sagte Hannes Kracht und betrachtete sorgenvoll den Edelstahl-Tubus in seiner Hand, mit dem er eben zugeschlagen hatte. Cressida ging auf ihn zu und umarmte ihn.

»Ich bin so froh, Sie zu sehen! Sie haben mich gerade schon wieder gerettet, das ist wunderbar, obwohl ich wirklich nicht zu den Frauen gehören will, die dauernd gerettet werden müssen!«

Die anderen waren indessen aufgesprungen, und Reto Langhausen kniete neben dem bewusstlosen Hauptkommissar.

»Er hat einen normalen Puls, und ich glaube, er ist in Ordnung. Aber wir sollten trotzdem seine Kollegen und einen Notarzt rufen«, meinte er.

»Ja, natürlich, ich habe die Nummer!« Cressida rief Kommissar Bircher an. »Wir haben hier Ihren Kollegen Hauptkommissar Grimm, er hat uns mit der Waffe bedroht, und wir mussten ihn k.o schlagen. Nein, er lebt, aber braucht ärztliche Hilfe. Ich erzähle Ihnen alles, wenn Sie da sind. Zehn Minuten? Ja, bis gleich.«

Sie beendete das Gespräch und bemerkte, dass zwei ihrer Gäste sich zum Ausgang bewegten.

»Was immer hier noch abgeht, mich betrifft das nicht«, sagte Robert Jorgensen und nickte ihr zum Abschied zu. Gleich hinter ihm drängte Xavier Zeisig zur Tür.

»Vielen Dank für das hervorragende Essen!«, warf er ihr noch zu, dann war er verschwunden.

»Meine Herren, das war knapp!«, rief Anna. »Hannes, was ist das für ein Ding, mit dem du da zugeschlagen hast?«

»Das ist ein Aufschäumer für Milch und heiße Schokolade, den habe ich gerade repariert, für Frau Kandel als Mitbringsel, deshalb bin ich leider zu spät gekommen. Das ist also dieser Hauptkommissar Grimm, den ich zu Boden geschlagen habe. Seltsam, normalerweise kenne ich die Leute, mit denen ich mich herumschlage.«

»Ich weiß nicht, wie ich mich in diesem Mann so täuschen konnte«, sagte Cressida und sah auf den Bewusstlosen hinunter. »Ich hielt ihn immer für ein Opfer, jemanden, der in seinem Beruf aufgeht, weil er kein Privatleben hat.«

»Aber ich habe dir doch von seiner Kaufsucht erzählt und von unserer Selbsthilfegruppe!«, empörte sich Anna leicht. »Glaub mir, da gehen nur Leute hin, die ernsthafte Probleme haben. Ich kann mir vorstellen, dass du da zufällig ins Schwarze getroffen hast, als du von Bestechung und frei vergebenen Aufträgen für Computeranlagen gesprochen hast. Durch seine Sucht hatte er schon seine Ehe und seine Kinder verloren, wenn er jetzt auch noch den Beruf verliert und verurteilt wird, ist er vollkommen am Ende.«

»Du meinst, er könnte wirklich Moritz ermordet haben?«

»Ja, natürlich! Und hinterher musste er das gesamte belastende Material finden und vernichten. Weil er es nicht entschlüsseln konnte, musste er eben alles finden, was irgendwie auf ihn hindeuten könnte.«

»Aber wieso im Kino, und wieso hat er ihm ausgerechnet die Kehle durchgeschnitten? Das ist so eine unglaublich grausame Tat!«

»Mir ist jetzt alles klar!«, erkannte Anna. »Er wollte es nach einer Tat aus Leidenschaft aussehen lassen, deshalb hat er sich ins Kino geschlichen. Dramatisches Setting, dramatische Tat. Er hatte sicher vor, Detlef als Täter dastehen lassen, und nachdem Detlef selbst umgebracht worden war, wäre ihm das auch gelungen. Wenn er sich nicht dauernd wegen einer gewissen Cressida Kandel hätte Sorgen machen müssen, die nicht aufhören wollte zu ermitteln.«

»Anna, du solltest dich bei der Kriminalpolizei bewerben, super, wie du das machst! Wir müssen Kommissar Bircher nachher unbedingt von dem Mann erzählen, mit dem Moritz in der Hotelbar getrunken hat. Gut möglich, dass das Hauptkommissar Grimm war, das lässt sich leicht feststellen.«

Frau von Steinen deutete auf die am Boden liegende Gestalt.

»Ich glaube, er hat sich gerade bewegt.«

»Bis die Polizei kommt, werden wir schon mit ihm fertig.« Hannes Kracht zog ein Knäuel starken Zwirn aus der Tasche und band dem Bewusstlosen die Handgelenke hinter dem Rücken zusammen. »Und das hier am Boden ist also das Abendessen, das ich versäumt habe?«

»Ja, als Waffe hat es sich nicht so bewährt«, sagte Cressida. »Nächstes Mal muss ich etwas Schärferes kochen. Aber jetzt im Ernst, was sagen wir denn Herrn Bircher, wenn er gleich kommt?«

»Natürlich alles, was wir über Grimm herausgefunden haben«, antwortete Anna. »Und natürlich nichts über die verschlüsselten Nachrichten in dem Artikel, die Hannes herausgefunden hat. Das bleibt unter uns.«

Cressida spürte, wie die Blicke von Reto Langhausen und Frau von Steinen prüfend auf sie gerichtet waren. Sie dachte an den kleinen Herrn Zeisig mit den riesigen

Schwarzgeldkonten auf den Bahamas. Vielleicht konnte man anonym Anzeige erstatten, ohne Reto Langhausen hineinzuziehen? Sollte man der Polizei nicht ein paar Hinweise geben, wenn es mit hoher Wahrscheinlichkeit um organisiertes Verbrechen ging? Andererseits, vieles von ihren Überlegungen war reine Vermutung. Sie blickte Hannes Kracht an. Er zuckte mit den Schultern. »Für mich war es eine spannende Denksportaufgabe«, sagte er. Cressida nickte. Die Polizei konnte kommen.

Diesmal hatte sie das Läuten an der Tür mit Ungeduld erwartet, und der Anblick der Kommissare Bircher und Zimmerli erfüllte sie mit Freude.

»Kommen Sie bitte ins Wohnzimmer. Dort liegt Hauptkommissar Grimm auf dem Boden, wir mussten ihn leider kampfunfähig machen, und wir warten noch auf den Notarzt. Herr Grimm wollte unbedingt meine Kopie des Aufsatzes von Moritz Stemming haben, und als er die Waffe zog, haben wir gesehen, dass etwas mit ihm nicht stimmte. Wir glauben, dass Moritz ihn erpresst hat, wegen Bestechungen bei der Auftragsvergabe von Computersystemen.«

Die Kommissare Bircher und Zimmerli wechselten einen Blick.

»Es gibt zu dieser Beschaffungsangelegenheit schon eine interne Untersuchung, von der Herr Grimm nichts weiß«, sagte Kommissar Bircher. »Wir werden ihn dazu verhören, sobald er vernehmungsfähig ist. Wenn er mit seiner Dienstwaffe auf eine unbewaffnete Zivilperson gezielt hat, ohne Notlage, hat er sich auf jeden Fall strafbar gemacht. Er muss schon einen sehr guten Grund gehabt haben, um so weit zu gehen.«

»Wir denken, dass er sogar noch weiter gegangen ist!«, platzte Anna heraus. »Wahrscheinlich hat er Moritz Stemming umgebracht, weil er das Bestechungsgeld nicht zahlen konnte und Angst vor Entdeckung hatte.«

»Haben Sie irgendwelche Beweise dafür?«

Nein, Beweise hatten sie nicht, nur gute Hinweise. Da war zum Beispiel der Besuch in der Bar, bei dem Grimm so deutlich das Gerücht verbreitet hatte, dass Detlef seinen Bruder schon wieder verraten würde, das war fast eine Aufforderung gewesen, Detlef aus dem Weg zu räumen. Und damit wurde Detlef zum idealen Mordverdächtigen. Aber etwas konnte die Polizei doch noch überprüfen.

»Vor seinem Tod hat Moritz in der Bar des Hotel *Baur au Lac* einen Abend mit einem Mann verbracht, zuerst freundschaftlich, aber dann kam es zum Streit. Vielleicht können Sie dort mal das Foto von Herrn Grimm zeigen.«

»Wir haben mit dem Barkeeper gesprochen, er hatte den Eindruck, dass Herr Stemming den anderen Gast angefasst hat und sehr brüsk zurückgewiesen wurde. Fotos haben wir ihm noch nicht vorgelegt, das werden wir nachholen.«

Und da war noch etwas – nun fiel es ihr wieder ein.

»Ich habe am Tag nach dem Mord bemerkt, dass die Lederjacke von Herrn Grimm nach Spiritus roch – vielleicht hat er versucht, damit Blutflecken zu entfernen?«

Kommissar Bircher nickte.

»Wir werden die Jacke forensisch untersuchen lassen. Und Herrn Grimms Alibi für die Zeit überprüfen. Haben Sie sonst noch irgendetwas?«

»Nur seinen Eifer, die Unterlagen von Moritz in seinen Besitz zu bringen, weil sie verschlüsselte Hinweise über ihn enthalten könnten. Das taten sie nicht, aber er konnte das ja nicht wissen. Ich habe sie Ihnen übrigens gerade als PDF per Mail zugeschickt.«

»Haben Sie diese Unterlagen gründlich untersucht?«

Hier mischte sich Hannes Kracht in die Unterhaltung.

»Ich habe da Erfahrung, und ich habe nichts gefunden. Vielleicht gab es gar keine Beweise, und der Mann hat nur geblufft?«

»Wenn er das getan hat, dann war er wirklich sehr erfolgreich.«

Vor dem Haus ertönte die Sirene eines Rettungswagens. Gleich würde man Hauptkommissar Grimm abholen. Cressida schaute zu ihm hinunter. Er sah blass, klein und gequält aus. Nicht so, wie man sich einen Mörder mit einem blutigen Rasiermesser vorstellte. Bevor er vorhin die Pistole gezogen hatte, hätte sie ihm überhaupt keine Gewalttat zugetraut.

17. WIEDER IM KINO

Es war dunkel im Kinosaal. Der Vorhang vor der Leinwand glitt zur Seite. Die Kinowerbung begann. »Sind Sie in Ordnung, Frau Kandel?«, fragte Hannes Kracht. »Ich weiß, es war Ihre eigene Idee, aber ich dachte, ich frage lieber mal nach.«

Cressida saß auf Platz 7, Hannes Kracht auf Platz 8 der Reihe drei im *Filmpodium*. Das war nicht nur ihre Idee, sondern sogar ihr dringender Wunsch gewesen. Schon seit Jahren ging sie gern ins *Filmpodium*, um sich interessante Retrospektiven anzuschauen, sie wollte nicht zulassen, dass der Tod von Moritz Stemming nun für alle Zeit ihren Eindruck von diesem Ort beherrschte. Sie trauerte um Moritz, mehr, als sie für möglich gehalten hatte. Aber ihre Trauer war nicht an diesen Ort gebunden.

Auf der Leinwand wurde gerade versichert, dass man in unmittelbarer Nähe des Paradeplatzes festliche Räumlichkeiten für Familien- und Betriebsfeste inklusiver reichhaltiger Buffets buchen konnte. Ein Foto zeigte einen langen weiß gedeckten Tisch mit Anrichteplatten, die mit einem aufgeschnittenen blutigen Braten gefüllt waren. Cressida schauderte.

Hannes Kracht nahm ihre Hand.

»Sind Sie ganz sicher? Wir können auch stattdessen einfach etwas trinken gehen.«

»Nein, es geht schon. Wirklich.« Sie ließ seine Hand nicht los. »Ich bin gespannt auf den Film. Bei meinem ersten Besuch habe ich den Anfang verpasst, und ich bin früher gegangen, weil mich das Product Placement so geärgert hat. Beim zweiten Versuch hat mich Hauptkommissar Grimm nach den ersten Szenen aus dem Kino geholt. Dabei schaue ich mir gern Kriminalfilme an, die in der Bahn spielen. Das ist so ein spannendes Konzept, ein geschlossener Raum, der sich bewegt!«

»Ja, das Product Placement ist wirklich auffällig, das hat man schon im Trailer gesehen: Mode, Uhren, Zigarren … Reto Langhausen hat anscheinend Geld zusammengekratzt, wo er nur konnte. Für ihn war das Ganze jetzt natürlich eine wunderbare Reklame – ein Kriminalfilm, bei dessen Vorführung ein Mord passiert!«

Damit hatte er recht. Nachdem der Mordverdächtige festgenommen worden war, hatte die Polizei die Meldung über den Mord im *Filmpodium* an die Presse gegeben. Der Zuschauerraum war heute sehr gut besetzt, vor allem in den hinteren Reihen. Glücklicherweise waren die ersten drei Reihen recht unbeliebt, deshalb konnte sie sich ungestört mit Hannes Kracht unterhalten.

»Haben Sie eigentlich etwas von Grimm gehört?«, flüsterte er.

»Ja, ich musste heute früh zur Kantonspolizei, um eine Aussage zu machen. Grimm hat alles zugegeben, die Bestechung und den Mord. Im Kino hatte er die vorübergehende Dunkelheit auf der Leinwand ausgenutzt, um Moritz umzubringen. Aber als er Moritz' Taschen durchsuchen wollte, wurde es für längere Zeit hell, und er musste schnell und unauffällig verschwinden. Es hat ihn wahrscheinlich wahnsinnig gemacht, dass er als Polizist ein Dokument zu den Akten nehmen musste, das er als Mörder gern hätte verschwinden lassen. Nach allem, was ich gehört habe, hatte er in der Untersuchungshaft einen totalen Zusammenbruch. Er befindet sich in stationärer psychiatrischer Behandlung.«

»Und was ist mit den Untersuchungen zu dieser Drogenbande? Waren das die Leute, von denen Sie zusammengeschlagen und ausgeraubt wurden?«

»Wahrscheinlich, aber darüber habe ich nichts erfahren. Alles sehr geheim. Hoffentlich wird das bald aufgeklärt.«

Er ließ ihre Hand los und legte ihr stattdessen den Arm um die Schulter. Aber sie war keine von diesen passiven Frauen, die immer nur beschützt werden wollten. Sie hatte eigene Pläne. Vorsichtig ließ sie ihre Hand auf seinen Oberschenkel gleiten. Er wehrte sich nicht.

Inzwischen war die Werbung zu Ende, und der Vorhang öffnete sich erneut, diesmal für den Film. In leuchtend weißen handschriftlichen Lettern zog der Filmtitel über die Leinwand »Mord im Bernina-Express – ein Film von Reto Langhausen«. Der Vorspann begann. Cressida genoss die Schwarz-Weiß-Passagen, mit denen der Film anfing. Jetzt, beim dritten Versuch, wollte sie den Film genau analysieren und den Plot begutachten. Die Nähe von Hannes Kracht lenkte sie dabei weniger ab, als sie gedacht hatte, und sie wusste nicht, ob das ein gutes oder ein schlechtes Zeichen war. Wofür sollte es überhaupt ein Zeichen sein, fragte sie sich weiter, ohne sich auf eine Antwort festlegen zu wollen. Sie beschloss, sich nun auf den Film zu konzentrieren. Doch, der Aufbau gefiel ihr, die Verwechslung war gut eingefädelt, und die Geschichte hatte Biss.

»Es ist Ihnen auch aufgefallen, nicht wahr?«, flüsterte Hannes Kracht ihr zu, während der Abspann lief. »Dieser Film enthält das gleiche Muster wie der Mord, den Herr Grimm begangen hat. In beiden Fällen hat der Mörder sich darauf verlassen, dass es in einem Raum regelmäßig dunkel wird. Im Film war das der ›Patschifig‹-Wagen der Rhätischen Bahn, in dem bei jedem Tunnel das Licht ausgeht, in der Realität war das der Kinosaal mit der wechselnden Beleuchtung durch die Leinwand.«

Jetzt, da er es sagte, fiel es ihr tatsächlich auf. Allerdings hatte sie das beim Zuschauen noch nicht registriert, anscheinend war sie doch unaufmerksam gewesen. Das konnte ein gutes Zeichen sein, wofür auch immer.

Für die Unterstützung der Arbeiten an diesem Film
möchten wir insbesondere folgenden Institutionen
ganz herzlich danken:
Der Rhätischen Bahn und ihren Mitarbeitern für
die Gelegenheit zu den Dreharbeiten vor Ort,
unseren Sponsoren für die Bereitstellung von Ausstattungsmaterial
und – last not least – der Zürcher Kriminalpolizei
für ihre professionelle Beratung.

Cressida schreckte hoch. War dieser Dank vielleicht für Kriminalhauptkommissar Grimm persönlich bestimmt gewesen? Kannte Reto ihn etwa näher, gab es da Verstrickungen, die er nicht zugegeben hatte? Aber nein, jetzt war Schluss mit diesen wilden Spekulationen.

»Gehen wir noch etwas trinken?«, fragte sie Hannes Kracht.

»Ja gern, wie wäre es mit einem Kakao in meinem Gartenhäuschen?«, fragte er. »Vielleicht mit etwas Rum?«

Ein scharfer, kalter Wind blies ihnen entgegen, als sie auf die Straße traten. Cressida nickte. So ein Kakao wäre jetzt genau das Richtige.

Alle Bücher von Susanne Mathies:

Krimi-Autorin Cressida Kandel ermittelt:

1. Fall: Mord im Lesesaal
ISBN 978-3-8392-0054-4

2. Fall: Mord mit Limmatblick
ISBN 978-3-8392-0285-2

3. Fall: Mord im Filmpodium
ISBN 978-3-8392-0493-1

EVA KLINGLER
Alsace, mon amour!
GMEINER